LE BON CÔTÉ DE LA VIE

De la même autrice, aux éditions Charleston

La Maison d'hôtes (Retour à Cedar Cove - tome 1), 2020
Un printemps à la Villa Rose (Retour à Cedar Cove - tome 2), 2020
La Mélodie de l'été (Retour à Cedar Cove - tome 3), 2020
La Surprise de Noël, 2020
Tous les jours de la vie, 2019

Titre original : *Silver Linings*

Traduction publiée avec l'accord de Ballantine Books, une marque de Random House, un département de Penguin Random House LLC.
Traduit de l'anglais par Gaëlle Rey

Édition française publiée par :

10, place des Cinq-Martyrs-du-Lycée-Buffon
75015 Paris – France
www.editionscharleston.fr

ISBN : 978-2-36812-636-3
Maquette : Patrick Leleux PAO

Pour suivre notre actualité, rejoignez-nous sur Facebook (Éditions.Charleston), sur Twitter (@LillyCharleston) et sur Instagram (@LillyCharleston) !

Charleston s'engage pour une fabrication écoresponsable !
Amoureux des livres, nous sommes soucieux de l'impact de notre passion et choisissons nos imprimeurs avec la plus grande attention pour que nos ouvrages soient imprimés sur du papier issu de forêts gérées durablement.

Debbie Macomber

LE BON CÔTÉ DE LA VIE

Retour à Cedar Cove 4

Roman

Traduit de l'anglais par Gaëlle Rey

CHARLESTON
POCHE

Chers amis,

Vous voici de retour à la Villa Rose, bienvenue ! Jo Marie, la propriétaire de la maison d'hôtes, est ravie d'y accueillir ses tout nouveaux clients et elle a cruellement besoin de divertissement. Rien ne se passe comme elle le souhaite, mais n'est-ce pas là le lot de tout le monde ? Il est rare d'obtenir ce qu'on veut, mais on obtient presque toujours ce dont on a besoin. Jo Marie se trouve à un moment de sa vie où elle déborde d'envies et de désirs… et ces derniers concernent en grande partie Mark Taylor, son homme à tout faire.

Quant à ses visiteurs : l'adolescence m'a toujours intriguée, en particulier la ferveur avec laquelle on tombe amoureux pour la première fois et le supplice qui en découle. J'ai lu plusieurs merveilleux romans pour jeunes adultes ces derniers temps, et je me suis surprise à imaginer l'histoire d'un amour de jeunesse.

Vous allez donc rencontrer Coco et Katie, qui reviennent à Cedar Cove pour la réunion des anciens élèves de leur lycée, dix ans plus tard. Elles ont chacune une bonne raison d'y participer : réparer les injustices et panser les blessures infligées par leur premier amour de lycée. Et elles ont bien l'intention de loger dans la maison d'hôtes de la Villa Rose.

J'espère que vous apprécierez ce nouvel épisode de la saga Villa Rose et que votre esprit se plaira à retrouver cette époque du lycée où chaque émotion était à la fois pleine de nouveauté et d'intensité.

Avoir des nouvelles de mes lecteurs m'apporte beaucoup de joie. Je lis moi-même vos lettres, vos posts, et vous remercie pour vos commentaires. Ce que vous avez partagé avec moi au fil des années a eu un impact considérable sur ma carrière. Vous pouvez me contacter sur mon site www.DebbieMacomber.com ou sur Facebook. Je recevrai avec autant de plaisir votre courrier à cette adresse : P.O. Box 1458, Port Orchard, WA 98366, États-Unis.

Merci pour votre soutien sans faille et vos encouragements.

Amicalement,

Debbie Macomber

À Rick Hamlin
Ami de confiance
Écrivain et chanteur talentueux
En tout point, un type bien au grand cœur
Joyeux 60e anniversaire

CHAPITRE 1

Ma première année de veuvage fut de loin la plus difficile. La nouvelle de la mort de mon mari dans un accident d'hélicoptère en Afghanistan me fit l'effet d'une bombe atomique explosant dans mon cerveau. Ma vie entière, mon corps, mon âme, en pleine chute libre. La peine et le deuil m'ensevelirent pendant des semaines, et je ne survivais qu'au jour le jour. Je ne comprenais pas comment la Terre pouvait continuer de tourner alors que le monde s'était arrêté net pour moi.

Je n'eus d'autre choix que batailler pour accepter cette nouvelle réalité devenue mienne. Quelques mois seulement après l'annonce du décès de Paul et contre l'avis de tous, je quittai le monde de l'entreprise et je fis l'acquisition d'une maison d'hôtes. Je partis de Seattle pour m'installer dans un village pittoresque du nom de Cedar Cove sur la péninsule de Kitsap.

Lors de ma première nuit en tant que nouvelle propriétaire des lieux, je sentis la présence de Paul avec autant de clarté et d'ardeur que s'il s'était trouvé près de moi. Il me confia que je panserais mes blessures dans cette maison d'hôtes et que tous mes invités y séjourneraient avec plaisir. Voilà pourquoi j'appelai cet endroit la Villa Rose. « Rose » pour mon mari, Paul Rose, et « Villa » parce qu'il m'avait promis que cet endroit serait une maison de plaisance, dans tous les sens du terme.

Ces dix-huit derniers mois, j'avais pu constater la véracité de sa prédiction, sur moi comme sur nombre de mes visiteurs. Petit à petit, jour après jour, je me construisais une nouvelle vie, une vie sans Paul. Peu de temps auparavant, j'avais lu la dernière lettre d'amour que mon mari m'avait écrite : il avait pris le soin de la rédiger au cas où il ne reviendrait pas. Je mis longtemps à trouver le courage d'accepter son message, en grande partie parce que je refusais d'admettre son absence. Comme j'avais pu l'imaginer, Paul déclarait qu'il m'aimait et m'assurait qu'il serait toujours à mes côtés. Il me demandait d'avoir une belle vie, pour nous deux.

Ses mots m'avaient touchée en plein cœur et je m'étais forgé, du mieux possible, une nouvelle existence sans lui. Comme il me l'avait prédit, la maison d'hôtes était devenue le symbole de ma renaissance. Chaque jour, l'occasion d'apprendre, l'opportunité d'évoluer, d'un point de vue personnel aussi bien que professionnel. Déjà, je faisais preuve de davantage d'efficacité en cuisine. J'inventais de savoureux petits déjeuners pour mes invités. Aussi me fis-je des amis en ville, de bons amis. J'adoptai un chien, Rover, au refuge pour animaux du coin. Il portait ce nom car il semblait vagabonder en solitaire depuis assez longtemps quand on le trouva. Rover était devenu mon fidèle compagnon, ma source de réconfort et mon protecteur. La manière dont il devinait et réagissait à mes humeurs me laissait perplexe. C'était presque comme si Paul avait mis cet animal sur mon chemin.

Je partageais avec mon homme à tout faire, Mark Taylor, l'une des amitiés les plus fortes qu'il m'eût été donné de vivre. Mark pouvait se montrer irritable et mystérieux, et il était capable de m'agacer plus vite que n'importe qui d'autre. Alors que j'étais plutôt d'humeur égale et peu sujette à m'emporter, Mark parvenait à me rendre folle en quelques mots. Il pouvait se montrer excessif et exigeant.

Nous en eûmes la preuve au printemps précédent. Je nettoyais l'extérieur des vitres, en équilibre sur une échelle. Surgie de nulle part, la voix de Mark m'intima, de la manière la plus déplaisante possible, d'en descendre sur-le-champ. Je refusai et il se mit dans une telle colère qu'il me donna sa démission. J'estimais qu'il n'avait pas le droit de me dicter ma conduite. Il nous fallut du temps pour nous calmer et retrouver la raison.

Depuis que j'avais lu la dernière lettre de Paul, mes émotions faisaient les montagnes russes. Paul m'échappait. Je ne rêvais plus de lui, et lorsque je m'emparais de son pull préféré, je ne sentais plus l'odeur ni le parfum de mon mari.

Tandis que je laissais doucement Paul s'en aller, percer le mystère que représentait Mark était devenu ma distraction. Il avait toujours été secret et ne parlait jamais de son passé. J'étais persuadée qu'il cachait quelque chose. Je l'assaillais de questions qu'il esquivait ou ignorait complètement. J'interrogeais en vain des gens qui le connaissaient de longue date. Trois semaines auparavant, un soir, j'étais même allée jusqu'à l'inviter à se joindre à mes parents et moi pour dîner. Ma mère avait le don d'inciter les autres à s'épancher et si quelqu'un était capable de tirer les vers du nez de Mark, c'était bien elle. Il contraria de nouveau mes projets en refusant l'invitation.

Quand je m'aperçus que ma curiosité était en fait une diversion à la peur de voir Paul m'échapper, je présentai mes excuses à Mark. Il me fit alors une confession qui me laissa sous le choc. Il prétendit être tombé amoureux de moi.

Mark, amoureux de moi ? J'avais toujours du mal à le concevoir. Comme si cette annonce n'était pas assez déroutante, s'ensuivit une autre plus aberrante encore. Mark aurait saisi tous les prétextes possibles et imaginables pour passer du temps avec moi. Ce qui m'avait échappé jusque-là devint brusquement clair dans ma tête. Après m'avoir assurée de la sincérité de ses sentiments, il ajouta ne vouloir ni ne pouvoir laisser cet amour naissant se transformer en relation durable. Il avait l'intention de le tuer dans l'œuf.

Les pensées se mirent évidemment à tourbillonner dans mon cerveau telles les ailes d'un moulin en plein orage. C'est à ce moment-là que Mark m'annonça qu'il quittait Cedar Cove. Bien sûr, je m'opposai à ce départ : c'était ridicule. Ce qu'il dit ensuite allait rester gravé dans ma mémoire.

Il détourna son visage puis, sans croiser mon regard, il prononça d'un air absent :

— Tu étais mariée avec Paul Rose, et c'était un héros. Il a donné sa vie pour défendre notre pays. Il est tout ce que je ne suis pas. J'en suis l'antithèse, ne te fais pas d'illusions sur moi.

Il ajouta qu'il se battait pour sortir d'un trou noir et qu'il aurait mieux valu qu'il meure à la place de Paul.

Mark me donna l'impression de culpabiliser d'être en vie alors que Paul était mort. Je n'arrivais pas à croire à son départ de Cedar Cove. C'était une décision tellement soudaine et absurde que je doutai, à tort, de sa détermination.

Il aurait fait ses valises le soir même si je n'avais pas réussi à le convaincre de rester pour terminer le kiosque que je lui avais demandé de construire. Je dus lui rappeler que nous avions un contrat, peut-être pas écrit noir sur blanc et nous liant d'un point de vue légal, mais un contrat moral. Si je savais une chose sur Mark (et en fait, tout bien considéré, j'en savais bien plus que ce que je pensais), c'était la suivante : Mark était un homme de parole. Il avait déjà commencé les travaux. Je devinais qu'il n'était pas content de rester en ville plus longtemps que nécessaire, mais il accepta à contrecœur.

Avec le temps, j'espérais réussir à le convaincre de rester pour de bon. Après cette déclaration d'amour, il fallait que je m'interroge sur mes propres sentiments. Et ça me serait impossible s'il me faisait le coup de disparaître.

Les trois semaines qui suivirent me confirmèrent sa détermination à quitter Cedar Cove. À *me* quitter.

Alors qu'auparavant, il mettait des semaines, voire des mois à accomplir les tâches que je lui attribuais, il semblait cette fois vouloir se débarrasser de ce dernier projet au plus vite. Il commençait à travailler le matin à la première heure et n'arrêtait que bien après la nuit tombée. Il continuait jusqu'à l'épuisement, tant qu'il pouvait y voir clair dans le noir.

À l'origine, quand je l'avais engagé pour construire ce kiosque, j'avais pensé que ça lui prendrait trois à quatre mois pour terminer le projet. Et même que j'aurais de la chance s'il avait fini avant Noël. Pourtant, en l'espace de quelques semaines, il en avait presque achevé la fabrication. C'était la première fois qu'il finissait un chantier aussi vite.

Ce matin-là, je l'entendis travailler à l'extérieur. Il faisait à peine jour et il s'affairait déjà. J'étais levée depuis environ une demi-heure et le petit déjeuner de mes clients était dans le four. J'avais réalisé l'une de mes recettes préférées, du pain perdu que j'avais préparé la veille au soir et fait reposer au réfrigérateur. Le café était prêt et la table mise.

Rover voulait sortir. J'emportai donc mon café dehors et je restai sous le porche à regarder Mark travailler. Il savait que j'étais là, mais il fit semblant de ne pas me voir. Ça ne me surprit pas. Depuis cette conversation, il faisait ni plus ni moins tout son possible pour m'ignorer. J'étais en colère contre lui : je ne comprenais pas comment il pouvait m'annoncer tout à coup qu'il m'aimait et agir ensuite comme si j'étais invisible. J'avais toujours trouvé Mark compliqué, mais là c'était de la folie.

— Coucou ! lançai-je d'un ton joyeux.

Il effectua un signe de tête sans regarder dans ma direction.

— Bonjour, répétai-je, plus fort, cette fois.

— Bonjour, répondit-il à contrecœur.

— Tu es d'une bien bonne humeur aujourd'hui. C'est quoi, ton problème ?

Il était souvent taciturne et grincheux, mais j'étais déterminée à ne pas me laisser faire.

Comme prévu, Mark ignora ma question. J'essayai une tactique différente.

— Ça te tente, une tasse de café ?

— Non, merci.

— Je peux te proposer autre chose ? Des cookies ?

Cet homme était accro à ma cuisine, surtout à mes cookies.

— Rien.

Pas de « merci », en revanche. Le bidon de vingt litres de peinture blanche sur la pelouse signifiait qu'il allait entreprendre les finitions du kiosque. Mon ventre se serra.

— Ça va être un week-end chargé, dis-je en m'asseyant sur la première marche du perron, ma tasse au creux des mains. Il faisait un peu frais ce matin-là et la chaleur du café me réchauffait peu à peu. L'automne approchait, je le sentais arriver dans l'air, accompagné d'une légère odeur de pin et de soleil sur les feuilles jaunissantes. Rover s'assit à mes côtés et se blottit près de moi comme s'il devinait mon anxiété.

Mark ne fit aucun commentaire.

— Deux femmes sont censées arriver plus tard dans l'après-midi. Elles vivent toutes les deux à Seattle, mais c'est ici qu'a lieu la réunion de leurs anciens camarades de classe. Elles ne voulaient pas se soucier de devoir retourner en ville au cas où les festivités finiraient tard, alors elles ont réservé pour deux nuits, vendredi et samedi.

Il répondit sans enthousiasme d'un haussement d'épaules.

Le silence qui pesait entre nous m'oppressait. Il me paraissait difficile de continuer à parler toute seule. Dans l'air, la tension était palpable. Il était évident que Mark ne voulait pas que je m'approche de lui. Il m'avait bien fait comprendre qu'il affectionnait particulièrement les endroits où je ne me trouvais pas. S'il avait vraiment des sentiments pour moi, alors pourquoi m'éviter ? Les questions se multiplièrent dans mon cerveau à la limite de l'explosion, mais il était inutile de lui demander une explication. J'avais déjà essayé à maintes reprises et ça revenait à me taper la tête contre un mur de briques.

Quand j'entendis la sonnerie du four retentir dans la cuisine et m'indiquer que le pain perdu était prêt, j'étais presque contente d'avoir une excuse pour filer. Juste avant d'entrer dans la maison, je me retournai et je vis les épaules de Mark se relâcher comme s'il était soulagé de me voir partir. On aurait dit qu'être proche de moi le mettait mal à l'aise, et cet état de fait était tellement à l'opposé de ce qu'on avait toujours vécu. Il me manquait, cet ami qui venait s'asseoir à mes côtés en fin d'après-midi. Celui qui m'écoutait lui raconter ma journée. Certes, il me provoquait et m'agaçait même parfois, mais la plupart du temps il me faisait surtout réfléchir. Il m'avait permis de ressentir à nouveau les choses quand mon cœur s'était engourdi. Je riais avec Mark.

Mes invités, un couple venu célébrer l'anniversaire de leur seule petite-fille, prirent leur petit déjeuner sans se presser avant de quitter la villa. Ils se rendaient à l'aéroport. Je sortis sous le porche pour leur dire au revoir de la main, mais je pensais davantage à Mark qu'au départ de mes clients. Je cherchais un moyen de percer ce mur de béton qu'il avait érigé entre nous. Au début, je croyais à tort qu'il était gêné de m'avoir avoué ses sentiments. J'avais essayé plusieurs fois de le forcer à m'en parler : il n'avait fait que me repousser. Il ne voulait rien savoir.

— Le kiosque a belle allure, lançai-je, tentant à nouveau ma chance. Tu auras bientôt fini.

Il avait effectué un travail formidable sur ce dernier projet. Le kiosque était exactement comme je l'avais imaginé, assez grand pour y célébrer des mariages et y accueillir de petits groupes, en tout point comme je l'avais espéré. J'imaginais des couples se tenant au milieu même de la construction se promettre amour et vie ensemble.

Jusqu'à présent, j'arrivais à peine à joindre les deux bouts avec cette maison d'hôtes. Il me fallait trouver un moyen de gagner davantage d'argent et y célébrer des mariages me semblait être une bonne idée.

— Je vois que tu as trouvé la peinture.

Pas de commentaire.

Son silence m'énervait, alors je retournai dans la maison, j'attrapai un petit gilet et la laisse de Rover. Promener mon chien allait m'aider à dissiper ma frustration. Si Mark voulait continuer à m'ignorer, tant pis pour lui. Je pouvais lui donner tout l'espace dont il avait besoin pour respirer, et même plus.

Quand je ressortis avec la laisse, Rover était allongé sur l'herbe près de l'endroit où Mark s'affairait. Il avait le museau posé sur les pattes avant et dévisageait mon homme à tout faire.

— Ça te tente, une promenade, Rover ? dis-je.

D'habitude, dès qu'il voyait sa laisse, mon chien se levait et remuait la queue avec énergie, impatient d'aller gambader. Pas ce matin-là. Rover me regarda d'abord avec ses yeux bruns et sombres, puis il tourna la tête vers Mark avant de revenir à moi.

— Rover, répétai-je avec un peu plus de force. On va se promener.

— Allez, ouste, ajouta Mark d'un ton bourru, en avançant la tête vers mon chien.

— C'est à moi que tu t'adresses ou à Rover ? demandai-je.

— À vous deux.

— Très bien.

Je me dirigeai vers Rover et lui attachai sa laisse. Il fallut que je tire légèrement dessus pour le voir me manifester un peu d'attention. Il se leva et nous prîmes la direction de la sortie. Dans le jardin, Rover marqua une pause pour se retourner et regarder Mark, exactement comme je l'avais fait un peu plus tôt.

Dès que nous eûmes quitté l'allée, j'accélérai la cadence pour apaiser mon agacement. Voilà quel était l'état de mes sentiments : j'en avais assez de Mark Taylor. S'il voulait partir de Cedar Cove, ça me convenait tout à fait. Bon débarras ! Il était lunatique, irascible et c'était un emmerdeur.

Après avoir parcouru deux ou trois cents mètres de route en côte, j'étais rincée. J'avais marché si vite que j'avais sans doute battu mon record personnel. Le point positif, c'était que je me sentais moins énervée qu'à mon départ de la maison d'hôtes. Je pris plusieurs grandes inspirations et ralentis le pas. Rover m'en sembla reconnaissant.

Pour une raison qui m'échappait encore, je décidai de passer devant la maison de Mark. Je me souvins du jour où je l'avais retrouvé dans son atelier. Une table s'était écroulée sur lui et il était coincé dessous. Il avait la jambe cassée et devait souffrir le martyr.

Malgré ses vigoureuses objections, j'avais appelé les secours et suivi l'ambulance jusqu'à l'hôpital. Après une radio, on lui avait posé un plâtre et je l'avais ramené chez lui. Une chose était sûre, Mark était un horrible patient. Il m'avait envoyée balader, il s'était plaint et m'avait donné des ordres comme s'il me tenait pour responsable de son état. On aurait dit que je lui empoisonnais l'existence. Dieu seul sait combien de temps aurait passé avant que quelqu'un d'autre ne le retrouve : on aurait pu imaginer qu'il me serait reconnaissant, mais non, pas Mark.

À dire vrai, il me remercia plus tard. Des semaines après, et à contrecœur.

Certes, Mark prétendait m'aimer, mais moi je ne savais pas ce que je ressentais pour lui. J'avais à peine eu le temps d'assimiler sa déclaration, encore moins d'y réagir. J'avais envie qu'on en parle, mais il ne voulait rien savoir.

Le problème était qu'on se trouvait en désaccord sur presque tous les sujets. Je mis du temps à comprendre qu'il faisait exprès de me pousser à bout.

Au début, il me rendait folle. Ce fut plus tard que je compris que me disputer avec lui réveillait mes sens. Je m'étais vautrée dans le deuil pendant des mois. Mes querelles avec Mark ravivèrent un feu intérieur et me prouvèrent que mes émotions n'étaient pas mortes. J'étais toujours capable d'éprouver des sentiments.

Je m'étais habituée à passer du temps avec Mark. On jouait au Scrabble et on s'asseyait parfois sous le porche pour regarder le soleil se coucher. Il m'avait aidée à faire un jardin potager et nous en partagions les récoltes. J'avais apprécié sa présence, et les bons moments passés ensemble me manquaient. Et ce n'était qu'un avant-goût du vide que j'allais ressentir à en croire son intention de déménager.

Est-ce que je tenais à lui de la manière dont il prétendait tenir à moi ? Pour être honnête, je ne savais pas si j'étais capable d'aimer un autre homme après Paul. Peut-être que Mark l'avait senti, qu'il avait deviné mes doutes et qu'il avait l'impression de ne pas pouvoir gagner contre un mort. Je secouai la tête, désormais certaine de me raccrocher au dernier fil d'une toile d'araignée pourtant fine.

Je tournai au coin de la rue où Mark habitait. Comme s'il savait exactement où nous allions, Rover tira fort sur sa laisse.

— Mark n'est pas chez lui, rappelai-je à mon chien. Pas la peine de te presser, il n'est pas là.

Rover aboya en ignorant mes paroles et se mit à tirer de plus belle sur sa laisse.

— Rover, Mark est à la maison d'hôtes.

Je dus faire un effort pour rester dans la course. Mon chien semblait avoir quelque chose à me montrer, quelque chose qu'il jugeait important que je voie.

Je ne compris pas ce qui se passait jusqu'à ce que je m'approche. Lorsque je vis la maison de Mark, je m'arrêtai net.

La pancarte avait été plantée en évidence devant la maison, bien alignée le long de la pelouse, pour que tout le monde puisse la voir en passant.

Elle portait l'enseigne d'une agence immobilière du coin et disait en grosses lettres rouges : À VENDRE.

Il ne s'agissait pas d'une tactique ou d'une ruse. Mark était décidé. Il quittait Cedar Cove, et plus important encore, il me quittait.

CHAPITRE 2

KELLIE, ALIAS « COCO », CRENSHAW avait du mal à réaliser que dix ans avaient passé depuis le lycée. Son sac de voyage était ouvert sur son lit, attendant d'être rempli en prévision de ce week-end de retrouvailles. Elle avait déjà étalé plusieurs tenues sur le dessus-de-lit et elle hésitait. Elle devait être jolie.

La fenêtre était ouverte et l'appartement sentait bon le détroit de Puget et la fin de l'été. Coco habitait près du quartier de l'université à Seattle, dans un immeuble ancien en briques qui datait de la Seconde Guerre mondiale. Il avait dû être rénové à deux ou trois reprises au fil des ans, mais il avait réussi à garder son charme particulier. Coco adorait son appartement, même s'il était petit.

Quand son père avait accepté d'être muté du côté de Chicago, elle avait décidé de rester dans l'État de Washington. Six ans auparavant, sa famille, y compris ses deux petites sœurs, avait déménagé en l'espace de quelques semaines. C'était à l'époque où Coco terminait ses études universitaires. Elle avait choisi de rester à Seattle avec son grand frère. Elle avait longtemps craint d'avoir pris la mauvaise décision, mais elle était heureuse d'être en terrain connu. Ses tantes, ses oncles et ses cousins étaient éparpillés dans l'ouest de l'État, alors elle ne se sentait jamais vraiment seule.

Son téléphone vibra et Coco jeta un œil sur le texto reçu. Il venait de Katie Gilroy, une amie du lycée.

T rentrée ?

Ouaip. Et toi ?

Plus très sûre de moi. Me demande
si je préfère pas annuler.

Coco se mit à pianoter comme une folle sur son appareil. Elle n'était qu'à moitié surprise par cette nouvelle.

Trop tard maintenant. J'arrive dans
pas longtemps.

Elle ne laisserait pas Katie se défiler : elles allaient ensemble à cette réunion des anciens élèves. Hors de question que ça se passe autrement. Coco avait réservé pour deux nuits à la Villa Rose. Elle avait galéré pour avoir son vendredi après-midi. Katie ne pouvait pas se rétracter maintenant.

Ça n'avait pas été simple de convaincre Katie de venir, mais Coco avait trouvé une réponse à toutes les excuses que son amie lui avait présentées.

Elle était censée passer prendre Katie à quatorze heures. Elles prendraient ensuite le ferry de Seattle à Bremerton et longeraient la côte jusqu'à ce village qu'elles connaissaient toutes deux si bien : Cedar Cove.

Contrairement à Katie, Coco avait hâte de vivre ces retrouvailles. D'après Lily Franklin, l'organisatrice du week-end, Coco avait été la toute première à accepter l'invitation. Pourtant, son impatience à retrouver ses camarades de lycée ne s'expliquait pas aussi facilement qu'on aurait pu le penser.

Coco revenait dans sa ville natale, revoir l'école et ses camarades de classe, ce lieu et ces gens qu'elle connaissait depuis toujours, pour une seule et unique raison.

Ryan Temple.

Le simple fait de penser à Ryan faisait monter en flèche sa tension artérielle. À Cedar Cove, presque tout le monde le voyait comme une sorte d'Apollon au corps d'athlète, incapable de faire du mal à une mouche. Il avait été quarterback dans l'équipe de football américain, les trois années du lycée. Il jouait aussi au base-ball et s'avéra assez doué dans le domaine pour être sélectionné par une équipe professionnelle lors de sa deuxième année d'université. Il avait ensuite opéré en ligue mineure deux ou trois ans avant de rejoindre les Majors.

Elle avait oublié à quelle équipe il avait appartenu. Saint Louis ? New York ? Comme elle savait qui il était vraiment, elle n'avait pas retenu cette information. Ryan Temple était devenu la star du coin, le héros américain type. Elle ne serait pas surprise si Cedar Cove avait organisé un défilé en son honneur. Une flopée de fans envahirait les rues, les femmes se pâmeraient d'admiration et les enfants lui courraient après pour avoir un autographe.

Mais pas Coco. Personne ne connaissait Ryan comme elle.

Il lui avait fait du mal, beaucoup de mal, et elle était déterminée à lui dire enfin ce qu'elle pensait de lui. Pendant dix ans, Coco avait ruminé sa colère et sa douleur. Mais plus maintenant. Le moment était venu pour Ryan Temple d'assumer ce qu'il avait fait.

Coco respira un grand coup pour ralentir son rythme cardiaque. Elle avait tout prévu et elle savourait l'idée de l'humilier à son tour devant leurs camarades de classe. C'était tout ce qu'il méritait.

Comme elle voulait prendre la route avant que Katie ne change d'avis, Coco termina sa valise, attrapa sa trousse de toilette, son sac à main, ses clés de voiture et se retrouva dehors en dix minutes.

Pendant le trajet qui la menait à l'appartement de Katie, le téléphone de Coco émit un bip, signe qu'elle avait reçu un autre texto. Elle l'ignora, devinant qu'il provenait de Katie.

Leurs deux appartements n'étaient distants que de huit kilomètres, mais la circulation était si dense qu'elle mit presque autant de temps que si elle y était allée au pas de course. Comme elles en étaient convenues, Katie ne l'attendait pas devant l'entrée de son immeuble. Coco devait trouver un endroit où se garer, ce qui n'était pas une simple affaire dans le quartier de Denny Hill. Il semblait y avoir des travaux dans toutes les rues et elle dut faire le tour du pâté de maisons plusieurs fois avant d'avoir la chance de tomber sur une place de stationnement.

Elle s'empara de son sac à main, descendit de voiture et se précipita sur le trottoir pour rejoindre l'immeuble de Katie. Elle trouva son amie au troisième étage, occupée à faire les cent pas sur son palier.

— Tu m'en veux, pas vrai ? demanda Katie avec nervosité.

— Bien sûr que non.

Les pupilles sombres de Katie s'arrondirent sous la surprise et la gratitude.

— Je pensais que tu serais furieuse contre moi...

— Pourquoi ça ? Puisque tu viens avec moi comme prévu.

Les épaules de Katie s'affaissèrent comme si l'on venait de lui déposer une barre d'haltères de cinquante kilos sur le dos. Lorsqu'elle réussit à articuler, sa voix n'était plus qu'un cri plaintif.

— James ne veut pas me voir.

— Ça, tu n'en sais rien, insista Coco.

Pourtant, si tout ce que lui avait raconté Katie était vrai, c'était sans doute le cas. Malgré tout, son amie avait besoin de voir James pour mettre un point final à leur histoire. C'était une raison valable pour convaincre Katie d'y aller.

— Si j'ai accepté cette invitation, c'est uniquement pour lui. Et parce que tu me disais que je devais à tout prix le faire. Le truc, c'est que je ne connais pas grand monde et je doute que quelqu'un se souvienne encore de moi, expliqua Katie.

— Tu me connais, moi.

— OK, mais… très peu d'autres personnes. James a été clair : il ne veut plus rien avoir affaire avec moi. Je m'y suis résignée.

Coco posa la main sur sa hanche et se mit à ronchonner.

— Tu as ton mot à dire, toi aussi, dans cette histoire !

La détresse se lisait dans le regard de Katie.

— Je dois l'accepter. James a rejeté ma demande d'ami sur Facebook. Il n'a pas répondu à mon invitation LinkedIn et m'a bloquée de ses e-mails. J'ai compris le message. Ce qui est fait est fait.

— Il s'est engagé à venir à ce week-end de retrouvailles, non ? C'est peut-être ta seule et unique chance de lui parler. Tu veux vraiment laisser passer cette opportunité ? Si tu ne viens pas, tu le regretteras pour le restant de tes jours.

Katie ferma les yeux un court instant.

— Tu as raison.

— À mon avis, il veut te voir aussi, même s'il ne l'admettra jamais.

Katie n'en était pas si sûre et l'expression de son regard traduisait ses doutes.

Coco voyait les choses autrement.

— Il savait bien que tu serais invitée.

— Pas forcément, la contredit son amie. Il a été très clair quant à ses sentiments pour moi et à vrai dire, ce serait trop dur de subir un autre rejet de sa part. Ce qui s'est passé entre nous remonte à longtemps. Il a tourné la page et moi aussi. Participer à ce week-end ne ferait remonter que de douloureux souvenirs à la surface pour nous deux.

— Tu veux mettre les choses au clair, oui ou non ? demanda Coco, parfaitement consciente que c'était le désir le plus cher de son amie.

— Oui, répondit-elle à contrecœur.

— Alors prends ton sac et viens.

Aller à cette réunion des anciens n'était pas chose facile pour Coco non plus. Mais il était inutile d'accabler Katie avec ses émotions personnelles alors qu'elle devait déjà gérer les siennes.

Katie hésitait toujours.

— Une chance pareille ne se représentera peut-être pas, lui rappela Coco.

À chaque fois qu'elle était nerveuse ou prise d'un doute, Katie mordillait sa lèvre inférieure, une habitude qu'elle tenait de l'époque où elles étaient au lycée. Ce qu'elle était précisément en train de faire.

— D'accord, d'accord, lâcha Katie. J'espère juste que je ne le regretterai pas.

— Crois-moi, je suis sûre que non.

Katie lâcha un soupir moqueur en ouvrant la porte de son appartement. Elle se dépêcha d'entrer. Heureusement, ses bagages étaient déjà faits. Coco lui arracha la poignée des mains et se précipita sur le palier en tirant la valise. Elle n'allait pas prendre le risque que Katie change d'avis… encore une fois.

Katie suivit Coco jusqu'à sa voiture en traînant des pieds. Il lui faudrait puiser jusqu'à la dernière goutte de son courage pour survivre à ce week-end.

Coco ouvrit sa voiture et chargea la valise de son amie dans le coffre à côté de la sienne. Pendant ce temps, Katie se glissa à l'intérieur du véhicule avant d'attacher sa ceinture. Elle avait les épaules aussi raides que si elle se préparait à aller au combat.

Coco plaça ses mains sur le volant, puis elle marqua une hésitation. Elle adorait Katie et elle pensait vraiment qu'elle devait y aller. Mais il y avait aussi une part d'égoïsme dans tout ça. Aucune autre personne ne partageait sa vie de manière aussi significative et il lui paraissait difficile de participer à ces festivités toute seule. Katie était sa couverture de survie, une amie derrière laquelle elle pourrait se cacher quand les choses tourneraient mal avec Ryan.

Comme elle se sentait un peu coupable de forcer Katie à l'accompagner, Coco se mit à tripoter ses clés de contact.

— Tu l'aimes encore, hein ?

Katie acquiesça.

— Bizarre, non ? Est-ce qu'on se remet jamais d'un premier amour ?

— Ça va marcher, je le sais.

Katie n'eut pas l'air de la croire, mais elle sourit comme on se raccroche à un dernier fil d'espoir, de toutes les forces qu'il lui restait.

Après avoir évité les travaux, suivi les déviations et dépassé les bouchons, Coco se dirigea vers le front de mer. Elles payèrent la traversée et firent la queue pour monter sur le ferry qui allait les amener à Cedar Cove.

— On va passer un bon week-end, répéta Coco, davantage pour se remonter le moral que par réelle conviction.

Elle avait révisé tout ce qu'elle comptait dire à Ryan dans les moindres détails un nombre incalculable de fois. Ryan Temple allait enfin devoir lui faire face et payer pour l'enfer et l'humiliation qu'il lui avait fait subir. Si tout se passait comme prévu, il n'oserait plus montrer le bout de son nez. Son image de gentil garçon serait ternie à jamais.

La température extérieure n'excédait pas les dix-huit degrés, et pourtant il faisait trop chaud dans la voiture. Elles manquaient d'air. Katie inclina son siège en arrière et se laissa aller contre l'appuie-tête.

— James ne m'a jamais pardonnée, tu sais, murmura-t-elle sans regarder Coco.

— Ouais.

Le pardon n'était pas chose facile chez elle non plus.

— Tu y vas pour Ryan, pas vrai ?

Katie connaissait assez Coco pour lire en elle.

— Je préférerais ne pas en parler, si ça ne te dérange pas.

— Je comprends.

Les joues de Katie rougirent, peut-être aussi à cause de la chaleur dans la voiture.

— Ça ne fait rien. Pas grave.

Coco, cherchant à faire diversion, baissa les vitres afin de profiter d'un air un peu plus frais. L'odeur du bras de mer était plus piquante près de l'eau. Les mouettes volaient en rond au-dessus de leur tête et leur croassement résonnait sur le parking tandis qu'elles attendaient l'arrivée du ferry.

— Il est marié, Ryan ?

Coco évitait de croiser le regard de Katie.

— Je n'en sais rien.

Que Dieu vienne en aide à la pauvre femme qui aurait été assez stupide pour succomber aux charmes de Ryan Temple ! Coco sentit que son amie la fixait.

— Tu as de bonnes raisons de le détester.

— Pourquoi ça ?

Coco ravala son amertume : elle ne voulait pas que Katie devine la profondeur de sa haine pour cet imbécile.

— C'était il y a dix ans. J'ai mis ça derrière moi.

Ce n'était qu'à moitié vrai. Son emploi du temps professionnel était chargé et lui laissait peu de place pour les rendez-vous galants. Mais si elle rencontrait un mec bien, elle saurait trouver du temps.

Katie prit un air absent et un peu niais.

— Vous étiez le plus mignon des couples. Je me souviens que je vous voyais marcher dans le couloir et que je me disais que vous étiez parfaitement assortis. Qui aurait pu imaginer qui il était vraiment ?

Incrédule, Coco grogna et chercha un moyen de changer de sujet.

— Vous étiez faits l'un pour l'autre, insista Katie. Enfin, c'est ce que je pensais.

— C'était il y a longtemps.

— Dix ans, murmura Katie. Tu te rends compte que dix années ont passé depuis ce temps-là ?

Elle se redressa tout à coup et ses yeux s'écarquillèrent.

— La *time capsule.* On en a enfoui une, tu te rappelles ? On va la déterrer à un moment donné du week-end, non ?

— Ce n'est pas prévu avant le vingtième anniversaire.

— Ah, c'est vrai.

— Si la prochaine décennie passe aussi vite que ces dix dernières années, on ouvrira cette capsule en un rien de temps.

Le ferry approchait au loin. Elles n'allaient pas tarder à embarquer. Heureusement, il faisait plus frais dans la voiture.

— Avant la remise des diplômes, tu avais déjà imaginé à quoi nos vies ressembleraient dix ans plus tard ?

Coco retourna la question dans sa tête.

— Pas vraiment.

Le jour de la remise des diplômes, elle était déjà submergée par la tristesse, la confusion et la colère. Les deux premières émotions s'étaient apaisées avec les années, mais pas la colère. Ce sentiment était devenu comme une extension d'elle-même, un membre supplémentaire, un troisième bras ou une troisième jambe.

Le ferry se mit à quai et une longue file de voitures débarqua ; elles se fondirent les unes après les autres dans la circulation des quais. Coco démarra, passa la première et suivit le camion qui se trouvait devant elle jusque dans le ferry.

Katie ne dit rien pendant un long moment, puis elle chuchota :

— Merci de m'avoir convaincue.

— Je suis contente que tu sois là.

— On va passer un super week-end toutes les deux, à revoir de vieux amis, à parler de nos nouvelles vies, même si je doute que quelqu'un se souvienne de moi.

— Ils se souviendront de toi, lui promit Coco.

— Je n'en suis pas sûre, la contrecarra Katie. Mais ce n'est pas grave. J'y vais pour une seule personne.

Tout comme Coco…

CHAPITRE 3

MÊME SI ELLE APPRÉHENDAIT CES RETROUVAILLES, Katie savait que Coco l'empêcherait de faire marche arrière, surtout au dernier moment. Après tant de nuits sans sommeil, Katie allait enfin avoir l'opportunité d'expliquer à James ce qui s'était passé. La réunion des anciens était sans doute sa seule et unique chance de le faire, et comme disait Coco, si elle laissait tomber maintenant, elle regretterait toute sa vie d'avoir raté cette occasion.

Sans même avoir eu recours à un moyen de communication, son amoureux du lycée l'avait rayée de sa vie. Elle avait tenté de le joindre de différentes manières mais il n'avait répondu à aucune, balayant ses efforts d'un revers de la main. Katie ne s'attendait pas à ce que quelque chose change, mais il fallait qu'elle puisse au moins s'expliquer.

Coco monta sur le ferry et se gara près du véhicule qui se trouvait devant elle. Les voitures s'entassaient les unes derrière les autres, bien rangées, dans le ventre du bateau.

— Tu veux qu'on aille se prendre un soda ou autre chose sur le pont ? demanda Coco.

Katie secoua la tête.

— Nan, ça va.

— Tu es sûre ?

— Certaine. Vas-y, toi. Je vais rester un peu assise là et démêler mes pensées.

— Tu promets que tu ne vas pas t'enfuir ?

— Juré.

Coco sortit de la voiture et se dirigea vers les escaliers. Katie s'étira sur son siège. L'air était pur et frais. Elle respira à pleins poumons. C'était vraiment un bel après-midi. Le comité qui organisait les retrouvailles ne pouvait pas espérer un meilleur temps pour ses festivités. On aurait dit qu'ils avaient deviné quelle date arrêter.

Ce week-end avait le potentiel de changer une vie, même s'il provoquait un sentiment de malaise et d'étrangeté. Elle avait peine à croire qu'elle n'avait pas revu James depuis l'été suivant la remise des diplômes.

De toute sa vie, personne n'avait aimé Katie comme James Harper. Il aurait tout sacrifié pour elle. Même si Katie l'aimait en retour, elle n'avait pas pu le laisser faire. S'il n'avait pas poursuivi ses études à cause d'elle, ça aurait entaché leur relation pour toujours. En fermant les yeux, elle pencha la tête en arrière et s'imposa des pensées positives.

Impatiente, elle s'imagina revoir James à la réunion des anciens et réfléchit à la réaction qu'il aurait quand il la verrait. Elle se demandait s'il avait changé. Elle, oui. Pas tant d'un point de vue physique : les années l'avaient façonnée et lui avaient apporté de la maturité. C'était sans doute son cas à lui aussi. Savait-il qu'elle travaillait dans le social, à aider les jeunes adolescents ? Il était à l'origine de cette idée et Katie espérait que James s'en souviendrait.

La portière s'ouvrit et Katie sursauta. Coco était de retour, avec deux canettes de soda à la main. Elle en tendit une à Katie :

— Je t'en ai pris un quand même.

— Merci.

La canette était fraîche. Le cliquetis de la languette résonna dans les confins de la voiture.

— Tu t'inquiètes pour les retrouvailles ? lança Coco avant de prendre une première gorgée.

— Un peu.

Beaucoup, en réalité, mais ce n'était pas facile à admettre.

— Et toi ?

Coco remua sur son siège.

— Pas du tout.

— Tu es une pitoyable menteuse. Ton langage corporel te trahit, chérie, pouffa Katie.

— OK, je suis un peu nerveuse, mais pas plus que toi ou n'importe qui d'autre.

— Ouais, c'est ça.

Coco eut un large sourire.

— Je ne suis pas restée en contact avec grand monde.

— Moi non plus.

Entre ses deux emplois, ses cours du soir et l'obtention de son diplôme, elle n'avait pas eu beaucoup le temps d'entretenir ses amitiés. À l'exception de Coco et d'un ou deux autres, Katie ne s'était pas fait beaucoup d'amis en terminale. Elle avait intégré le lycée de Cedar Cove en octobre de la dernière année. Si elle n'avait pas fait partie de l'équipe de natation, elle n'aurait sans doute même pas été amie avec Coco. Leur amitié avait été décisive pour elle. Si Coco n'avait pas été là, Katie n'aurait peut-être pas noué de relations avec ses autres camarades de classe. Heureusement, dès le premier jour de son arrivée au lycée ou presque, toute timide, renfermée et le sentiment de ne pas être à sa place, Coco l'avait prise sous son aile.

Elles restèrent assises côte à côte en silence pendant plusieurs minutes, chacune dans ses pensées.

— Je peux te poser une question ? demanda doucement Katie.

— Tout ce que tu veux.

Puis elle se ravisa :

— Attends, je corrige. Tout ce que tu veux sauf si je ne connais pas la réponse, si je trouve ta question embarrassante, juste rasoir ou si ça ne te regarde pas.

— Dis-moi la vérité, ajouta Katie sans cacher son amusement.

— D'accord, c'est quoi ta question ?

Katie mit de côté sa canette de soda.

— Tu as déjà eu du mal à pardonner à quelqu'un ?

Coco se raidit dans la seconde. Katie prit conscience de l'impact de sa question et regretta de l'avoir posée.

— Pourquoi tu me demandes ça ? voulut savoir Coco.

Katie soupira si fort que ses épaules se soulevèrent au moment de l'expiration.

— J'essaie d'envisager cette rencontre avec James, en me mettant à la place de celui à qui on a fait du tort.

— Et *toi*, tu as déjà dû pardonner à quelqu'un ? rétorqua Coco.

— Bien sûr.

Elle n'aurait pas tenu jusque-là si elle n'avait pas appris à mettre un mouchoir sur les blessures de son passé, surtout sur la peine que ses parents lui avaient causée. Si elle n'avait pas pardonné à son père qui était un ivrogne et les avait abandonnées, sa mère et elle, quand Katie n'était encore qu'une fillette. Elle avait aussi dû dépasser la colère nourrie à l'encontre d'une mère qui s'était réfugiée dans la drogue et l'alcool.

— Ça a été facile ?

Katie ne savait pas trop comment cette conversation s'était retournée contre elle et elle ne comprenait pas pourquoi elle se retrouvait à devoir répondre aux questions.

— Non. C'était dur, mais nécessaire.

— Pourquoi ?

— Pourquoi j'ai pardonné ou pourquoi c'était nécessaire ?

Son amie s'était raidie. Les doigts de Coco serraient la canette comme si elle essayait de l'étrangler.

— Les deux.

— Je n'ai pas vu mon père depuis plus de vingt-cinq ans et je n'ai aucune nouvelle de lui. Il ne m'a pas demandé pardon. Il n'a pas cherché à me revoir. Quand j'étais petite, et surtout à l'adolescence, je voulais le voir juste pour l'insulter. Mais ça n'est jamais arrivé et je suppose que c'est mieux comme ça.

— Tu le détestais ?

Katie réfléchit à la question.

— Le détester ? Non, pas vraiment. Au bout du compte il a sans doute eu ce qu'il méritait. Le karma, tu sais ?

— Comment ça ?

— Le vieux proverbe « On récolte ce que l'on sème ». En tout cas, c'est comme ça que je vois les choses. Mon père a mal traité les gens et il a fini tout seul.

— Ça me donne de l'espoir, murmura Coco.

Katie ne tarda pas à réagir.

— De l'espoir ? répéta-t-elle.

— Je voulais dire « pas d'espoir ». C'est souvent ainsi que finissent ce genre de personnes, non ?

— Si.

Katie était convaincue d'avoir bien compris les paroles de son amie. Elle envisagea Coco d'un nouvel œil. Katie était bien consciente que son amie rêvait de vengeance. Le contraire était impossible. À sa place, Katie aurait ressenti la même chose.

— Mais tu as pardonné à ton père, alors ? demanda Coco.

Katie regarda ses mains et décida de lui dire la vérité.

— J'ai mis du temps. Ce n'est pas arrivé du jour au lendemain.

— Comment tu as réussi ?

Katie pencha de nouveau la tête en arrière.

— C'était vers Noël, une année. À l'époque, je devais avoir environ vingt ou vingt-et-un ans. Je sortais de cours. Il faisait nuit noire, et froid. La neige menaçait de tomber. Je me dirigeais vers l'arrêt de bus quand j'ai vu un homme étendu sur la pelouse, bras et jambes écartés. Il avait une bouteille d'alcool vide à ses côtés. Il s'était évanoui. Quelqu'un avait appelé le service de sécurité du campus et deux ou trois vigiles essayaient de le relever. Mon bus est arrivé et je n'ai pas pu suivre la suite des événements. Pendant mon trajet, j'avais la sensation étrange que cet ivrogne aurait pu être mon père. Je n'ai pas bien vu son visage et aucun détail chez lui n'allait en ce sens. Mais ça m'a rendue triste et un sentiment de pitié m'a submergée. Il me faisait de la peine. Sa vie était gâchée.

— Tu es donc passée de la haine à la pitié ?

— Je ne crois pas l'avoir jamais vraiment détesté. J'étais en colère et j'étais blessée. Il est parti quand j'étais toute petite, mais j'avais la curieuse impression que c'était de ma faute. Ce n'est pas du tout logique, mais je vois ça tout le temps dans mon travail. Les enfants, peu importe leur âge, se sentent coupables de ce qui se passe dans leur famille. C'est pourtant aussi absurde que de penser qu'il y a un lien de cause à effet entre le fait de ne pas finir ses devoirs et le réchauffement climatique.

Coco prit l'air pensive et sérieuse. Elle resta silencieuse quelques instants.

— Certaines choses sont impardonnables, en tout cas.

— C'est compliqué, parfois, c'est sûr. Ce que j'ai appris, et pourtant, je ne suis pas experte en la matière, c'est que le pardon n'est pas un cadeau qu'on fait à celui qui nous a offensé. C'est un cadeau que l'on se fait à soi-même.

— C'est facile à dire…

— Je sais.

Au loin, les docks de Bremerton étaient en vue. Afin de ne pas penser à l'inévitable, Katie détourna le regard. Toute cette discussion sur le pardon avait réveillé ses espoirs, et dans la même mesure, ses peurs. Le fait qu'elle ait appris à pardonner ne signifiait pas que James nourrissait l'envie ou le désir de mettre leur passé commun de côté.

— Et toi, tu te sens capable d'accorder ton pardon ? demanda-t-elle à Coco, espérant que l'interrogatoire allait changer de cible.

— Pourquoi tu me demandes ça ?

— Tu sais bien…

— Ben, je pense qu'on a tous fait des erreurs à un moment ou à un autre…

— Amen, confirma Katie dans un léger gloussement. Et il se pourrait bien qu'on ait blessé des gens sans le faire exprès ni même nous en rendre compte.

— Ce n'est pas vrai, rétorqua Coco. On en est toujours conscient.

Katie n'était pas d'accord mais ne voulait pas en discuter.

Ces retrouvailles allaient sans doute s'avérer intéressantes. Coco était expansive et chaleureuse. Katie était plus calme, sérieuse et timide. Voilà pourquoi elles étaient si bonnes amies : à cause de leurs différences. Elles s'équilibraient.

Katie se souvenait du jour de sa rentrée au lycée et de la peur qu'elle ressentait d'intégrer une nouvelle école, surtout en classe de terminale. Elle venait de changer de famille d'accueil pour la troisième fois en douze mois. Ce n'était pas qu'elle représentait un cas difficile ou qu'on avait du mal à la placer : elle n'avait jamais connu aucun problème dans ses autres familles d'accueil. Chaque transfert était dû à la malchance. Le premier couple qui l'avait accueillie avait été muté dans un autre État. Dans la deuxième, la mère venait de déclarer un cancer. Deux déménagements majeurs en très peu de temps. Sa dernière famille en date, les Flemming, était adorable, autant que des parents adoptifs peuvent l'être.

— On dirait qu'on arrive bientôt à Bremerton, déclara Coco, apparemment ravie de changer de sujet.

Le ferry s'amarra près du chantier naval de Bremerton qu'on pouvait voir au loin. Plusieurs vieux bateaux de guerre et autres transports longeaient le front de mer, ainsi qu'un certain nombre de sous-marins à propulsion nucléaire. Le chantier naval et la base navale représentaient une grande partie de l'économie locale, que ce soit à Bremerton ou à Cedar Cove.

Ralph Flemming, son père adoptif, avait exercé la profession d'ingénieur nucléaire sur ce chantier jusqu'à sa retraite, peu de temps auparavant. Les Flemming avaient ensuite vendu leur maison de Cedar Cove, fait l'acquisition d'un camping-car et voyageaient désormais un peu partout dans le pays. Une fois par mois, Katie recevait une carte postale d'un coin différent. Ralph et Sue avaient pris goût à leur nouvelle vie, tel un ballon d'hélium s'envolant dans le ciel et se laissant porter par le vent. C'étaient des gens bien, et Katie serait toujours reconnaissante de la générosité dont ils avaient fait preuve à son égard, surtout lors de cette dernière année de lycée.

CHAPITRE 4

Je me retrouvai bouche bée face à la pancarte À VENDRE de l'agence immobilière. Ça n'aurait pas dû me surprendre à ce point. Mark ne m'avait pas caché la vérité. Il se contentait de faire ce qu'il avait annoncé. Il déménageait. Et pourtant, j'étais sous le choc.

Je restai plantée un laps de temps indéterminé devant cette maison, avec la sensation qu'un ver me grignotait les entrailles. Telle une mixture dans un chaudron, elles se mirent à bouillonner, remuer et gonfler jusqu'à ne plus pouvoir contenir ma colère. Je me sentais aussi extrêmement triste. Un profond sentiment d'abandon me submergea. Une souffrance qui m'était familière et dont j'avais fait l'expérience les premières semaines après l'annonce de la disparition de Paul et de sa mort présumée.

Rover s'assit ; il semblait attendre une réaction quelconque de ma part. Je n'en avais aucune à lui offrir. La pancarte de l'agence immobilière devint floue.

Toute nouvelle tentative de dissuader Mark de partir serait vaine. J'avais déjà essayé et mes mots ne semblaient avoir aucun impact sur lui. Il devait n'attendre qu'une chose : être loin de moi. Je n'avais pas d'autre choix que de me résigner.

Le trajet de retour s'effectua à pas bien plus lents qu'à l'aller. Mon cerveau et mon cœur assimilaient l'information que je venais de découvrir. Je me rapprochais de la maison d'hôtes et un tourbillon de pensées envahissait mon esprit. J'étais à la fois triste et en colère et ce, dans des proportions égales.

En remontant l'allée, Rover tira sur sa laisse, impatient de retrouver Mark. Je tins bon mais je faillis tomber en avant.

Mark leva la tête. Quand il me vit, il retourna à ses occupations, indifférent. J'avais l'intention de passer devant lui sans dire un mot et d'entrer dans la maison, impassible.

Il méritait d'être puni par mon silence. Si j'arrivais à simuler l'indifférence, peut-être ressentirait-il le besoin de s'expliquer. Certes, je n'avais pas les idées claires, mais le désespoir et la confusion naissaient en moi. J'avais besoin de croire qu'il y avait une explication logique à son comportement, qu'il me cachait quelque chose, de manière délibérée ou non.

J'avais traversé la moitié de la propriété quand, la raison m'abandonnant, la parole prit le relais.

— Ça ne pouvait vraiment pas attendre ? lançai-je avec tant de colère que ma voix était méconnaissable.

Mark marqua une pause avant de se retourner pour me regarder. Il fronça les sourcils comme s'il ne voyait pas du tout ce que je voulais dire.

— De quoi tu parles ?

— Mettre ta maison en vente.

Ma colère était flagrante et palpable dans chaque syllabe.

— Où est le problème ? Je t'ai dit que je déménageais.

— Comme si j'avais besoin que tu me le rappelles... Et tu ne pouvais pas attendre d'être sûr de toi ?

Ma rage était telle que j'avais du mal à rester cohérente.

Il posa son pinceau et se retourna, face à moi.

— Je n'avais aucune raison d'attendre. J'ai décidé de partir alors je mets la maison en vente.

— Tu ne m'as rien dit.

— Pourquoi je l'aurais fait ? rétorqua-t-il.

— Tu as raison, répondis-je, blessée au plus haut point. Pourquoi tu m'en aurais parlé ? Notre... amitié, notre relation, ne signifie rien pour toi. Pourquoi partager quoi que ce soit avec moi ?

Mon emportement semblait le laisser perplexe. Il n'avait pas pris mes sentiments en considération une seule seconde. Si j'avais nourri le moindre espoir qu'il change d'avis, il venait de disparaître aussi vite qu'un glaçon dans de l'eau bouillante.

Il plaqua la main sur sa hanche.

— Je ne comprends pas pourquoi tu es si furieuse.

Je ne pouvais pas me l'expliquer moi-même. J'éprouvais le besoin irrépressible d'exploser et de le faire souffrir autant que je souffrais.

— J'aurais dû me douter que je ne pouvais pas compter sur toi. Tu fais ce que tu as toujours fait. Tu fuis. Alors vas-y. Sois lâche. Si les amis, les relations humaines, l'amour ne t'intéressent pas, alors bon débarras.

On se faisait face. Son visage était rouge de colère et je sentais le mien chauffer. J'avais les poings serrés de chaque côté de la taille et les ongles plantés si forts dans mes paumes qu'ils devaient y laisser des marques.

Il plissa les yeux et son regard se durcit.

— Je ne te dois aucune explication. Je suis un grand garçon.

— Très bien. Tu n'as besoin de personne ; tu es indépendant, un individu à part entière. C'est magnifique. Parfait, même. Je te souhaite une belle vie, parce que je n'ai pas besoin de toi non plus.

Rover aboya, mais Mark et moi l'ignorâmes.

— J'ai le droit de faire exactement ce que je veux, me rappela-t-il. Si je décide de mettre ma maison sur le marché, ça ne te regarde en rien, tu as compris ?

J'avais parfaitement compris.

— C'est clair comme de l'eau de roche.

Aucun de nous ne bougea. La laisse me lacérait la main et empêchait le sang d'affluer dans mes doigts. Je fis l'impasse sur ma douleur.

— Tu n'es pas ma mère, ni même ma sœur, dit-il en serrant les dents.

Il n'avait jamais mentionné aucune des deux auparavant : je savais si peu de choses à son propos. J'avais voulu présenter Mark à ma famille et il avait refusé. Les gens passaient dans sa vie comme l'eau d'un ruisseau coule sans interruption.

— En d'autres termes, je ne représente rien pour toi. Absolument rien.

Il cligna des yeux comme si j'avais visé dans le mille avec cette accusation.

— Si tu veux voir les choses ainsi, c'est ton affaire.

Ça m'agaçait qu'il ait le pouvoir de me blesser autant. Je fermai les yeux pour tenter de retenir mes larmes.

Tout à coup, sans avertissement préalable, la colère me quitta. J'étais épuisée, tant d'un point de vue physique qu'émotionnel. Pendant un long moment, je ne pus rien faire d'autre que rester là à le regarder.

Je mis du temps à retrouver ma voix.

— C'est de la cruauté intentionnelle, maintenant. Je n'aurais pas pensé ça de toi, murmurai-je.

Je connaissais Mark depuis des mois et je ne l'avais jamais vu se comporter ainsi.

Je lui tournai le dos et rentrai dans la maison en fermant la porte en douceur derrière moi. Je me penchai pour détacher Rover. C'est alors que je me retrouvai à genoux et que, contre toute attente, je serrai mon chien fort contre moi. L'adrénaline déferla dans mes veines. Une si forte émotion avait des conséquences physiques inévitables, mais ces tremblements me prirent toutefois par surprise.

Rover me lécha la main comme pour me réconforter. Lorsque je réussis à reprendre contrôle de mon corps, je me relevai et flageolai sur mes jambes jusque dans la cuisine. Debout, devant l'évier, face à la fenêtre, je pris de profondes inspirations à intervalles réguliers afin de ralentir mon rythme cardiaque.

Plusieurs minutes s'écoulèrent. Je commençais tout juste à maîtriser ma colère et ma frustration quand j'entendis la porte d'entrée s'ouvrir. Je ne compris qu'il s'agissait de Mark qu'en reconnaissant son pas. Je n'avais aucune envie de continuer cette dispute.

— Jo Marie.

Je l'ignorai.

Il se tenait juste derrière moi. Je sentais sa présence avec autant de force que si son corps était serré tout contre le mien.

— Jo Marie, tenta-t-il de nouveau.

Je refusais de lui faire face.

— Tu peux y aller, Mark… ou Jeremy, ou quel que soit le nom que tu préfères avoir ces temps-ci. Je ne te retiens pas en ce qui concerne le kiosque.

— Je vais finir mon travail.

— Pas la peine. Je te libère.

— J'ai dit que je finirais le travail.

Je ne pensais pas être capable de continuer à le voir.

— Franchement, je préférerais que tu t'arrêtes là.

Il marqua une pause avant de reprendre :

— Je t'ai donné ma parole. Ne t'inquiète pas. Ce ne sera pas long. Je devrais avoir fini dans la journée, demain au plus tard.

— Je te décharge de toute obligation.

J'avais beau m'efforcer de paraître calme et détachée, ma voix tremblait.

Mark posa les mains sur mes épaules. Je me raidis.

— Tu pourras m'envoyer la facture de tes services fournis jusqu'à aujourd'hui.

Il se rapprocha tout doucement.

— Je suis désolé, murmura-t-il.

Je sentis la chaleur de son souffle contre ma nuque. Des frissons me parcoururent le dos.

— Ouais, je suis désolée, moi aussi.

J'avais tenté d'adopter un ton désinvolte, mais je n'étais pas sûre d'avoir réussi.

— Te faire du mal est la dernière chose que je veux.

Si c'était bien vrai, il avait échoué d'une manière lamentable. Le trou qui s'était formé dans mon ventre avait doublé de taille dans la dernière demi-heure.

— Je préférerais que tu partes maintenant.

— Je ne peux pas.

— Je trouverai quelqu'un d'autre pour finir ce que tu as commencé, dis-je. Ce ne sera pas compliqué.

— Je ne peux pas te laisser ainsi, renchérit-il d'une voix si basse qu'elle en était à peine audible. Je mourrai de te quitter, que ce soit maintenant ou plus tard.

— Alors pourquoi tu le fais ? demandai-je.

Comme je pouvais m'y attendre, il ne me répondit pas.

— Ce qui te fait fuir est-il si grave que tu ne puisses pas m'en parler ?

Toujours aucune réponse.

Je me mordis la lèvre inférieure, redoutant de ne pouvoir retenir mes larmes beaucoup plus longtemps. J'étais furieuse de me mettre dans un état pareil.

Mark soupira et me força à me retourner. À l'instant où je me retrouvai face à lui, il me prit dans ses bras et s'accrocha à moi comme si sa vie en dépendait.

Mes bras restèrent ballants le long de mon corps. Je refusais de baisser la garde, de lui donner davantage encore le pouvoir de me blesser. Or, plus il me serrait contre lui, plus il devenait difficile de ne pas l'enlacer à mon tour.

— Il faut que tu saches que je t'aime, dit-il.

Il me lâcha avant de reculer d'un pas. Je baissai les yeux, incapable de le regarder. Mark prit mon visage entre ses mains. Je sentis la callosité de ses paumes contre ma peau douce.

— Jo Marie, articula-t-il d'une voix ferme et assurée. Si tu dois te souvenir d'une seule chose, souviens-toi de ça : je t'aimerai toujours.

J'essayai de tourner la tête et d'ignorer ces mots qui ne correspondaient pas à ses actes.

— Si tu m'aimais vraiment, tu ne ferais pas ça.

Il colla son front contre le mien.

— Va donc aimer une autre femme, l'empressai-je. Parce qu'honnêtement, ton amour me fait trop mal.

— Je ne peux pas.

Je voulais vraiment m'échapper mais il m'en empêcha. Il me releva la tête pour m'embrasser. Trois semaines s'étaient écoulées depuis que Mark m'avait déclaré ses sentiments. Trois semaines pendant lesquelles il avait tout fait pour m'ignorer. On aurait presque dit que de se trouver près de moi lui était insupportable. Il avait déployé des efforts surhumains pour m'éviter. Depuis tout ce temps, le seul contact physique que nous avions eu se résumait à une étreinte juste avant qu'il m'annonce son départ.

Je ne bougeai pas d'un pouce tandis que ses lèvres se posaient sur les miennes. Personne ne m'avait embrassée ou tenue dans ses bras depuis que Paul était parti en Afghanistan. Encore à cet instant, je n'étais pas sûre d'être capable d'éprouver quoi que ce soit si un autre homme me touchait.

En l'espace d'à peine deux secondes, je compris que j'avais eu tort.

Le baiser de Mark me transperça de part en part tel un laser. Je ne voulais rien ressentir, mais c'était plus fort que moi. Je gémis, ou bien c'était Mark. Ou alors nous deux en même temps. Je le pris dans mes bras et mes doigts vinrent s'entremêler aux courts cheveux dans son cou.

Il y avait de l'urgence, de l'ardeur, comme s'il était désespéré, comme s'il avait réfréné ce désir pendant si longtemps qu'au moment venu de l'assouvir, il se trouvait incapable de contrôler ses émotions refoulées et qu'il avait besoin d'un instant pour s'adapter.

Je faillis vaciller en arrière sous l'intensité de ses baisers. Je serais tombée si le creux de mes reins n'était pas plaqué contre le bord de l'évier.

— Jo Marie, murmura-t-il. Oh non… non… On ne devrait pas.

Il s'interrompit et recommença à m'embrasser avec la même ferveur. Il me tenait et me serrait si fort que j'avais du mal à respirer.

Je m'accrochai à lui, moi aussi, en espérant qu'il changerait d'avis après m'avoir prise dans ses bras et embrassée avec tant d'abandon.

Quand ses lèvres se décollèrent des miennes, il respirait avec force et lourdeur. Il pencha la tête et refusa de me regarder, puis lentement, doucement, il relâcha son étreinte. Il voulut s'extirper de plus belle, mais je ne le laissai pas faire. Mes bras entouraient sa taille et je m'agrippai à lui de peur de le perdre pour toujours une fois qu'il m'aurait lâchée.

Pendant un long moment, nous restâmes là à nous accrocher l'un à l'autre.

Déjà, je savais.

Rien n'avait changé.

Mark avait pris sa décision et le fait de m'embrasser, de me serrer contre lui, de me déclarer son amour n'y changeait rien. Ma colère avait disparu pour laisser place à un étrange sentiment de tristesse. Je baissai les bras et je me reculai.

Mark me touchait encore.

— Je vais finir le kiosque, dit-il.

J'acquiesçai.

— Je finis ce que je commence.

J'avais envie de le mettre au défi de finir ce qu'il avait commencé avec moi. Plus tôt, poussée par la colère, je l'aurais accusé d'être cruel. Je ne le pensais pas au moment où je l'avais dit. C'était ma douleur qui avait parlé. Mais désormais, je me rendais compte que j'avais raison : Mark Taylor était un être cruel, dans ses paroles et dans ses actes.

— Je donnerais tout pour que les choses soient différentes, ajouta-t-il.

Je réfrénai une réponse sarcastique. On avait déjà couvert ce terrain.

— Combien de temps tu vas rester ? demandai-je sans laisser poindre l'émotion dans ma voix.

— J'espère terminer aujourd'hui.

Ce n'était pas ce que j'avais demandé, mais je n'avais pas envie de m'expliquer.

— Si la météo le permet.
— Et ensuite ?
— Ensuite, je partirai.
— Si vite ?
Je déglutis en faisant fi de l'énorme nœud qui me serrait la gorge.
Il acquiesça de la tête.

CHAPITRE 5

Tandis que les deux jeunes femmes débarquaient du ferry à Bremerton, Coco remarqua que son amie s'était recluse dans le silence. James hantait l'esprit de Katie. Toutes ces étranges questions sur le pardon étaient révélatrices. Son amie n'avait jamais pu oublier son premier amour. Rompre avec lui l'avait presque détruite. Mais elles étaient là maintenant, toutes deux prêtes à confronter le passé, aussi douloureux fût-il.

Coco était perdue dans ses pensées lorsqu'elles s'engagèrent dans le virage qui passait devant le phare et les menait à Cedar Cove. Depuis que ses parents avaient déménagé à Chicago, elle avait évité la ville de son enfance. Voilà quatre ou cinq ans qu'elle n'était pas revenue. Rien n'avait changé et pourtant tout paraissait différent à la fois. Elle examina Harbor Street dans le détail. À quelques enseignes de magasin près, la rue était restée presque la même. Le salon de coiffure se trouvait à proximité du fleuriste et de plusieurs restaurants. On voyait la bibliothèque et le mât totémique au loin.

— Voilà la marina, s'écria Coco. Tu te souviens quand Sally faisait la folle après la remise des diplômes et qu'elle est tombée dans l'eau ?

Katie sourit.

— Vaguement.

— Tu plaisantes ? Comment t'as pu oublier ? Elle avait complètement pété les plombs ! Qui se serait douté que la fille du pasteur était capable de dire des grossièretés pareilles ?

— Tu as l'adresse de la maison d'hôtes ? demanda Katie.

— L'adresse ? répéta Coco. Je sais où elle est. C'était l'auberge des Frelinger, avant.

— Les Frelinger ? C'est qui les Frelinger ? Je croyais que cette maison d'hôtes portait le nom de son propriétaire ?

— De son nouveau propriétaire.

Coco tourna à droite et s'engagea sur une colline escarpée. Un grand panneau était accroché à l'entrée d'une allée et annonçait leur arrivée à la Villa Rose. Coco tourna le volant puis remonta l'allée. Elle eut tout de suite l'impression d'être de retour à la maison.

— Ouah, lâcha-t-elle sans faire exprès. Je ne me souvenais pas que ça ressemblait à ça.

Cet édifice de trois étages était à couper le souffle avec son porche panoramique et sa grande roseraie. À l'évidence, on venait de construire un kiosque. Suspendue à une corde qui en bloquait l'ouverture, une pancarte disait PEINTURE FRAÎCHE. Des roses rouges et jaunes, blanches et roses, s'épanouissaient à profusion dans le jardin adjacent.

— Je ne sais pas si je suis déjà venue ici, déclara Katie, tout aussi admirative.

Coco se gara à l'une des places assignées aux clients. Elle descendit de voiture et resta debout à étudier la maison, les mains sur les hanches.

— Le nouveau propriétaire a effectué beaucoup de travaux. Je ne me rappelais pas que cet endroit était aussi beau ni même aussi grand.

Katie la rejoignit avant de se diriger vers l'arrière de la voiture. Coco déverrouilla le coffre, sortit leurs deux valises et les posa sur le gravier.

La porte d'entrée s'ouvrit et une femme guère plus âgée que Coco fit son apparition sous le porche. Elle était accompagnée d'un chien de taille moyenne qui remuait la queue en guise de salutation.

— Bienvenue à la Villa Rose, lança-t-elle.

Malgré le beau sourire de cette dernière, Coco remarqua que la bonne humeur qui émanait d'elle ne se lisait pourtant pas dans ses yeux.

— Je suis Jo Marie Rose.

— Bonjour, répondit Coco, en soulevant sa valise pour aller sous le porche.

— Entrez donc, leur proposa Jo Marie. On va s'occuper de la paperasse et je vous conduirai dans vos chambres.

— C'est parfait.

— Vous devez être Kellie et Katie, devina Jo Marie tandis qu'elles montaient les marches du porche, leur valise à la main.

— Kellie, c'est mon nom de naissance, expliqua Coco, mais la plupart des gens m'appellent Coco.

— Vous êtes là toutes les deux pour un week-end de retrouvailles avec vos anciens camarades de classe ?

— C'est bien ça.

— Quand on sera installées, Katie et moi, on ira faire un tour au lycée.

— Ah bon ? s'étonna Katie.

— Bien sûr, pourquoi pas ? J'aimerais bien voir si certains de nos anciens profs y travaillent encore. Ce serait marrant.

— Le seul prof dont je me souvienne, c'est M. Kloster.

Et Coco savait pourquoi. James avait été l'assistant de ce professeur de maths et ce dernier lui avait demandé de donner des cours particuliers à Katie. Leur histoire était partie de là.

Elles finirent très vite de remplir les papiers et Jo Marie les mena dans leur chambre. Coco ne savait pas pourquoi elle avait suggéré de passer au lycée. Elle n'avait pas réfléchi à cette idée : en se rendant sur les lieux, elle ne pourrait pas s'empêcher de penser à la manière dont Ryan Temple l'avait humiliée.

Tout avait commencé au mois d'octobre de son année de terminale. Coco se souvenait de cet après-midi-là avec autant de clarté que si ça s'était passé la semaine précédente et non plus de dix ans auparavant.

Elle s'entraînait avec les autres pom-pom girls. Le vent fouettait des feuilles cuivrées et dorées sur l'impeccable gazon. L'équipe d'entretien avait bichonné le terrain de football en vue de l'important match du vendredi soir.

Même les plus menues informations restaient vivaces dans son esprit. Elle se rappelait du nom des adversaires de leur équipe. Tacoma. C'était drôle qu'un si petit détail fût encore présent dans son cerveau. Le lycée Tacoma offrait un éventail plus large d'étudiants doués dans cette discipline, mais Cedar Cove avait une arme secrète.

Ryan Temple.

C'était leur quarterback et il était bourré de talent. Une légère blessure au genou l'avait empêché de jouer les premières semaines de la saison, mais il était de retour, et si l'on en croyait les rumeurs qui circulaient dans l'école, il se trouvait en excellente forme.

Coco faisait partie des pom-pom girls qui devaient exécuter un numéro pendant la mi-temps du match le vendredi soir. Il y avait plusieurs avantages à vivre dans une petite ville. D'abord, toute la communauté soutenait l'équipe de sport du lycée. À chaque rencontre dominicale, les tribunes étaient pleines à craquer : élèves et enseignants mais aussi famille et amis, ainsi que tous ceux qui cherchaient à se distraire et à pimenter un peu leur week-end.

Les tenues des pom-pom girls n'avaient rien d'original, mais Coco avait trouvé une solution ingénieuse pour sortir de l'ordinaire. En relevant un pan de la jupe plissée et en y attachant une énorme fleur en tissu, elle avait réussi à changer leur look du tout au tout. Toutes les filles s'étaient montrées enthousiastes à cette idée.

Coco adorait les vêtements. Adolescente, elle ne vivait et ne respirait que pour la mode. Elle passait un temps infini le nez plongé dans les magazines et dans les livres, à étudier les différents styles et à assembler des idées de confection qu'elle espérait mettre elle-même en forme plus tard. Elle rêvait du jour où l'on porterait sa ligne de vêtements sur un podium de New York.

Elle trouvait intéressant et curieux de constater comment les rêves évoluaient. La vie l'avait menée sur un autre chemin, tout aussi stimulant et passionnant.

Ce fut le jeudi après-midi qui précéda le match que Ryan chercha pour la première fois à la voir après l'entraînement.

L'équipe de foot se trouvait sur le terrain et les pom-pom girls répétaient leur numéro dans le gymnase en attendant que les joueurs leur libèrent la place.

Les garçons se dirigeaient vers les vestiaires pour prendre leur douche quand les filles décidèrent d'investir le gazon. À un moment donné, les deux groupes se croisèrent.

Coco entendit quelqu'un l'appeler. Elle s'arrêta pour se retourner.

C'était Ryan.

— Coco, cria-t-il de nouveau. Attends.

Ses amies continuèrent leur chemin. Coco était bouche bée devant Ryan. Elle ne savait pas quoi penser. Il portait son casque de foot sous le bras et il y avait plusieurs taches d'herbe sur sa tenue couleur bordeaux et or.

— Salut, dit-il, l'air un peu penaud.

— Salut.

Il avait les yeux d'un vert émeraude incroyable. Coco n'était même pas sûre de l'avoir déjà remarqué.

Ses cheveux étaient teintés d'une riche et profonde nuance d'auburn. Il avait une petite cicatrice au niveau de l'œil gauche, juste en dessous de son gros sourcil.

— Je voulais te dire bonjour.

Cette information lui cloua complètement le bec. Coco perdait rarement ses moyens. Elle était extravertie et se faisait facilement des amis. Cependant, que le garçon le plus mignon et le plus populaire de l'école vînt lui parler était une nouveauté. Elle réussit à déglutir sans s'étouffer, ce qui tenait déjà du miracle, avec son niveau de nervosité.

— Bonjour.

— Bonjour, répéta-t-il avec un sourire éblouissant.

Il shoota dans une petite motte de terre du bout de sa chaussure.

— Tu vas à la fête après le match ?

— Moi ?

Elle plaça la main sur sa poitrine et sentit son cœur battre la chamade. Il sourit de nouveau et ses yeux brillèrent de plus belle.

— Ouais, toi.

— Je pense que oui.

Coco avait travaillé d'arrache-pied sur la tenue des pom-pom girls et la fête ne faisait pas vraiment partie de ses préoccupations. Le sourire de Ryan s'élargit davantage encore.

— Super, alors on se voit là-bas.

— D'accord.

Elle n'était capable d'articuler qu'une réponse à deux syllabes.

— À plus, dit Ryan avant de rattraper ses coéquipiers au trot.

— À plus, répondit-elle assez fort pour qu'il l'entende.

Coco mit plusieurs minutes à enregistrer le fait que Ryan Temple venait ni plus ni moins de lui proposer un rendez-vous galant.

Dès que Coco rejoignit ses amies sur le terrain, elles la bombardèrent de questions.

— Qu'est-ce qu'il voulait ? demanda Josie Sharp.

Coco ne savait pas trop quoi répondre.

— Il voulait me dire bonjour.

— Bonjour ? C'est tout ?

Coco acquiesça.

Les pom-pom girls s'extasièrent en formant un cercle autour d'elle.

— Vous vous êtes forcément dit autre chose, vu le temps que vous êtes restés à parler, insista Laurie Burke.

— Il m'a demandé si j'allais à la fête après le match.

Un silence consterné s'ensuivit, empreint à la fois d'incrédulité, de respect et d'admiration.

— Il t'a parlé de la fête ? murmura Josie, comme si Ryan s'était agenouillé pour la demander en mariage.

Quel cinéma ! Avec le recul, Coco en aurait levé les yeux au ciel.

— Qu'est-ce que tu lui as répondu ?

— À ton avis ? aboya Brittany Coolidge. Bien sûr qu'elle va aller à la fête.

— Moi aussi, j'y vais, ajouta Ruthie avant d'être imitée par les autres.

Ce vendredi soir là, le numéro des pom-pom girls était parfait, mais tout le monde ne parlait que de leur nouvelle tenue. Coco reçut beaucoup de compliments. Les Wolves de Cedar Cove s'en étaient sortis victorieux grâce à une passe de Ryan Temple qui avait occasionné un essai à la dernière minute.

La fête battait son plein quand Ryan arriva avec les autres membres de l'équipe de foot. Dès qu'il entra dans le gymnase, il s'arrêta pour étudier la foule.

Coco vit son regard se poser sur elle. Elle avait l'impression que son cœur allait se mettre à chanter. Elle dut se faire violence pour ne pas poser la main sur sa poitrine afin de calmer son corps en ébullition.

Ryan commença à traverser la pièce mais il dut s'arrêter à plusieurs reprises pour parler à des amis et des camarades de classe voulant le féliciter pour sa passe décisive. Coco resta figée sur place de peur qu'il cherche une autre partenaire de danse si jamais elle bougeait.

Quand il put s'échapper, Ryan se dirigea vers elle d'un pas nonchalant. La musique résonnait autour d'eux. Pendant un long moment, ils restèrent là à se regarder. Coco avait peur de reprendre sa respiration, certaine que le charme se romprait avec l'oxygène.

Après un certain temps, il sourit.

— Salut.

La manière dont il avait prononcé ce mot donnait l'impression qu'il avait attendu ce moment avec impatience toute la journée. C'était le cas de Coco.

— Super match.

Elle avait la bouche sèche, ce qui ne facilitait pas son élocution.

— Merci.

Il détourna le regard un instant comme si les compliments le mettaient mal à l'aise.

— Génial, votre numéro.

— Tu l'as vu ? s'étonna Coco.

— Juste les dernières minutes. Le coach nous a gardés aux vestiaires plus longtemps que j'aurais voulu, alors je n'ai pu voir que la fin. Tu étais superbe.

Coco savait qu'elle avait rougi.

— Vos nouvelles tenues sont hyper sexy. Il paraît que c'est toi qui as eu l'idée de la fleur.

Elle haussa les épaules comme pour minimiser la chose.

— J'aime bien faire ce genre de trucs.

— C'est ce que j'ai entendu dire.

Sa réponse sous-entendait qu'il avait posé des questions sur elle au lycée : sinon, comment l'aurait-il su ? Soit, il aurait pu l'apprendre au détour d'une banale conversation.

— Tu veux danser ? lui demanda-t-il, en regardant par-dessus son épaule les couples sur la piste de danse.

L'une des chansons préférées de Coco passait.

— D'accord.

Il lui prit la main et l'emmena sur la piste. Ce n'était peut-être que son imagination, mais Coco eut l'impression de fendre les eaux de la mer Rouge. Les couples s'écartèrent pour leur ouvrir la voie et les laisser prendre place au milieu de la piste au parquet verni.

Coco aurait juré que tous les regards de la pièce étaient tournés vers eux. Que Ryan soit venu la veille s'adresser à elle en public sur le terrain de foot et qu'il récidive à la fête ne passait pas inaperçu.

Ils dansèrent sur chaque chanson jusqu'à la fin de la soirée, puis Ryan proposa à Coco de la raccompagner chez elle en voiture.

— Merci, mais je suis venue avec quelques amies, dit-elle à regret.

Ryan eut l'air déçu.

— Tu es sûre ?

Elle hocha la tête. Il ne lui semblait pas juste d'abandonner Josie, Natalie et Laurie pour la seule et bonne raison qu'on lui proposait mieux. De plus, tout allait trop vite.

— Merci quand même.

— Qu'est-ce que tu as prévu, demain ?

Il n'avait pas l'air de vouloir en rester là.

Le cœur de Coco se serra.

— On va voir ma grand-mère à Yakima. C'est son anniversaire, elle a soixante-dix ans et toute la famille se réunit pour fêter ça.

— Tu ne seras pas rentrée samedi soir ?

Elle secoua la tête.

— Non, on reste dormir chez ma tante et mon oncle.

Coco regrettait de toute son âme que sa grand-mère ne soit pas née à un autre moment de l'année.

— Donc, tu es prise tout le week-end.

La déception se lisait dans ses yeux.

— Oui. Désolée.

— Je peux t'appeler ?

Le visage de Coco s'illumina.

— Ce serait super.

Il sortit son téléphone et elle lui donna son numéro.

— Je te tiens au jus.

— OK.

Du coin de l'œil, Coco voyait ses trois amies l'attendre avec impatience. Elles se tenaient près de la porte, blotties les unes contre les autres, à chuchoter entre elles. Coco n'avait pas besoin de sixième sens pour savoir de qui elles parlaient. Quand elle arriva à un mètre d'elles, Laurie l'attrapa par le bras et la tira vers elle.

— Oh la vache !

— Je n'arrive pas à le croire ! grommela Natalie.

— Il a dansé avec toi toute la soirée !

Ses amies s'agglutinèrent autour d'elle tel un troupeau d'oies. Elles posaient toutes des questions auxquelles Coco n'avait pas envie de répondre. Elle craignait qu'en dire trop ne lui porte la poisse.

— Ryan Temple en pince pour toi, insista Josie, le regard rêveur.

— Qu'est-ce que tu as fait pour attirer son attention ? demanda Laurie.

— Je... je ne sais pas.

— Bien sûr que si, la contredit Josie. Tu dois bien le savoir.

Coco n'était pas certaine d'avoir dit ou fait quoi que ce soit pour que Ryan s'intéresse à elle, mais elle n'allait pas remettre ce fait en question.

— Il vient de rompre avec Dakota Schmidt.

Natalie était toujours au courant de ce genre d'informations. La seule chose que Coco savait à propos de Dakota, c'était qu'elle avait été élue déléguée de classe et choisie pour prononcer le discours de fin d'année à la remise des diplômes.

— Qu'est-ce qui s'est passé entre Dakota et Ryan ? s'enquit Coco.

Aucune de ses amies n'avait la réponse, pas même Natalie.

— Qui a largué l'autre ?

De nouveau, le silence.

— On s'en fiche, insista Laurie. Maintenant Ryan a des vues sur notre Coco.

— Vous savez ce que ça veut dire ? s'écria Josie alors qu'elles passaient les grilles du lycée et entraient sur le parking. Qu'on va toutes pouvoir traîner avec l'équipe de foot, maintenant.

— Attendez, protesta Coco en levant les deux mains en l'air. Ryan et moi, on n'est pas ensemble.

— Pas encore, mais ça ne va pas tarder.

— C'est clair, confirma Natalie. Il veut sortir avec toi.

Coco n'était toujours pas convaincue.

— Je trouve que vous allez un peu vite en besogne.

— Il a demandé à te revoir ? voulut savoir Natalie, indiscrète. Elle mit son bras sous celui de Coco.

Coco n'était pas sûre de vouloir fournir cette information.

— Même s'il l'avait fait, ça n'aurait rien changé : c'est l'anniversaire de ma grand-mère ce week-end.

— Il te l'a demandé, alors, hurla Josie.

— Vous prenez toutes vos rêves pour des réalités, répéta Coco qui regrettait maintenant de ne pas avoir accepté la proposition de Ryan.

Si elle était partie avec lui, elle se serait épargné l'interrogatoire de ses amies. Elles arrivèrent à la voiture. Natalie ouvrit les portes et Coco s'installa sur la banquette arrière comme à l'aller pour voir le match.

— Coco, passe devant.

— Devant ? Pourquoi ?

— Tu sors avec Ryan Temple maintenant et tu as droit à certains privilèges !

— Arrêtez, s'écria Coco, gênée.

Elle aurait voulu en dire davantage, mais un bip indiqua la réception d'un texto sur son téléphone.

— C'est Ryan, murmura Laurie.

La voiture tout entière plongea dans le silence.

— Tu n'en sais rien, répondit Coco.

— Tu ne vérifies pas ? demanda Josie.

— Je regarderai plus tard.

— Regarde maintenant, la supplia Natalie. Tu ne peux pas nous laisser dans l'ignorance comme ça.

— C'est bon, d'accord.

Coco sortit son téléphone. Évidemment, le message venait de Ryan.

— Qu'est-ce qu'il a dit ?

Natalie avait presque enjambé le siège avant pour voir le portable de Coco.

— Pas grand-chose. Qu'on parlerait plus tard.

Josie plaça ses deux mains sur son cœur.

— Pourquoi, mais pourquoi j'ai jamais de chance, moi ?

Coco soupira. À l'époque, elle ignorait tout ce qu'elle savait aujourd'hui. Si ça avait été le cas, elle aurait fait tout son possible pour que Ryan Temple jette son dévolu sur une autre fille.

CHAPITRE 6

La chambre de Katie se trouvait en face de celle de Coco, dans le même couloir. Elle y défaisait sa valise et suspendait ses vêtements dans le placard. Coco avait parlé de passer au lycée, mais Katie n'était pas sûre de vouloir l'accompagner. Coco solliciterait sans doute son soutien moral. Or, Katie avait besoin de son amie pour la même raison.

Il lui était difficile de croire que, quelques heures plus tard, elle reverrait James. Dans le pire des cas, il resterait sur ses positions. Ce n'était pas ce qu'elle voulait, mais elle serait bien obligée d'accepter sa décision. Peut-être leur restait-il une chance. Dans tous les cas, il lui fallait obtenir des réponses.

Ils s'étaient rencontrés quand Katie avait intégré la classe de terminale au mois d'octobre. Changer d'école avait été horrible. L'assistante sociale s'était démenée pour que Katie reste scolarisée dans le même secteur, mais il n'y avait plus de place pour une fille de presque dix-huit ans. Mme Gillian avait fait de son mieux pour Katie : elle l'avait placée chez les Flemming, des amis à elle. Ils avaient déjà accueilli des enfants dans le passé, mais pas depuis plusieurs années. Mme Gillian leur avait assuré que Katie ne poserait aucun problème et qu'elle ne resterait avec eux que pour quelques mois. Les Flemming avaient accepté et Katie avait trouvé pour un temps un nouveau foyer chez une merveilleuse famille. Elle faisait bien attention à se montrer toujours polie et offrait son aide dès qu'elle le pouvait. Elle ne leur demandait jamais rien qui ne lui était pas indispensable car elle désirait de tout son cœur terminer l'année scolaire et ses études secondaires au même endroit.

Pour obtenir son diplôme, elle avait besoin de s'améliorer en maths. Katie avait intégré une terminale avec une dominante en algèbre, mais dès le premier cours, elle s'aperçut que le niveau de son ancien lycée était bien inférieur à celui-ci. Elle n'arriverait jamais à avoir la moyenne sans demander de l'aide. Après le cours, elle alla timidement voir son professeur, M. Kloster, pour lui expliquer la situation.

Le professeur lui parla de son assistant. Au moment où James s'apprêtait à quitter la classe, M. Kloster le retint.

— James, lança-t-il à ce grand garçon au corps d'athlète. Vous connaissez déjà Katie, non ?

James la regarda avant d'acquiescer. Elle imaginait ce qu'il devait penser. Ses cheveux roux étaient en bataille d'avoir couru après son cours de natation et ses frisettes, qui lui arrivaient au niveau des épaules, flottaient dans tous les sens. Elle avait des taches de rousseur sur les joues et l'arête du nez. Elle portait des vêtements d'occasion. Elle n'était pas vraiment l'élève la plus cool du lycée.

— Katie a besoin de cours de rattrapage. Vous seriez d'accord pour l'aider les semaines à venir ?

On aurait dit qu'il avait demandé à James de garder un enfant en maternelle.

— Je suppose que oui, répondit-il avec un manque total d'enthousiasme.

— Très bien. Je vous laisse décider ensemble d'un planning de cours.

M. Kloster prit ses livres et se dirigea vers la porte. C'était le dernier cours de la journée, alors il devait avoir hâte de s'en aller. À la mine renfrognée de James, elle devina qu'il aurait préféré lui aussi s'échapper au plus vite. Hélas, il était coincé avec elle.

James et Katie sortirent de la classe.

— Ça t'irait, deux fois par semaine ?

Elle regardait toujours par terre, mais elle acquiesça.

— On peut se retrouver avant les cours ?

Katie secoua la tête.

— Non, désolée, je viens en car.

— C'est quand, tes heures d'études ?

Elle lui donna ses créneaux et il grogna.

— Ça m'aurait étonné, aussi. Moi, c'est en début de journée.

— Et après les cours ? demanda-t-elle, prête à louper le car du retour et à rentrer chez elle à pied.

Il hésita.

— C'est le seul moment où t'es libre ?

Il jeta un œil vers le gymnase qui se trouvait près de la cafétéria et elle comprit qu'en lui donnant des cours particuliers, il allait devoir faire l'impasse sur son temps libre avec ses amis. Elle hocha la tête.

— Désolée.

— Super, vraiment super, grommela-t-il.

Ils décidèrent d'un endroit où se retrouver, puis il lui demanda si elle avait beaucoup de retard.

— Je… je ne sais pas trop.

Tout ce que Katie savait, c'est qu'elle était complètement perdue.

— Tu as du temps aujourd'hui ?

Elle acquiesça, ses livres de cours serrés contre sa poitrine.

— Parfait, avait-il prononcé à contrecœur.

Ils commencèrent à se retrouver après les cours, deux fois par semaine. Au début, le malaise était palpable. Ils s'asseyaient à une table dans un coin de la cafétéria, l'un en face de l'autre. Elle prenait à peine la parole, à moins qu'il ne le lui demande, et James ne semblait pas avoir très envie de discuter avec elle. Le temps passé ensemble se résumait à résoudre des X et à chercher des Y.

Katie se perdait dans les multiplications qu'il lui donnait à faire.

— Ce n'est pourtant pas si compliqué, grinçait-il entre ses dents.

Peut-être pas pour lui.

— Je ne suis pas bonne en calcul.

Très vite après leur premier cours, James s'énerva de la voir griffonner sur son bloc-notes.

— Il y a une calculatrice sur ton portable, marmonna-t-il avec impatience.

Katie avait du mal à croiser son regard.

— Je n'en ai pas.

Il eut l'air stupéfait.

— Qui n'a pas de portable de nos jours ?

— Moi, murmura-t-elle.

— OK, peu importe, utilise le mien, ajouta-t-il en faisant glisser son téléphone de l'autre côté de la table.

Ces deux premières semaines furent dures à supporter pour Katie. De toute évidence, James avait dû sacrifier son temps de basket à cause d'elle. C'était sans doute pourquoi il lui en voulait. D'autant que ses copains le taquinaient en disant que Katie était sa petite amie, ce qui n'arrangeait en rien la situation.

Katie n'osait pas regarder James. D'ailleurs, ce n'était pas nécessaire. Elle devinait très bien ses réactions. Elle faisait de son mieux, mais tout ce qui concernait les maths revenait à apprendre une langue étrangère pour elle. Quand ils commencèrent à travailler sur les équations du second degré, son estomac se noua et elle se sentit stupide au plus haut point.

— Tu n'as qu'à suivre les étapes, lança James. Allez, tu n'es pas débile. Tu peux le faire.

— Je n'y arrive pas si tu me cries dessus.

— Je ne crie pas, se défendit-il.

Il avait baissé la voix en regardant le gymnase avec envie.

— Tu es énervé parce que tu préférerais être avec tes potes et que tu es coincé à devoir m'aider.

— Je suis énervé parce que te faire travailler, c'est vraiment frustrant.

— Moi aussi, ça m'énerve, cria-t-elle en repoussant son livre. Je ne comprends rien à tout ça.

Elle était sur le point de pleurer et sa voix trembla.

— Tant pis pour ma moyenne. Tu as essayé de m'aider… et j'apprécie ton effort. Va jouer avec tes copains.

Elle se leva, attrapa son manuel, prit son pull et commença à s'éloigner.

Un instant plus tard, James la rattrapa.

— OK, OK, j'ai compris : les maths, ce n'est pas ton truc.

Il expira comme s'il avait du mal à retrouver patience et calme. Il suivit chacun de ses pas et ils arrivèrent dans le couloir, devant la cafétéria. Quand il reprit la parole, ce n'était pas pour parler algèbre.

— J'ai entendu dire que tu faisais partie de l'équipe de natation ?

Elle ne le regarda pas de peur de voir l'agacement sur son visage.

— Si tu n'as pas la moyenne, ton entraîneur te virera de l'équipe.

Katie déglutit avec difficulté. La natation était le seul domaine dans lequel elle excellait, la seule chose qui lui faisait du bien dans la vie. Se faire exclure de l'équipe la dévasterait.

Elle ne prononça pas un mot, mais la boule dans sa gorge grossit. Ça avait été de loin la pire année de sa vie. D'abord, une nouvelle famille d'accueil. L'assistante sociale lui avait dit que sa mère venait d'être envoyée en prison. On l'avait arrêtée pour vol. Selon toute probabilité, il s'agissait d'argent pour pouvoir acheter de la drogue. Katie n'avait pas d'amis, et même James la détestait.

Sa voix s'adoucit.

— L'équipe a besoin de toi.

Elle avait besoin de l'équipe, elle aussi, et de nager, mais elle ne le lui avoua pas.

— Je vais essayer de me montrer plus patient, promit-il en laissant échapper un soupir.

Katie ralentit le pas avant de s'arrêter pour de bon. Elle pesait le pour et le contre.

— OK, je vais essayer aussi.

Les mains dans les poches, James s'adossa à l'un des casiers.

— Désolé de t'avoir crié dessus.

Katie leva alors la tête et écarta les cheveux roux qui lui cachaient les yeux.

— Je suis désolée aussi.

— Tu n'es pas débile, répéta-t-il en se redressant avant de la raccompagner dans la cafétéria.

— Ça, ce n'est pas si sûr.

— Faut que tu arrêtes de penser comme ça, lança-t-il. Ça contribue à ton échec. Tu es convaincue que tu ne comprends rien aux maths. Si tu te donnais ne serait-ce qu'une chance, tu y arriverais davantage. Essaie d'être positive.

— Tu crois vraiment que ça va m'aider ?

Katie ne pouvait s'empêcher d'être sceptique, même si elle devait bien avouer qu'il avait raison. Elle n'avait pas adopté la bonne attitude, mais lui non plus.

— Ça ne peut pas faire de mal.

— Alors je vais essayer, mais seulement si toi aussi tu essaies.

— Moi ?

— Oh, vas-y, James, admets-le. Tu t'es retrouvé piégé à devoir me donner des cours et tu n'aimes pas ça. Je ne te reproche rien, mais ton comportement ne facilite pas les choses non plus.

Il arqua les sourcils comme si le fait qu'elle puisse aligner plusieurs mots à la suite le stupéfiait.

Une minute passa et puis il sourit. Il sourit vraiment. Alors Katie aussi.

— D'accord. On recommence tout et on repart tous les deux du bon pied.

— OK.

Les cours particuliers se passèrent mieux ensuite.

Se lier d'amitié avec Coco l'avait beaucoup aidée aussi. Elles étaient toutes les deux dans l'équipe de natation. Cette fille était aussi ouverte, sociable et haute en couleur que Katie était réservée et timide. Elle se souvenait encore des premiers mots que Coco lui avait adressés.

— La vache, tu es rapide.

— Merci.

— On est super contentes que tu fasses partie de l'équipe. On est quelques-unes à aller prendre un verre après la course. Tu veux te joindre à nous ?

Katie avait envie d'y aller plus que tout, mais elle n'était pas libre. Mme Flemming l'attendait à la maison pour préparer le dîner. Il aurait fallu prévenir sa famille d'accueil avant la course.

— Je ne peux pas, dit-elle, des regrets dans la voix. Désolée.

— Une prochaine fois, répondit Coco avant d'être prise d'une hésitation. Je peux te faire une remarque sur tes vêtements ?

Katie était convaincue que son visage était devenu rouge écarlate.

— Je sais, ils sont…

Coco tendit la main et prit Katie sous le bras.

— Je veux intégrer une école de mode, alors je fais ça tout le temps. J'espère que ça ne te dérange pas. Je me disais que si tu laissais ton haut dépasser, ça rendrait vachement bien avec ta tenue. C'est le style de cet automne, on peut le voir dans les magazines.

Katie ne savait pas trop quoi dire.

— C'est hyper gentil de ta part.

— J'adore ce genre de trucs. Mes copines ont l'habitude de m'entendre leur donner des conseils vestimentaires. Tout est dans les accessoires. Si tu veux, je peux te donner quelques astuces.

— OK.

Ce fut le début d'une longue amitié. C'était marrant de passer du temps avec Coco. Sa nouvelle amie débordait d'idées, d'énergie et de rêves pour l'avenir. Le simple fait d'être en sa compagnie donnait à Katie l'espoir qu'un jour elle serait capable de s'intégrer au reste des élèves du lycée de Cedar Cove.

Le lendemain, après leur cours de natation, Coco tira les boucles rousses et sauvages de Katie en arrière et les lui attacha dans la nuque. Le jour suivant, elle prêta à Katie une paire de pendants d'oreilles en argent et le collier assorti. Elle lui avait aussi donné une douzaine de bracelets fins du même goût, mais Katie trouvait qu'il n'était pas pratique d'écrire en les portant, alors elle les lui rendit. Mais elle se sentait très glamour grâce aux boucles d'oreilles et au collier.

Cet après-midi-là, elle avait un autre cours particulier de prévu avec James. Elle s'approcha de leur table. Son cœur battait si fort qu'il devait forcément l'entendre. Elle se demanda s'il avait remarqué ses bijoux.

Elle s'assit avant de plonger la main dans son sac à dos pour en sortir son manuel scolaire.

Pendant un moment, James resta silencieux avant de lui dire qu'il la trouvait jolie. Katie le remercia en baissant la tête. Elle ne voulait pas lui laisser voir à quel point son compliment lui faisait plaisir.

— Tu es venue dans un état d'esprit positif ?

— Et toi ? répliqua-t-elle.

— Oui, répondit-il en riant. Maintenant, on se met au travail.

Que James ne se soit pas énervé contre elle une seule fois pendant ce cours était tout à son honneur. Katie avait toujours du mal à comprendre, mais elle s'accrochait davantage. Quand l'équation du second degré n'aurait plus de secrets pour elle, elle aurait rattrapé le niveau de la classe. Dans le meilleur des cas, ça lui prendrait encore une semaine, voire deux.

Elle ne savait pas trop ce qui avait changé, mais suite à leur dispute, elle avait l'impression qu'ils travaillaient ensemble et non plus l'un contre l'autre.

Au cours suivant, Katie arriva la première à la cafétéria. James n'avait qu'une ou deux minutes de retard. Au lieu de s'asseoir en face d'elle, il prit place à ses côtés.

Surprise, Katie leva la tête, mais n'osa pas parler de ce changement ni penser à ce qu'il pouvait signifier. Son cœur se mit à battre la chamade à tel point que sa main trembla en cherchant son crayon.

James agissait naturellement, mais il n'y avait là rien d'ordinaire et Katie ne savait pas vraiment ce que ça voulait dire.

Il corrigeait le devoir qu'elle avait commencé en classe quand l'un des gars de son groupe d'amis passa par là.

— James, cria l'autre. Tu en as pour longtemps ? Il nous manque un mec.

— Encore un bon moment.

Le type braqua Katie du regard. Elle l'avait déjà vu dans le coin, mais elle ne connaissait pas son nom. Se faire scruter ainsi la mettait mal à l'aise.

— Quand est-ce que tu vas revenir jouer avec nous, mec ? Cette fille te prend tout ton temps.

— Cette fille a un nom : Katie Gilroy, rétorqua-t-il.

— Tu l'emmènes au bal de promo ?

À cet instant précis, elle eut l'impression que la Terre venait de s'arrêter de tourner. Le cœur de Katie battait dans sa gorge. Elle détestait voir James pris à partie de la sorte. Jamais il ne proposerait à une fille comme elle de l'accompagner au bal de promo, alors elle répondit à sa place par la négative.

Elle sentit ses joues la trahir et elle rougit. Son visage chauffait et elle baissa tant la tête que son front faillit toucher le manuel.

— Je passerai au gymnase tout à l'heure, Brandon, conclut James.

— C'est ça.

Brandon tourna les talons. Katie sentit que James s'en trouvait soulagé et s'aperçut qu'il n'était pas le seul.

— Désolé pour ce qui vient de se passer, dit-il un moment plus tard.

— Ce n'est pas grave, tu n'as pas besoin de t'excuser.

Il fit rouler le crayon entre ses mains.

— Quelqu'un t'a déjà invitée au bal de promo ?

— Non. C'est dans deux ou trois semaines, c'est ça ?

— Tout à fait.

Elle pensa un instant qu'il voulait discuter du bal, mais il changea de sujet et elle fut soulagée. Même si, par miracle, un garçon lui proposait d'y aller, Katie ne pourrait pas s'y rendre. Elle n'avait pas assez d'argent pour s'acheter une robe, des chaussures ou tout autre accessoire et il était hors de question d'en demander aux Flemming.

Son devoir terminé, Katie ferma son livre et le rangea dans son sac à dos. Elle s'attendait à ce que James veuille filer rejoindre ses copains au plus vite. Pourtant, il restait là à traîner.

— Je t'ai vue rentrer chez toi à pied, l'autre jour.

À chaque fois qu'elle restait travailler après les cours, elle loupait le car.

— Les cars sont déjà tous partis quand on finit notre cours particulier. Je n'habite pas si loin.

La maison des Flemming se trouvait à presque deux kilomètres du lycée, mais faire un peu d'exercice physique ne dérangeait pas Katie.

James jeta un coup d'œil dehors.

— Ça te dit que je te raccompagne ?

Sa proposition la laissa presque sans voix.

— Mais, et tes potes ? Tu ne vas pas jouer au basket ?

— Non.

Elle ne savait pas trop quoi répondre. Il lui semblait qu'il lui proposait bien plus que de la déposer chez elle.

— Tu veux que je te ramène ou pas ? répéta-t-il avec un sourire, en voyant qu'elle hésitait à répondre.

Il attrapa son sac à dos et le balança sur son épaule par la bandoulière.

Katie sourit et hocha la tête.

— Merci.

— Pas de quoi, dit-il. C'est sur mon chemin.

Lorsqu'il lui sourit, ce fut comme si l'univers entier lui souriait.

CHAPITRE 7

Ce ne fut que vers le début d'après-midi que je jetai un œil dehors et vis Mark qui peignait le kiosque. De toute évidence, il espérait avoir fini dans la journée.

Selon moi, il n'avait même pas pris de pause déjeuner et avait travaillé sans relâche. Je touchai mes lèvres du bout des doigts. Elles étaient encore un peu enflées par tous les baisers échangés plus tôt ce jour-là.

Comme j'étais hors de portée de vue du kiosque, je restai là, le ventre noué, à le regarder s'affairer au rythme effréné qu'il s'était imposé. Pour une raison inconnue, le souvenir du jour où j'avais appris que Paul était porté disparu et présumé mort me revint en mémoire. Un officier et aumônier de l'armée était venu m'annoncer la nouvelle tôt le matin, peu après six heures. J'étais levée et je faisais couler du café. Je me préparais pour aller au bureau.

Je ne me rappelais pas grand-chose de cette entrevue, ni les mots exacts qui avaient été employés. Tout s'était arrêté à la prononciation des termes *porté disparu* et *présumé mort*. Le choc qui en avait découlé m'avait mise tellement KO que j'avais eu l'impression d'avoir été envoyée en orbite dans un autre univers.

Ce qui m'avait frappée lors de cette horrible matinée, c'était combien j'avais eu besoin de ma mère. Je ne sais plus combien de temps j'avais mis pour réussir à la joindre au téléphone. Ça m'avait pris des heures, ou peut-être des minutes. J'étais complètement abasourdie. Je ne pense pas avoir articulé autre chose que « Maman ». Je chancelais, ma tête tournait à une allure folle, mais je n'étais pas en sanglots ni empreinte d'une vive émotion. Le choc m'avait paralysée. Pourtant, à la manière désespérée dont j'avais prononcé son nom, ma mère avait compris.

Ce dont je me souviens ensuite, c'est qu'elle était là avec moi. J'avais retenu mes larmes jusqu'à ce que ma mère me prenne dans ses bras. Elle me serra fort tandis que je hurlais ma peine. Je me balançais d'avant en arrière comme pour absorber les vagues de douleur qui déferlaient les unes après les autres dans mon corps dévasté par cet incommensurable chagrin.

Alors que je regardais Mark travailler, je ressentis le désir profond de joindre ma mère. J'avais besoin une fois de plus de son réconfort sans vraiment savoir comment l'expliquer. Je résistai autant que possible avant de me rendre dans mon bureau où je m'écroulai sur la chaise. Pendant cinq bonnes minutes, je restai plantée à scruter mon téléphone fixe. Quand je trouvai le courage de décrocher le combiné, je composai le numéro de ma maison de famille.

À la troisième sonnerie, ma mère répondit.

— Jo Marie, quoi de neuf ?

— Salut, Maman. Je te dérange ?

Un court silence s'ensuivit.

— Qu'est-ce qui ne va pas ?

— Qu'est-ce qui te fait penser une chose pareille ? demandai-je en regrettant tout de suite d'avoir cédé à ce besoin de l'appeler. J'aurais dû me douter que ma mère verrait clair dans ma fausse nonchalance. Elle me connaissait trop bien pour ne pas deviner ma détresse.

— Il se passe un truc, insista-t-elle, alors tu ferais mieux de tout me dire au lieu de prétendre que c'est un simple coup de fil de courtoisie. Je ne suis pas dupe, alors va droit au but.

Je me penchai en avant, je posai mon coude sur le bureau et plaquai ma main contre mon front.

— Mark s'en va.

— Ah... donc il s'agit de Mark, répondit ma mère comme si tout s'expliquait.

Je me pinçai l'arête du nez dans l'espoir vain de retenir mes larmes.

— Il finit la construction du kiosque et après il partira.

— Oui, tu m'avais dit qu'il comptait déménager, répliqua ma mère, aussi terre à terre qu'à son habitude.

De toute évidence, elle n'avait pas compris l'enjeu de la situation.

— Oui… Il m'en avait parlé il y a quelques semaines.

— Tu ne l'avais pas cru ?

— Si, mais…

— Donc tu es en train de me dire que maintenant qu'il concrétise ses dires, tu ne veux plus qu'il s'en aille ?

Voilà qui était bien résumé.

— C'est ça, avouai-je. C'est devenu quelqu'un d'important pour moi. C'est mon bras droit, mon ouvrier et mon meilleur ami. Et maintenant, il s'en va. Il n'est pas encore parti et je me sens déjà seule et perdue.

— Oh, ma chérie, je suis désolée.

— J'ai l'impression… je ne sais pas.

Il m'était difficile d'expliquer mon état à ma mère alors que je n'avais pas encore été capable de mettre moi-même des mots dessus.

— Quand nous sommes venus dîner à la maison d'hôtes, ton père était convaincu que tu avais un faible pour Mark, tu te souviens ?

— Je m'en souviens.

Ma mère n'était pas du genre à y aller par quatre chemins.

— Tu as des sentiments pour lui, n'est-ce pas, ma puce ?

Mes doigts vinrent se poser sur ma bouche. Je fermai les yeux et me rappelai la manière dont Mark m'avait tenue et embrassée avec urgence.

— Jo Marie ?

— Oui, admis-je, je pense que oui.

C'était la première fois que j'acceptais de le reconnaître tout haut. Avant qu'il m'embrasse, j'avais nié ressentir un quelconque attachement d'ordre affectif envers Mark. Désormais, je devais savoir si j'étais tombée amoureuse de lui, et j'avais peur de la réponse.

— Est-ce qu'il éprouve la même chose pour toi ? me demanda ma mère, la voix douce et prudente, comme si elle redoutait que sa question ne m'inflige du chagrin.

— Je crois que oui. Il ne veut pas me dire pourquoi il doit partir, mais ce qui l'y pousse doit être grave. Il a fait quelque chose dont il refuse de parler à quiconque.

La conversation que j'avais eue avec lui trois semaines auparavant hantait mon esprit.

— Tu crois qu'il a fait quelque chose d'illégal ?

La voix de ma mère s'était transformée en murmure. On aurait dit que le FBI avait mis mon téléphone sur écoute et qu'ils entendaient notre discussion.

— Non, je ne crois pas, répondis-je sans en être sûre.

Dès notre première rencontre ou presque, je soupçonnai Mark Taylor de cacher un lourd secret. Tout était mystérieux chez lui. J'avais fait des tas de recherches sur son passé mais je n'en avais tiré aucune information significative. À un moment donné, j'avais même pensé prendre rendez-vous avec Roy MacAfee, un détective de Seattle à la retraite, qui travaillait un peu dans le privé à ses heures perdues. En fin de compte, je m'étais ravisée.

Ma mère ne semblait pas convaincue.

— Alors, de quoi peut-il s'agir ?

J'aurais tellement voulu avoir la réponse.

— Je ne sais pas ; je n'en ai pas la moindre idée.

Ce secret tourmentait Mark. À la manière dont il m'avait serrée contre lui et embrassée, je savais qu'il nourrissait aussi peu que moi l'envie de partir.

— Oh, ma puce. Je suis désolée, mais d'une certaine façon, je pense qu'il vaut peut-être mieux qu'il s'en aille.

Je n'en croyais pas mes oreilles.

— Comment ça ?

Je devinai à l'hésitation de ma mère que ce qu'elle s'apprêtait à me dire lui pesait sur le cœur depuis un moment.

— Je t'ai bien observée ces dix-huit derniers mois, Jo Marie, et je t'ai vue te servir de Mark comme d'une béquille.

— D'une quoi ?

Ce qu'elle disait était absurde.

— D'une béquille. Il est devenu ton ami et ton confident et tant mieux, mais il est temps, Jo Marie. Temps pour toi de sortir de cette forteresse protectrice que tu t'es forgée et qui t'isole du monde. Tu étais folle de Paul et il était fou de toi. Il était tout pour toi et il a disparu. Tu étais perdue, seule, à la dérive et puis tu as rencontré Mark…

— Maman…

Je voulus protester, mais elle me coupa la parole.

— Bon sang, Jo Marie, regarde ta vie : ton meilleur ami est un homme à tout faire grincheux que tu gardes à portée de main. Tu ne sors plus avec tes amies. Tu te comportes comme une grand-mère, à faire des cookies et à tailler des rosiers.

— Je tiens une maison d'hôtes. Je n'ai pas beaucoup de temps libre, me défendis-je.

— Trouves-en, me contrecarra-t-elle. Tu es jeune et pleine de vie : il est temps que tu te reprennes. Oui, je sais que tu es en deuil, mais tu crois vraiment que c'est ce que Paul aurait voulu ?

Je ne voulais pas me disputer avec ma mère.

— D'accord, murmurai-je. Je vais y réfléchir.

J'avais besoin de mots réconfortants qui apaiseraient mon cœur meurtri.

— Je t'ai appelée pour parler de Mark, lui rappelai-je.

— Je sais. Peut-être que j'aurais mieux fait de me taire, mais ça fait un moment que je m'inquiète pour toi et que j'avais envie de t'en parler. Je sais bien que le départ de Mark est un coup dur. Mais c'est peut-être mieux comme ça.

— Il a mis sa maison en vente.

— Laisse-le partir, Jo Marie. Et profites-en pour aller vers les autres et te faire de nouveaux amis.

Ma mère m'avait donné matière à réflexion. Je n'étais pas forcément d'accord avec elle, mais ses paroles méritaient d'être prises en considération.

— Tu veux que je vienne passer quelques jours avec toi ?

J'étais tentée d'accepter, puis je décidai que ce serait dur pour mon père d'être privé de la présence de ma mère. Je n'avais qu'un mot à dire et elle prendrait le ferry suivant pour Cedar Cove, mais leurs vies s'en trouveraient chamboulées à cause de moi et de mon égoïsme. J'avais survécu à bien pire et j'allais surmonter cette épreuve.

— C'est gentil de proposer de venir, mais non merci, Maman.

— T'es sûre ?

— Certaine.

— Appelle-moi si tu changes d'avis.

— Promis.

Nous parlâmes encore quelques minutes pour échanger des nouvelles sur la famille. Je me sentais mieux après avoir raccroché. Parler à ma mère avait atténué ma souffrance.

Rover était endormi à mes pieds, le museau sur le dessus de ma chaussure. Je tendis le bras et lui grattai les oreilles. Lorsque je sortis du bureau, le soleil brillait et il commençait à faire chaud.

Je jetai un œil par la fenêtre et je vis Mark s'essuyer le front avec son avant-bras. Plus tôt dans la journée, j'avais préparé tout un pichet de thé glacé, alors je lui en servis un grand verre en ajoutant une tranche de citron. Les cookies aux raisins secs et aux flocons d'avoine que j'avais faits en début de semaine étaient réservés au congélateur. Je sortis le sac en plastique, pris quatre biscuits, les plaçai sur une assiette avant d'apporter le tout à Mark.

Il regarda par-dessus son épaule quand j'arrivai sous le porche. Il grimaça en me voyant.

— Je viens en amie, lui assurai-je. On dirait qu'une boisson fraîche accompagnée de quelques cookies ne te ferait pas de mal.

L'espace d'un instant, je crus qu'il allait refuser mon offrande.

— Merci. Laisse-les sur les marches, je les prendrai plus tard.

J'étais déçue mais je ne dis rien. Obéissante, je posai le verre et l'assiette de biscuits sur la première marche.

— C'est mieux comme ça, parce que les cookies sont congelés.

Il fronça les sourcils.

— Tu mets les cookies au congélateur ?

— Je *cache* les cookies au congélateur, le corrigeai-je.

— Parce que sinon je les mange dès qu'ils sont cuits, ajouta-t-il avant de sourire.

Je lui souris à mon tour.

— Non, c'est *moi* qui ai peur de tous les manger. Tu sais ce qu'on dit ? Loin des yeux, loin du cœur.

Soudain, son sourire s'évanouit et son visage devint grave.

— Tu me réserves le même sort, Jo Marie ? demanda-t-il en soutenant mon regard avec force.

Il avait l'air si sérieux que je ne réussis pas à parler tout de suite.

— Non, je ne t'oublierai pas, Mark, murmurai-je. Tu seras toujours là.

Je mis la main sur mon cœur.

Il continua de me regarder un long moment avant de se retourner et de se remettre à peindre. Je l'observai, incapable de bouger. Malgré les efforts qu'il fournissait pour le cacher, je décelai chez lui un brin de tristesse et de regret. L'espace d'une toute petite seconde, je crus qu'il allait lâcher son pinceau pour me prendre de nouveau dans ses bras. Cette impression passa si vite que je crus l'avoir rêvée. Peut-être était-ce juste mon cœur qui l'avait imaginé, priant qu'il l'entende.

Je retournai dans la cuisine où je restai debout à regarder par la fenêtre au-dessus de l'évier. Une fois encore, je me remémorai la conversation que j'avais eue avec Mark trois semaines auparavant quand il m'avait avoué pour la première fois avoir des sentiments pour moi. Mark avait dit quelque chose ce jour-là qui hantait mon esprit. Il avait parlé du fait qu'il sortait d'un trou noir, mais je n'avais pas compris ce qu'il voulait dire. J'avais essayé de lui poser des questions, mais il n'avait pas répondu. Il m'avait rappelé que Paul était un héros et s'était décrit dans la même phrase comme un être imparfait et brisé.

Encore aujourd'hui, je me souviens de l'intensité de cet aveu et des regrets qui transpiraient de chacun de ses mots. Même si Mark ne m'en avait jamais rien dit, j'étais convaincue qu'il avait travaillé dans l'armée. Le jour où j'en avais discuté avec Peggy et Bob Beldon, ils m'avaient fait part de la même impression. L'un d'eux, je ne me rappelle pas lequel, était presque sûr que Mark parlait allemand couramment.

L'année d'avant, quand il s'était cassé la jambe et qu'il était shooté aux analgésiques, il avait marmonné quelque chose d'inintelligible pour moi. À l'époque, j'avais pensé que la douleur l'avait rendu incohérent et qu'il s'agissait juste de bafouillages. Avec le recul, il s'était peut-être exprimé dans une autre langue, une langue qui m'était inconnue. Je voulus le lui demander, mais c'était impossible. À chaque fois que je lui posais des questions, il s'énervait et soit il m'ignorait soit il changeait de sujet. Il était devenu maître en matière d'esquive.

S'il ne me restait plus qu'un jour ou deux à passer avec lui, j'étais résolue à ne pas les gâcher à courir après des informations qu'il cachait de manière délibérée.

On sonna à la porte et je vérifiai ma montre. Je ne savais pas trop qui ça pouvait être. Les deux femmes que j'attendais étaient arrivées et avaient déjà rempli leur fiche. Elles m'avaient dit combien leur chambre leur plaisait. Je les avais décorées avec des fleurs de mon jardin fraîchement coupées et j'avais ouvert les fenêtres pour laisser entrer la brise. Le mois de septembre était vraiment une belle période de l'année dans le Nord-Ouest Pacifique. Je haussai les épaules, résignée à mettre de côté mes inquiétudes concernant Mark. J'affichai un sourire chaleureux et me dirigeai vers la porte d'entrée.

Rover arriva avant moi et s'assit sur son derrière, prêt à accueillir celui ou celle qui nous rendait visite.

C'était Mark.

Il ne se donnait pas souvent la peine de sonner à la porte. Il avait le verre vide et l'assiette dans ses mains.

— Merci, dit-il.

J'ouvris la porte plus grand, le débarrassai du verre et de l'assiette, les mis de côté et j'attendis qu'il entre. Il resta debout sur le pas de la porte.

— J'ai presque terminé la peinture, articula-t-il avant de fouiller dans sa poche revolver et d'en sortir un bout de papier plié.

Mon regard se figea dessus. La facture.

— Mais tu n'as pas encore fini.

— Je n'en suis pas loin, Jo Marie.

À regret, je lui pris le papier des mains et je baissai les yeux. Je ne voulais pas qu'il sache combien ce moment était difficile à vivre pour moi.

CHAPITRE 8

Après avoir défait sa valise, Coco s'assit sur le bord du lit et contempla, par la fenêtre de sa chambre, la crique qui s'étendait sous ses yeux. Des voiliers dansaient sur l'eau de la marina et les montagnes Olympiques occupaient l'arrière plan. Coco avait oublié à quel point la vue était belle depuis la baie. Ensuite, son regard se posa sur le lycée qui trônait sur une colline à portée de vue de la maison d'hôtes. Presque involontairement, son attention resta concentrée sur ce point.

Maintenant qu'elle était de retour à Cedar Cove, elle ne pouvait s'empêcher de repenser à ces premières semaines où Ryan avait fait attention à elle. Suite à la fête du vendredi soir et au fait que Ryan lui témoignait un intérêt évident, Coco était sur un petit nuage et y resta tout le week-end. En l'espace d'une soirée, elle était passée de la fille que l'on considérait comme décalée et excentrique à un être sensationnel. Apparemment, tout le monde voulait lui parler de ce qui se passait entre Ryan et elle. Comme si elle y comprenait quelque chose. Elle n'était qu'une pom-pom girl parmi d'autres et du jour au lendemain le garçon le plus populaire du lycée lui courait après.

Coco ne savait que dire à tous ces curieux. Il lui était impossible d'expliquer pourquoi Ryan s'intéressait à elle. À sa connaissance, il ne l'avait même jamais repérée auparavant. C'était pourtant la chose la plus excitante qui lui était arrivée en trois années de lycée. Peut-être aurait-elle dû tout arrêter à ce moment-là et retrouver la raison. Si elle l'avait fait, les événements qui s'ensuivirent ne se seraient pas produits.

Le lundi matin, quand Coco arriva au lycée, la rumeur les concernant s'était répandue comme une traînée de poudre.

Ryan attisa le feu en la traquant jusque dans la cafétéria à l'heure du déjeuner. Elle avait beau être entourée de ses amies, il n'hésita pas à lui demander de le rejoindre dehors. Coco acquiesça d'un air hébété et le suivit.

— Elle te va super bien cette jupe, lui dit-il d'une voix admirative.

— Ce vieux truc ? plaisanta-t-elle.

Cette jupe était *vraiment* vieille. Elle l'avait trouvée dans une friperie et l'avait transformée avec ses doigts de fée. Elle avait le don d'offrir une nouvelle vie à des pièces au rebut.

Il lui sourit et Coco aurait pu jurer que le soleil s'était mis à briller plus fort. Ce type était d'une beauté renversante et elle était devenue l'objet de son attention. Elle ! Ils déjeunaient, assis sur l'herbe et isolés des autres, quand Ryan mentionna le bal de promo. Les couloirs du lycée étaient couverts d'affiches qui annonçaient l'événement.

— Tu y vas ? lui demanda-t-il.

Son cœur se mit à battre à un rythme si effréné qu'elle redouta de s'évanouir l'espace d'une seconde.

— Je… je ne sais pas encore.

— Quelqu'un t'a déjà invitée ?

— Non, murmura-t-elle, paralysée par la peur de croiser son regard et qu'il remarque combien elle avait du mal à respirer.

Ce n'était qu'un demi-mensonge. Hudson Hamilton, l'un des plus gros intello de sa classe, avait bafouillé quelque chose à ce sujet devant Coco, mais il n'avait pas réussi à articuler les bons mots. Avant même qu'il termine, elle lui avait répondu qu'elle n'était pas intéressée. Elle n'avait pas voulu se montrer malpolie, mais avec le recul, elle avait bien peur d'avoir agi ainsi. En réalité, elle préférait rester chez elle à regarder *Lizzie McGuire* en rediffusion plutôt que d'aller au bal de promo avec Hudson. Elle doutait qu'il ait déjà embrassé une fille et elle ne voulait même pas imaginer ce que ce serait que de danser avec lui. Pas besoin de sixième sens pour deviner que Hudson, sur une piste, était un désastre, une bombe à retardement.

— Tu aimerais m'accompagner ? demanda Ryan.

Coco était trop stupéfaite pour répondre. Il ne lui semblait pas réaliste que Ryan Temple vienne de lui demander d'aller au bal de promo avec lui. Un rendez-vous amoureux avec Ryan, qui avait toutes les chances d'être élu roi de promo, était au-delà du possible. Elle resta là, bouche bée, pendant ce qui lui parut être une éternité, à le regarder sans arriver à en croire ses oreilles.

— Coco ?

Elle plaqua sa main contre sa poitrine et glapit un « D'accord ». La prononciation de ce seul mot lui avait ôté tout son oxygène et elle haleta. Pour essayer de paraître la plus nonchalante possible, elle sourit et ajouta que ce serait super.

Le visage de Ryan s'illumina d'un immense sourire.

— Parfait. De quelle couleur est ta robe ? Je veux être sûr que le bracelet de fleurs sera bien assorti.

Des fleurs ? Une robe ? Elle avait à peine pensé au bal de promo, encore moins à une robe.

À partir de ce moment-là, le monde de Coco avait basculé dans un tourbillon d'activités et d'excitation. Ryan Temple l'avait invitée au bal de fin d'année. Elle allait être sa cavalière ! Toute l'école savait qu'il lui avait demandé de l'accompagner. Si l'annonce était passée au micro dans les couloirs du lycée, le résultat aurait été le même.

Plus le jour du bal approchait, plus Coco aurait juré qu'un mariage royal n'aurait pas suscité autant d'engouement. La semaine précédant la date fatidique avait été folle. Elle aurait voulu trouver une vieille robe d'occasion à raccommoder, mais sa mère avait insisté pour que Coco s'en achète une nouvelle. Elles étaient donc parties en expédition à la recherche de la robe parfaite, des chaussures et des accessoires qui allaient avec. Elle s'était fait manucurer et coiffer dans le salon le plus cher de Cedar Cove. Sa mère lui avait dit qu'elle était d'une beauté à couper le souffle. Son père avait pris des photos.

Le soir du bal, quand Ryan passa la prendre avec la voiture de son père, tout ressemblait à un conte de fées. Il avait parlé quelques minutes avec les parents de Coco avant qu'elle ne fasse son apparition. Lorsque Coco entra dans la pièce, il se leva tout doucement comme s'il venait de voir un ange descendre sur Terre. Sa beauté le laissa sans voix, ou du moins il voulut donner cette impression et Coco tomba naturellement dans le panneau.

Sur le chemin, Ryan lui répéta combien il la trouvait belle et combien il lui était difficile d'arrêter de la regarder pour se concentrer sur sa conduite. Elle avait été bien idiote de le croire. Dès leur arrivée au bal, ils dansèrent sur chaque chanson. Comme elle l'avait prédit, Ryan fut élu roi de la promotion. Il refusa qu'elle danse avec un autre que lui. Elle était le centre de toute son attention. Il semblait être tombé follement amoureux d'elle.

Après le bal, Ryan lui proposa de faire un tour en voiture et elle accepta. La plupart des autres couples qu'elle connaissait se rendaient dans d'autres fêtes pour prolonger la soirée. Pour sa part, Coco vivait un rêve fantastique et si Ryan voulait passer du temps seul avec elle, alors c'était aussi ce qu'elle voulait. Elle exultait.

Un moment plus tard, Ryan gara la voiture dans un coin sombre qui surplombait la baie. Les lumières du chantier naval brillaient au loin. C'était romantique et parfait en tout point. Ce le fut davantage encore quand Ryan l'embrassa.

Coco s'abandonna dans ses bras avec enthousiasme. Elle adorait goûter à ses baisers, le sentir contre elle. Elle ne sut combien de temps ils s'embrassèrent avant qu'il ne cherche à tâtons la fermeture Éclair dans le dos de sa robe. Il la baissa assez pour avoir accès à sa poitrine. Coco n'était pas complètement naïve et elle savait bien que les choses allaient beaucoup trop vite. Elle cessa de l'embrasser et reprit sa respiration dans l'espoir de s'éclaircir les idées avant que la situation ne dégénère.

Ryan marqua une pause. Puis il rapprocha ses lèvres des siennes et la séduisit avec sa langue. Il lui murmura combien il l'aimait et combien il avait besoin d'elle. La tête de Coco lui tournait. C'était sa soirée. Il avait été couronné roi et elle était sa reine. Sa superbe reine. Quand il commença à lui caresser les seins, elle le laissa faire. C'était si bon et cela lui semblait si naturel. Les mots doux qu'il lui chuchotait avaient le même effet sur elle qu'un aphrodisiaque. Un peu plus tard, il glissa la main sous sa robe. De nouveau, elle l'en empêcha, mais c'était beaucoup plus compliqué cette fois-ci. Elle aimait ce qu'il était en train de faire et se délectait de se sentir ainsi désirée. Il prétendit qu'elle le rendait fou et que son désir pour elle était si intense qu'il en souffrait.

— Ryan, articula-t-elle.

Elle avait du mal à parler. Elle prit de profondes inspirations et tenta de toutes ses forces de mettre un terme à leurs ébats tant qu'il en était encore temps. Elle agrippa son poignet.

— C'est notre premier rendez-vous… Je pense qu'on devrait arrêter là.

— OK, murmura-t-il en l'embrassant à nouveau. Tout ce que tu veux.

Les mains de Ryan recommencèrent à s'affairer et la magie à opérer. Elle avait beau vouloir qu'il arrête, elle ne put se résoudre à prononcer les mots. Tout était si nouveau et merveilleux. Elle avait déjà eu quelques expériences, mais rien de tel.

Coco participa de son plein gré à ce qui suivit. Il s'était montré doux et même s'ils avaient fait l'amour sur la banquette arrière de la Mercedes du père de Ryan, Coco n'avait rien ressenti de minable ou de dégradant. Après l'acte, il l'avait serrée contre lui, embrassée et remerciée de s'être donnée à lui, de l'avoir laissé être son premier.

Plus tard, une fois rentrée, Coco n'avait pas réussi à trouver le sommeil. Elle était raide amoureuse, elle nageait en plein rêve et trouvait une explication logique aux derniers événements. Perdre sa virginité était un rite de passage, et nombreuses étaient les filles de sa classe qui avaient déjà passé le cap. Ryan avait fait en sorte que cela se passe de la manière la plus parfaite possible et elle l'aimait de tout son cœur. Il lui avait donné l'impression d'être une reine et prétendait tout haut qu'elle en était une.

Le dimanche, à l'église, elle commença à éprouver une pointe de regret, mais elle réussit à se convaincre que cette sensation de malaise disparaîtrait une fois qu'elle aurait parlé à Ryan.

Elle attendit son appel toute la journée. En fin d'après-midi, comme elle n'avait pas eu de nouvelles, elle lui envoya un texto auquel il ne répondit pas. Il était occupé… Il l'avait prévenue qu'il serait avec ses grands-parents, ou sa tante, ou quelque chose comme ça, et qu'il serait injoignable. C'était bien ce qu'il lui avait dit ?

Coco aussi avait des choses à faire. Elle devait discuter avec ses amies, revivre chaque minute du bal, leur expliquer qu'elle avait passé la soirée la plus romantique de sa vie. La question la plus récurrente qu'on lui posa fut la suivante : où Ryan et elle avaient-ils donc disparu après le bal ? Ils avaient reçu tout un tas d'invitations à des fêtes et ne s'étaient présentés à aucune. Coco réussit à rester évasive, mais elle aurait préféré avoir pu en parler avec Ryan en amont pour décider ensemble de la meilleure réponse. Ce qui s'était passé entre eux relevait du privé, du merveilleux et elle ne voulait pas mettre tout le lycée au courant.

Le lundi matin, elle l'attendit sur le parking de l'école. Elle ressentit un grand soulagement quand il fit son apparition. Il était avec trois de ses amis. Ils se mirent à rire quand ils l'aperçurent.

À rire.

Ryan et ses potes se félicitèrent en se tapant dans la main et il passa devant elle comme si elle était invisible.

— Ryan ? le héla-t-elle avant de lui courir après.

Il l'ignora totalement. On aurait dit qu'il ne l'avait ni vue ni entendue. Alors elle effectua une nouvelle tentative. Elle alla se planter devant lui pour lui bloquer le passage.

— Quoi ? lança-t-il.

Coco déglutit tant bien que mal sans savoir quoi dire.

— Je t'ai attendu.

— Et alors ?

— Je pensais…

— J'ai cours, conclut-il en la laissant sur les marches de l'entrée du lycée, paralysée par le choc et l'incrédulité.

Ce n'est que plus tard ce jour-là qu'elle apprit la terrible vérité. Coucher avec elle avait fait l'objet d'un pari, d'un défi. Tout le monde la considérait comme une « fille bien » et lorsque Ryan s'était vanté de pouvoir coucher avec toutes les filles qu'il voulait, ses amis l'avaient mis au défi d'essayer de se la faire. Tout ce dont il avait eu besoin, c'était de lui accorder un peu d'attention et un seul rendez-vous.

Ryan et ses horribles copains se comportaient comme s'ils avaient conquis Rome. Coco était convaincue que toute l'école serait au courant du petit jeu de Ryan en quelques minutes. Il avait prétendu pouvoir avoir toutes les filles qu'il voulait et grâce à elle, il avait prouvé qu'il avait raison. Toutes les filles… et Coco avait été une conquête facile. La prochaine fois, il chercherait un défi plus difficile à relever, s'était-il vanté.

Aussitôt qu'elle découvrit la vérité, Coco rentra chez elle et ne retourna pas en cours pendant presque une semaine. Il avait été facile de convaincre sa mère qu'elle avait la grippe. Elle avait mal au ventre et davantage encore mal au cœur. Elle passait tout son temps au lit, incapable de faire face à ses amies.

Dix ans après, l'humiliation que Ryan lui avait fait subir ne l'avait jamais vraiment quittée.

Pendant qu'elle était restée prostrée chez elle, quelqu'un avait crevé les pneus de Ryan.

Les soupçons se tournèrent vite vers elle. Une telle idée n'aurait jamais traversé l'esprit de Coco. Elle ne sut jamais qui en était responsable, mais cet individu était un héros à ses yeux.

Quand elles apprirent que Ryan avait couché avec Coco, ses amies s'étaient montrées compatissantes. La plus bienveillante d'entre elles fut Katie. Elles ne se connaissaient pas depuis longtemps, et pourtant Katie passa chez Coco tous les soirs avec la liste des devoirs pour sa classe. Katie n'avait jamais cherché à discuter avec Coco de cette humiliation. Elle n'avait été que gentillesse, prévenance et douceur.

Elle ne pouvait pas en dire autant des autres pom-pom girls. Elles avaient beau traiter Ryan de porc, Coco savait que s'il demandait à n'importe laquelle de sortir avec lui, elle sauterait sur l'occasion tout comme Coco l'avait fait.

Retourner au lycée lui demanda du courage. Au bout d'un moment, il lui fut impossible de continuer à se cacher dans sa chambre pour panser ses blessures. La seule option qui s'offrait à elle pour confronter Ryan, ses amis ou quiconque aborderait le sujet, était de prétendre qu'elle s'en fichait. Par conséquent, elle se montra d'une indifférence totale à son égard et fit semblant de n'accorder aucune importance à ce qui s'était passé. Qui pouvait jurer qu'elle n'était plus vierge, de toute façon ? Ryan pouvait bien déclarer ce qu'il voulait, personne n'en serait jamais certain à cent pour cent.

Heureusement, sa ruse sembla fonctionner. La semaine suivante, tout le monde avait oublié cette historie de pari. Les colporteurs de ragots avaient trouvé de nouvelles proies. Les vacances arrivaient à grands pas et Coco se concentra sur ses cours et sur sa famille. Puis ses parents, à qui elle ne s'était jamais confiée, proposèrent d'inviter Ryan à leur repas de Thanksgiving.

Elle avait failli hurler à cette idée. Ses parents furent déconcertés. Le fait que presque tout le lycée soit au courant de son humiliation était déjà assez gênant. Elle n'aurait pas supporté que sa famille apprenne la vérité.

— Je croyais que tu l'aimais bien ? s'étonna sa mère.

— C'est un jeune homme si bien élevé, insista son père. J'aimerais le voir plus souvent. À ce que j'ai compris, il a un superbe avenir d'athlète devant lui.

Coco voulait crier que Ryan n'était pas celui qu'ils pensaient. Non seulement, il l'avait prise pour une idiote, mais il était arrivé aussi à berner ses parents.

— On est tous les deux passés à autre chose, répondit-elle en espérant que ses parents se contenteraient de cette réponse, ce qui fut le cas.

Avec le temps, l'amitié de Coco et Katie devint de plus en plus forte. Jusqu'à la fin de l'année scolaire, Coco évita ses anciennes amies et cessa de répondre à leurs invitations. Elle quitta le groupe des pompom girls et resta la plupart du temps seule dans son coin.

Après la remise des diplômes, Coco prit un job d'été dans le fast-food où travaillait Katie. À plusieurs reprises, des copains de Ryan vinrent manger. Sans que Coco ne le lui demande, Katie alla à chaque fois prendre leur commande pour que son amie n'ait pas à le faire.

Coco mit tant bien que mal ses années lycée derrière elle. Mais pas Ryan. Son ressentiment par rapport à cette humiliation avait couvé et grandi jusqu'à se transformer en antipathie extrême. Elle se délectait à l'idée de lui faire face à ces retrouvailles des anciens élèves.

— Coco ?

Katie frappa à la porte de sa chambre et extirpa Coco de ses rêveries. Elle descendit du lit et ouvrit la porte.

— Ça va ? J'ai frappé plusieurs fois. J'ai cru que tu étais allée au lycée sans moi.

— Pardon… Je réfléchissais… tu sais, à ce soir.

La fête qui avait lieu ce soir-là représentait sa première occasion de revoir Ryan. Elle attendait ce moment depuis ces dix dernières années et elle n'allait pas laisser passer cette chance de lui dire combien il l'avait traitée comme une ordure.

— Tu es sûre que Ryan va venir ?

— Évidemment qu'il viendra. Son ego est beaucoup trop grand pour manquer une occasion de se faire admirer.

Et pourtant, l'admiration était bien la dernière chose dont Coco avait l'intention de faire don à Ryan Temple.

CHAPITRE 9

KATIE CHANGEA D'ATTITUDE concernant l'algèbre et concernant James. Il en fit de même envers elle. Elle s'appliqua, s'efforça de comprendre ce qu'il lui disait et suivit à la lettre ses consignes. Maintenant qu'il ne bouillonnait plus de rancœur, elle se sentait moins nerveuse. Katie se souvenait de la première fois où elle avait compris les notions de maths que James avait tant de mal à lui enseigner. Dès lors, tout le reste lui sembla plus simple. Pour une raison qu'elle ignorait, elle s'était convaincue qu'elle était mauvaise en mathématiques et qu'elle n'y comprendrait jamais rien. Heureusement, malgré quelques moments difficiles, la patience et les encouragements de James l'avaient aidée à entrevoir la lumière. Une lumière belle et éclatante.

— Ça y est, j'ai compris.

Son visage rayonna de joie et elle se tourna vers James pour lui sourire. L'excitation était telle qu'il lui était difficile de rester sur sa chaise.

Il la félicita en lui tapant dans la main. Il semblait partager tout le bonheur et l'enthousiasme de Katie.

Lors de leur cours suivant, elle lui montra son dernier contrôle avec fierté. Elle avait eu une très bonne note et c'était grâce à lui. Elle n'aurait jamais eu la moyenne s'il n'avait pas été là et s'il n'avait pas passé des heures et des heures à la faire travailler.

Le sourire de James était explicite.

— Tu vois, je savais que tu y arriverais.

— Merci.

Elle s'assit près de lui, à leur table attitrée dans la cafétéria du lycée. Les cours de rattrapage avec James étaient devenus son moment préféré de la semaine. Il lui manquait les jours où ils ne se voyaient pas. Ils se croisaient dans les couloirs deux ou trois fois par jour mais allaient toujours dans des directions opposées. Ils ne déjeunaient pas à la même heure. Le seul cours qu'ils avaient en commun était celui d'algèbre, niveau deux.

— On dirait bien que tu ne vas plus avoir besoin de prof particulier.

Sa joie s'évanouit en un quart de seconde. Cela signifiait qu'elle ne verrait plus James. Incapable de cacher sa déception, elle baissa la tête. Voilà ce qui expliquait la bonne humeur de James. Il n'allait plus être obligé de se la coltiner. Elle éprouva tout de suite un sentiment d'abandon. Elle le considérait comme un ami et commençait à avoir un petit faible pour lui.

— Alors, j'imagine que c'est fini ? C'est notre dernier cours, dit-elle en s'efforçant de mettre un peu d'enthousiasme dans sa voix.

C'était tout ce qu'elle pouvait faire pour déguiser sa contrariété.

— Comment ça ?

— On ne se verra plus.

— Pourquoi on ne se verrait plus ? demanda-t-il en fronçant les sourcils.

— T'as dit que…

Il sembla confus.

— Tu n'as plus besoin de cours particuliers, mais ça ne veut pas dire que… Enfin, sauf si tu n'as pas envie qu'on passe du temps ensemble.

Katie prit le risque de le regarder.

— Tu veux qu'on continue à se voir ?

— Évidemment. J'aime bien être avec toi.

La vague de bonheur qui la submergea lui donna envie de pleurer, mais elle s'abstint. Ils s'en seraient trouvé tous les deux très gênés.

— Ah bon ?

— Tu as travaillé hyper dur, Katie. Je sais que ce n'était pas facile pour toi, mais tu n'as pas laissé tomber. En fait, je préfère être avec toi que de jouer au basket.

Elle ne put s'empêcher de lui sourire.

— Je préfère être toi qu'avec n'importe qui d'autre.

James lui rendit son sourire, puis il détourna le regard.

— Je me demandais…, dit-il avant de marquer une hésitation, l'air soudain nerveux. Ça te dirait d'aller avec moi à la fête de vendredi après le match ?

Elle sentit naître une torpeur au milieu de la poitrine, au plus profond d'elle-même, pile dans son cœur. Elle éprouvait ce sentiment de perte et d'amère déception à chaque fois qu'on lui annonçait devoir changer de famille d'accueil. Cette douleur fourmillait jusque dans ses bras et ses jambes. Sans même pouvoir y réfléchir, elle attrapa ses livres et s'enfuit de la cafétéria en courant. Elle avait si hâte de s'échapper qu'elle faillit trébucher dans les marches. Quand elle se retourna, elle le vit planté dans le couloir ; il la regardait avec de grands yeux tristes.

Elle ne savait pas pourquoi cette invitation la terrifiait autant, étant donné qu'il lui plaisait. Ça avait ravivé chez elle tous les sentiments de peur et d'abandon qu'elle avait éprouvés dans sa vie.

Elle revit James pour la première fois lors d'une course de natation, juste avant les vacances d'hiver. Katie était tellement déconcentrée qu'elle perdit. Elle aurait pourtant dû gagner. Elle s'en voulut alors terriblement de ne pas avoir été à la hauteur pour son équipe, et se sentit mortifiée à l'idée que James ait assisté à sa défaite. Il l'attendait à la sortie de la piscine. Quand elle le vit, elle fut gênée au point de ne pas être capable de le regarder.

— Salut, dit-il en marchant à ses côtés.

Elle feignit ne pas l'avoir entendu.

Il réitéra, plus fort cette fois-ci :

— Katie, salut.

— Salut, marmonna-t-elle en détournant toujours le regard.

Elle serra son sac de sport et ses livres contre sa poitrine et marcha le plus vite possible sans pourtant se mettre à courir. L'air frais lui fouetta le visage et ses yeux s'humidifièrent. Elle voulait seulement qu'il la laisse tranquille. Elle n'osait pas le regarder.

James resta près d'elle en silence jusqu'à ce qu'ils arrivent au milieu du parking. Il prit alors la parole et articula :

— Tu es une bonne nageuse.

Elle ne comprenait pas comment il pouvait être de cet avis alors qu'il l'avait vue si mal nager.

— J'ai perdu la course… Je n'ai pas fait honneur à mon équipe.

Il se cala sans difficulté sur son rythme de marche, étant donné la grandeur de ses jambes par rapport à celles de Katie.

— Tu feras mieux la prochaine fois.

Elle se fit la réflexion que tout dépendrait de sa présence à la prochaine course. Le voir l'avait davantage troublée que n'importe quelle parole de n'importe quel individu.

— Laisse-moi te raccompagner en voiture, dit-il.

— Non.

— Katie…

— Pourquoi tu es venu ? lâcha-t-elle, comme s'il était responsable de sa mauvaise performance.

— Je voulais te voir nager.

— Pourquoi ? demanda-t-elle de nouveau.

— Je te l'ai déjà dit.

Elle serrait si fort ses livres contre elle qu'ils lui blessaient la poitrine. Des boucles de cheveux humides lui tombaient sur les joues tandis qu'elle scrutait la chaussée gorgée de pluie.

— Allez, Katie. Je vais te ramener chez toi.

Elle secoua la tête.

— Je préfère marcher.

— Sous la pluie ?

Elle hocha la tête au lieu d'articuler une réponse.

— Katie…

Elle déglutit avec difficulté. Il ne devait pas voir à quel point il la troublait.

— Promets-moi de ne plus jamais revenir à l'une de mes courses.

— Pas question.

— James, je t'en prie… Laisse-moi tranquille.

Il plaça la main sous son menton et lui releva la tête. Elle n'avait d'autre choix que de le regarder. Une larme coula le long de la joue de Katie. James la suivit du regard, puis il se pencha et l'absorba du bout des lèvres avec une tendresse infinie. La chaleur de sa bouche contrastait avec la fraîcheur de sa peau. Ses lèvres étaient chaudes et d'une incroyable douceur. Cette sensation provoqua chez elle le besoin d'aspirer un filet d'air.

Toute sa volonté disparut et Katie ferma les yeux en savourant le contact de sa bouche contre son visage. Il l'embrassa de nouveau mais, cette fois, plus près de sa bouche.

Katie fut incapable de réfréner un léger soupir de plaisir.

Lorsque la bouche de James glissa de la joue aux lèvres de Katie, elle en lâcha son sac de sport et ses livres tombèrent par terre. Ses genoux étaient sur le point de flancher. Le baiser de James était doux et humide. Il se montrait si tendre avec elle qu'elle eut envie d'en pleurer.

Quand il arrêta de l'embrasser, Katie posa le front contre son torse et il l'enlaça. La pluie se mit à tomber alors pour de bon avant de déferler sur eux à torrents. Aucun des deux ne bougea.

Après ce qu'il lui sembla durer une éternité, James frotta sa joue contre le sommet de sa tête.

— Tu veux bien me laisser te raccompagner maintenant ?

Katie acquiesça.

— Pourquoi tu t'es enfuie en courant ? demanda-t-il en posant les mains sur ses épaules comme s'il craignait qu'elle ne se sauve encore à toutes jambes. Si tu ne veux pas qu'on sorte ensemble, ce n'est pas grave. Contente-toi de me le dire.

Elle avait toujours les yeux rivés sur le bitume.

— C'est ce que je désire le plus au monde, James, mais je ne peux pas… Je ne sais pas danser et…

— Chut…, dit-il en posant un doigt sur ses lèvres. Pour être honnête, je n'avais pas hyper envie d'y aller, mais c'était impensable d'y aller avec une autre que toi.

Il la serra dans ses bras et posa son menton sur le dessus de sa tête.

— Je ne sais pas bien danser non plus.

— Je suis désolée de m'être enfuie.

— J'aurais dû m'écouter et te rattraper.

Il l'embrassa de nouveau et ses lèvres s'attardèrent sur celles de Katie.

À partir de ce jour-là, ils ne se quittèrent presque plus. James passait la prendre pour aller au lycée de sorte qu'elle n'eût pas à prendre le bus. Il lui laissait dans son casier des petits mots à lire pendant ses pauses et elle en faisait autant. Des billets doux griffonnés en classe dans lesquels elle mettait son cœur à nu. Elle avait gardé tous les siens.

Après les cours, elle allait chez lui et ils faisaient leurs devoirs ensemble. Il assistait à chacune de ses courses de natation et l'encourageait. Les amis de James devinrent aussi les amis de Katie, et pour la première fois de ses années lycée, Katie avait l'impression d'avoir trouvé sa place. Alors qu'elle avait toujours été timide et réservée par le passé, aux côtés de James, elle riait et plaisantait sans jamais craindre d'éventuelles moqueries.

Elle rencontra ses parents. Elle était la première fille que James ramenait chez lui et qu'il présentait à sa famille. Sa mère et son père ne cachèrent pas à Katie la fierté qu'ils éprouvaient à l'égard de leur fils, et c'était bien normal. James était intelligent. Très intelligent même. Il avait demandé à intégrer Harvey Mudd College en Californie et son inscription avait été acceptée. C'était une incroyable opportunité. Ses grands-parents assuraient le financement de ses études privées.

Au printemps, comme le bal de promo approchait, Katie confia à James qu'elle n'avait pas les moyens de s'offrir une belle robe de soirée. Alors il organisa un bal de promo rien que pour eux.

— On ne sera que tous les deux, lui dit-il. On va se faire notre bal de promo à nous.

Avec l'aide de sa sœur, il avait tout préparé. James et sa sœur avaient décoré le patio à l'arrière de leur maison avec des lanternes vénitiennes. La table de jeu était placée au centre de la pièce et recouverte d'une nappe en lin blanc. Leurs parents étaient sortis pour la soirée, sans savoir que James avait sorti leur belle vaisselle en porcelaine. Des roses trônaient au milieu de la table entre deux grandes bougies.

Cette soirée fut un rêve de romantisme devenu réalité pour Katie. La sœur de James joua le rôle de leur serveuse et ils prirent de la cuisine chinoise à emporter. Après dîner, ils poussèrent la table et les deux chaises. Au crépuscule, il enclencha une playlist qu'il avait préparée spécialement pour l'occasion. James avait pour mission de faire de leur soirée de bal de promo un moment enchanteur et mémorable.

Tandis que la musique résonnait dans le patio, James ouvrit les bras en direction de Katie. On aurait dit qu'il lui ouvrait son cœur.

Elle hésita.

— Je ne danse pas souvent.

Ses rares tentatives avaient été si maladroites qu'elles lui avaient laissé un sentiment de médiocrité et d'embarras.

— Moi non plus, murmura-t-il. On va apprendre ensemble.

Dans les bras l'un de l'autre, ils ne firent guère plus que piétiner un peu. James ne dansait que pour pouvoir serrer Katie contre lui. Elle posa la tête contre son torse : elle aimait entendre les battements de son cœur. Elle ferma les yeux, bien décidée à garder cette parfaite soirée en mémoire pour toujours.

— C'était la plus belle soirée de ma vie, avait-elle déclaré aux Flemming quand James l'eut raccompagnée.

Mme Flemming avait pris Katie dans ses bras.

— Il suffit de le regarder pour savoir qu'il tient à toi.

— Je tiens à lui, moi aussi.

Elle ne le disait pas clairement, mais Katie était amoureuse. Elle avait du mal à décrire ou à expliquer ce qu'elle ressentait en sa présence. Mais quand ils n'étaient pas ensemble, elle avait l'impression de n'être qu'à moitié vivante. C'était comme si leurs âmes étaient connectées et faites l'une pour l'autre.

Encore aujourd'hui, dix ans plus tard, Katie pensait que son année de terminale avec James représentait le moment le plus heureux de sa vie. Rien n'arrivait à la cheville de l'amour qu'elle avait éprouvé à son égard. James l'avait vraiment aimée. Personne n'avait autant tenu à elle que lui.

Comme le jour de la remise des diplômes approchait, il s'inquiéta de l'avenir de Katie. La question pesait lourd aussi sur ses épaules. Dans l'État de Washington, la prise en charge des enfants en famille d'accueil cessait dès lors qu'ils finissaient le lycée et atteignaient l'âge de dix-huit ans. L'avenir lui semblait sombre et effrayant. L'idée de subvenir à ses besoins en travaillant dans un fast-food faisait peur à Katie.

Le soir de la remise des diplômes, James la demanda en mariage. Katie crut tout d'abord qu'il s'agissait d'une proposition à long terme. Puis il devint clair qu'il voulait l'épouser avant la fin de l'été : avant son entrée à l'université.

— Oh James, c'est impossible. Tu vas à Harvey Mudd.

— On se trouvera un logement en dehors du campus. Ma grand-mère me paie les cours et tu peux trouver un travail. On y arrivera, fais-moi confiance.

Katie désirait tant croire que ce projet était faisable.

— Tu en as parlé avec tes parents ?

Il évita son regard.

— J'ai plus de dix-huit ans, Katie, et je veux me marier avec toi.

La tentation était forte, comme de remonter à la nage une rivière déchaînée à contre-courant.

— Laisse-moi réfléchir un peu. Mais James, je veux être avec toi plus que tout au monde.

Ils étaient un peu jeunes pour se marier, mais elle savait qu'il essayait de l'aider.

Il la prit alors dans ses bras et l'embrassa. Elle se sentit plus heureuse que jamais.

Leur bulle de bonheur ne tarda pas à éclater. La mère de James chercha à la voir peu après afin de parler de ce projet de mariage.

— Vous êtes tous les deux trop jeunes, insista Mme Harper. Nous t'apprécions, Katie, et tu étais parfaite pour James, mais nous doutons fortement que le mariage soit une bonne idée, pour lui comme pour toi.

Elle hésita et se mordit la lèvre.

— Quand James a annoncé à ses grands-parents qu'il voulait t'épouser, ils ont été très contrariés. Ma mère pense que ce serait une catastrophe. Étant donné qu'ils acceptent de financer les études de James, ils trouvent qu'ils ont leur mot à dire dans cette histoire et ils sont convaincus que ce serait une erreur. Franchement, Katie, je suis d'accord avec eux. Vous avez à peine dix-huit ans, l'un et l'autre. Tu es la première petite amie de James. J'ai peur qu'avec le temps il finisse par regretter sa décision. Tu la regretteras, toi aussi. Du coup, mes parents nous ont donné un ultimatum. Si vous vous mariez, ils se rétracteront et leur offre consistant à financer les études de James ne tiendra plus.

Katie haleta. Au fond d'elle, elle savait que Mme Harper avait raison, qu'ils étaient sans doute trop jeunes, mais ça l'écœurait.

— Nous savons que James tient beaucoup à toi et nous apprécions le fait que tu sembles tenir à lui aussi. C'est très bien, c'est une bonne chose. Crois-moi, si vous êtes faits l'un pour l'autre, vous vous retrouverez plus tard, mais là, ce n'est pas le bon moment.

Les yeux de Katie se remplirent de larmes.

— Qu'est-ce… qu'est-ce que je dois faire ?

Sa mère lui prit la main et la posa avec douceur dans la sienne.

— Si tu mentionnes notre conversation à James, ça va le rendre furieux. La seule solution que je vois, c'est une rupture nette. Raconte-lui ce que tu veux, mais romps, Katie, pour son bien comme pour le tien. Si tu aimes vraiment James, alors tu dois penser à son avenir et à ses besoins. Et une épouse, c'est la dernière chose dont il a besoin.

Il n'y avait rien d'autre à ajouter.

Sa mère avait raison. Sachant combien James tenait à elle, Katie se doutait bien qu'il ferait tout son possible pour prendre soin d'elle, même s'il devait sacrifier son avenir pour ça. Katie l'aimait aussi. Elle l'aimait assez pour faire ce qu'on lui demandait de faire, ce qu'il fallait faire.

Ils passèrent l'été ensemble et lorsque le moment de son départ à l'université arriva, elle lui annonça qu'elle avait rencontré quelqu'un d'autre. Il n'en crut rien et elle fut obligée d'admettre qu'elle avait menti. Ensuite elle lui servit un discours sur l'engagement que représentait le mariage. Elle lui raconta qu'elle avait besoin de voler de ses propres ailes, de vivre un peu, qu'elle ne voulait pas être pieds et poings liés. Elle désirait retrouver sa liberté. James ne la crut toujours pas et il refusa sa décision. Il pensait qu'avec le temps elle retrouverait la raison.

Elle ne pouvait pas se payer de portable. Par conséquent, quand James partit en Californie, il lui écrivit des lettres.

Chaque jour.

Au bout de quelques lettres, Katie ne réussit plus à les lire. C'était trop douloureux. Comme les empiler dans un coin et les ignorer lui brisait le cœur, elle ne tarda pas à capituler. Elle mourait d'envie de savoir comment il allait, alors elle s'assit et les lut toutes d'une traite, en pleurant sur chacune.

Lorsqu'elle entendit dire qu'il rentrait pour lui parler, Katie s'enfuit se cacher chez Coco et y resta jusqu'à ce qu'il retourne en Californie. Si elle l'avait vu en face à face, il lui aurait été impossible de prétendre ne plus l'aimer.

À Noël, il lui envoya un paquet par la poste, un collier avec un pendentif en forme de cœur. Katie n'avait jamais accusé réception de ce cadeau, mais elle portait toujours le collier autour de son cou, aujourd'hui encore. Elle ne l'avait jamais enlevé.

Les lettres continuèrent à arriver. Semaine après semaine. Mois après mois. Elle finit par ne plus pouvoir le supporter et elle lui répondit. La lettre la plus dure et la plus difficile qu'elle ait eu à écrire de toute sa vie. Huit mots. Seulement huit mots.

S'il te plaît, ne m'écris plus.

Ce ne fut qu'à ce moment-là qu'il cessa d'écrire. Katie alla vivre dans un centre d'hébergement financé par l'État. Elle prit deux boulots et suivit des cours du soir. Elle mit presque sept ans à obtenir son diplôme dans le secteur social, mais elle y arriva. Le seul lien qu'elle garda avec Cedar Cove fut Coco.

Quand Katie termina ses études universitaires, elle téléphona à Mme Flemming et demanda des nouvelles de James. Sa mère adoptive lui apprit que James avait réussi ses études, obtenu son diplôme avec mention et qu'il s'était fait embaucher chez Microsoft. Il n'était pas marié.

Elle avait vingt-cinq ans. Il lui fallut une semaine pour rassembler son courage et tenter de le joindre. Elle espérait que le timing, que sa mère avait qualifié de « mauvais » à l'époque, serait peut-être bon désormais. Mais sa tentative fut vaine. Il ne répondit pas à son e-mail et lorsqu'elle en envoya un autre, elle découvrit qu'il l'avait bloquée de sa boîte de réception.

Elle lui écrivit une lettre qui lui fut retournée avec le mot suivant : *S'il te plaît, ne m'écris plus.*

Alors elle s'était exécutée.

La réunion des anciens était sa seule chance de reprendre contact avec lui. Tout ce qu'elle voulait, c'était une opportunité de lui expliquer pourquoi elle avait rompu. Elle ne s'attendait pas à des retrouvailles romantiques ni même à recevoir son pardon : elle voulait juste lui expliquer. Mais elle doutait qu'il soit plus disposé à l'écouter que trois ans auparavant.

CHAPITRE 10

Je rangeai la facture que Mark venait de me donner dans ma poche, et me dirigeai vers mon bureau pour lui faire un chèque. Je ne pris pas la peine de regarder le montant qu'il avait noté : Mark s'était toujours montré honnête. En traversant la cuisine, la conversation avec ma mère résonnait encore dans mon cerveau. J'avais eu le temps de l'assimiler et ses paroles sonnaient juste, désormais. Voilà bientôt deux ans que j'avais perdu Paul et il était temps que je me reconstruise une vie normale.

Comme ma mère l'avait dit, je m'étais cachée derrière mes responsabilités à la maison d'hôtes. Elle avait raison sur un autre point, aussi. Je n'avais pas gardé contact avec mes amies de Seattle. Gloria, Gina et Melody avaient tenté de me joindre à plusieurs occasions et cherché à m'inclure dans leurs entrevues. À chaque fois, j'avais trouvé un prétexte bien pratique pour décliner et avec le temps, elles avaient arrêté de m'inviter. Je ne me souvenais pas de la dernière fois où j'avais ri avec des amies, où nous avions pris du bon temps entre filles, où je m'étais fait un ciné un samedi soir, où j'étais sortie dîner. Je n'étais pas allée voir un seul match des Seahawks depuis la mort de Paul, non plus. Je ne suivais presque plus les actualités de Facebook. Je ne m'y connectais plus que par intermittence.

L'activité la plus excitante à laquelle je m'étais adonnée ces six derniers mois était ma participation à un cercle de lecture. Je m'étais également attaquée à la réalisation d'un modèle compliqué de tricot, ce qui représentait tout une aventure.

Ça me faisait de la peine de l'admettre, mais ma mère avait mis en plein dans le mille. J'étais devenue une veuve barbante à l'existence morne, je m'étais coupée du monde extérieur. J'avais peur de vivre ma vie à fond. Quand j'avais rencontré Paul, je me considérais comme une femme intrépide, prête à relever les manches, partir en voyage sur un coup de tête. Je riais avec facilité et à gorge déployée. Je n'étais plus cette personne. Le deuil m'avait changée et je n'étais pas sûre d'aimer la femme que j'étais devenue.

Le téléphone sonna juste au moment où j'entrai dans mon bureau. L'appel venait de ma ligne professionnelle, je pris donc le ton le plus sérieux possible.

— La Villa Rose, Jo Marie Rose à l'appareil.

— C'est Lindsey Johnson.

Son nom me disait quelque chose, mais je n'arrivais pas à la situer.

— Que puis-je faire pour vous, Lindsey ?

— Vous ne vous rappelez peut-être pas de moi. Je vous ai contactée il y a quelques mois à propos de l'association SAS, Services d'aide aux survivants. À l'époque, vous n'aviez pas le temps et vous aviez dit n'avoir besoin de rien.

Je me souvenais de cet appel et comprenais maintenant pourquoi son nom me semblait familier.

— On ne m'avait pas encore notifiée de manière officielle la mort de mon mari… Son corps ne m'avait pas été renvoyé, expliquai-je. Je ne trouvais pas approprié de me joindre à votre groupe alors qu'il existait encore une possibilité pour que Paul ait survécu au crash.

— Je crois savoir qu'il a été identifié depuis, et qu'il repose en paix.

Ma voix manqua se briser.

— Oui. Il est enterré au cimetière d'Arlington.

— Toutes mes condoléances, Jo Marie.

— Merci, murmurai-je en retour.

— Je vous appelle pour vous dire que notre groupe de soutien se réunit la semaine prochaine et je voulais vous inviter personnellement à vous joindre à nous. Tous nos membres ont perdu un conjoint. Nous savons ce que vous traversez. Nous sommes là pour vous apporter notre aide, de quelque manière que ce soit.

— Quelle drôle de coïncidence. Je me disais justement que j'avais besoin de trouver un nouvel équilibre.

— Eh bien, c'est quelque chose que vous allez devoir trouver toute seule, mais nous pouvons vous donner des clés pour en faciliter le processus.

J'eus envie de refuser. J'avais déjà du mal à gérer mon chagrin, et prendre en charge la douleur d'autres personnes me semblait trop difficile. Je n'étais pas prête. J'aspirais davantage à m'échapper de la souffrance de mon passé qu'à devoir en arpenter les profondeurs. Néanmoins, il me fallait agir pour sortir de l'ornière dans laquelle je m'étais embourbée.

— OK, m'entendis-je articuler, sous le choc. Je viendrai.

Je cherchais un stylo pour noter la date, l'heure et le lieu de la réunion.

Après avoir raccroché, je restai plusieurs secondes à fixer le mur. Mon cœur battait deux fois plus vite que d'habitude, ce qui n'était pas du tout logique. Il était absurde d'être effrayée par un groupe de soutien et pourtant… Je compris que rejoindre ce groupe représentait mon premier pas sur le chemin d'une nouvelle vie.

L'appel de Lindsey m'avait distraite. Je devais payer Mark. Je sortis la facture de ma poche, je m'assis et je cherchai mon chéquier. Comme à son habitude, Mark n'était pas resté dans les parages à attendre sa paie. De plus, je le soupçonnais d'avoir voulu éviter une autre scène pleine d'émotion.

J'ouvris mon livre de compte et lissai la facture qui s'était froissée dans ma poche. Il m'était d'usage de payer à l'avance tous les matériaux. Dans ce cas précis, il s'agissait du bois de charpente, des clous et de la peinture. Une fois le travail accompli, je le payais pour la main-d'œuvre. Ce que j'aimais bien chez Mark, c'est qu'il faisait de l'excellent travail à un prix correct.

Je lus la facture et me figeai. Il avait écrit ACQUITTÉ en travers de la note. Or, je n'avais pas tout réglé. Je lui devais la main-d'œuvre. S'il s'agissait d'un cadeau d'adieu, alors je n'en voulais pas. Il méritait d'être payé et comme j'avais mon mot à dire dans cette histoire, il le serait. Cet homme avait eu raison de ma patience.

Ce ne fut pas simple de calculer ce que je lui devais. Je remplis le chèque à la va-vite. J'étais tellement en colère que j'arrivais à peine à me relire. Je détachai le chèque du livre de compte avant de me lever et de me diriger vers la porte.

Rover devina mon état et me suivit sur ses courtes pattes. Il se déplaçait avec la même détermination que moi. Je savais qu'il m'en voudrait si je ne l'emmenais pas avec moi et m'emparai donc de sa laisse.

Coco et Katie descendaient l'escalier au moment où j'attachais mon fidèle compagnon.

— On va voir le lycée, déclara Coco.

Je leur avais donné une clé de la maison à chacune.

— Je sors aussi un moment. Si je ne suis pas là à votre retour, faites comme chez vous.

— Entendu, promit Coco.

Nous sortîmes en même temps et je fermai la porte à clé derrière elles. Rover m'attendait avec impatience sur la première marche du perron. Il n'avait pas souvent droit à une deuxième promenade.

On aurait presque pu dire que Rover avait deviné où je comptais me rendre. Il prit tout de suite la direction de la maison de Mark et dans son empressement, il tirait fort sur sa laisse en remontant la rue. Comme ça grimpait dur, son aide était la bienvenue.

Lorsque je revis la pancarte de l'agence immobilière sur la pelouse de Mark, je me raidis. Je ne voulais pas croire que je m'étais servie de Mark comme d'une béquille, comme ma mère l'avait laissé entendre. J'allais devoir apprendre à me passer de lui. Je n'aimais pas cette idée. Ce n'était pas ce que je voulais. Cependant, je n'avais pas vraiment le choix.

La porte de l'atelier de Mark était ouverte et je l'aperçus qui travaillait à l'intérieur. Il avait l'air de faire ses cartons. Une vague de regrets me submergea et je mis quelques instants à retrouver l'usage de ma voix.

Il avait dû sentir ma présence car il se redressa et se retourna dans ma direction avant même que j'annonce mon arrivée. Nous restâmes là à nous regarder pendant un long moment. L'espace d'une toute petite seconde, je décelai du désir dans son regard, mais je le vis disparaître très vite, et l'agacement le remplaça.

Il parla le premier.

— Tu veux quelque chose ?

Son ton laissait deviner qu'il voulait me voir partir.

— Ce ne sera pas long, dis-je.

Rover prit ses aises et s'allongea sur le paillasson dans l'entrée de l'atelier.

— Tu te souviens que lors de notre première discussion sur le kiosque, j'avais précisé que je voulais des bancs.

— Oui. Malheureusement, je ne vais pas pouvoir m'en occuper.

— C'est ce que je pensais.

— Tu peux acheter autant de bancs que tu veux et en trouver à un prix beaucoup plus raisonnable que ma main-d'œuvre. Je te le dis depuis le début.

Je n'en avais aucun souvenir.

Il secoua la tête.

— Je sais très bien ce que tu essaies de faire et ça ne marchera pas.

Je croisai son regard et le soutint. Il n'était pas question de flancher ni de capituler.

— Tu inventes des prétextes pour que je reste ici, Jo Marie. C'est trop tard, alors laisse tomber.

— Si tu le dis.

Je n'allais certainement pas débattre sur ce sujet. J'enjambai Rover qui s'était mis en boule et je tendis le chèque à Mark.

— Qu'est-ce que c'est ? demanda-t-il en y jetant un œil.

Il grimaça.

Je gardai les épaules hautes.

— C'est ce que je te dois pour le kiosque.

— Tu ne me dois rien. La facture est déjà acquittée.

Il affichait un air renfrogné qui ne m'était que trop familier.

— Faux. Je ne t'ai pas payé la main-d'œuvre.

Il se remit à nettoyer son atelier.

— Considère ça comme un cadeau.

— Merci, mais non merci.

Je me tenais aussi droite qu'un poteau télégraphique pour lui signifier que je ne céderais pas.

— OK, très bien, si c'est ce que tu veux.

Il plia le chèque en deux et le fourra dans sa poche. Il me tourna le dos et reprit son rangement.

— On y va, Rover, lançai-je en tirant sur sa laisse.

Mon chien ne bougea pas d'un pouce.

— Rover, répétai-je.

Il resta exactement dans la même position. Je me penchai pour le forcer à se lever et il me grogna dessus, ce qui n'était jamais arrivé

— Rover, répliquai-je, sous le choc.

Mark fit volte-face, l'air aussi stupéfait que moi.

— Il n'avait jamais grogné avant.

Mark resta de l'autre côté de la pièce, les mains dans ses poches arrière.

— Tout va bien, mon grand, murmura-t-il. Tu peux y aller.

Rover ne semblait pas avoir l'intention de bouger du moindre centimètre. La seule option qui s'offrait à moi était de le laisser là.

— Je reviendrai le chercher plus tard ou tu pourras me le déposer sur le chemin quand tu quitteras la ville, suggérai-je.

Mark hocha la tête.

Je reculai de quelques pas en étudiant tous les détails de l'atelier. Je marquai une pause, le cœur serré, incapable de m'en aller comme si de rien n'était.

— Il y a autre chose ?

Je haussai une épaule. Je m'étais habituée à partager beaucoup de choses avec Mark. Avant, il ne se passait pas un jour sans que nous discutions. J'avais pour coutume de toujours lui soumettre mes idées.

— C'est rien, répondis-je, résignée à ne plus pouvoir bénéficier de son oreille attentive.

Ma réponse sembla le satisfaire, du moins pendant l'espace d'une seconde.

— Tu as quelque chose à me dire, alors vas-y.

— OK. Ce n'est pas important et je ne sais même pas pourquoi je voulais t'en parler… J'ai accepté de participer à la réunion d'un groupe de soutien pour les personnes endeuillées la semaine prochaine. Il était temps… Aujourd'hui, j'ai eu une longue conversation avec ma mère et elle a pointé du doigt plusieurs choses qui m'ont troublée.

— Comme quoi ?

Mark essayait de se montrer indifférent, mais je n'étais pas dupe.

— Elle pense que ton départ est une bonne chose, lui dis-je.

Il arqua les sourcils comme s'il était curieux de connaître la suite, alors je repris.

— Elle dit que je me sers de notre amitié comme d'un bouclier.

— D'un quoi ?

— Je suis devenue trop dépendante de toi, dis-je en sentant ma gorge se nouer. Elle a raison, tu sais. Je te considère comme mon ami le plus cher… Je me sentais en sécurité quand tu étais près de moi… Je savais que je pouvais compter sur toi pour m'aider et je me suis construit un petit monde dans lequel j'étais bien protégée et bien trop à l'aise.

— Ta mère a raison. Il est temps que je parte et que tu apprennes à te débrouiller toute seule.

J'aurais pu mentir, mais il l'aurait deviné.

— Je ne vois pas les choses ainsi. C'est douloureux de te laisser partir, Mark. Tu vas tellement me manquer.

Ma voix tremblait. Je faisais pourtant tout mon possible pour ne pas montrer mon émotion.

— Il le faut.

— Tu n'as de cesse de le répéter, mais tu refuses de me dire pourquoi.

— Tu ne vas pas rester assise là à te morfondre une fois que je serai parti, n'est-ce pas ?

Ses paroles résonnèrent davantage comme un défi qu'une interrogation.

— Ça te plairait, hein ?

La lueur d'humour qui avait percé dans son regard disparut.

— Non, Jo Marie, tu te trompes. Va donc à ces réunions, elles te seront utiles, et en aidant les autres, tu trouveras peut-être aussi du réconfort.

Il avait raison et je le savais.

— Je vais faire bien plus que de participer à ces réunions, lançai-je, résolue à lui montrer que je n'allais pas perdre mon temps à attendre désespérément son retour.

— Bien.

— Je vais sortir.

Il se retourna de nouveau, face à moi.

— Sortir ? Tu veux dire que tu vas rencontrer des hommes ?

— Sans doute.

Il marqua une pause, le temps d'assimiler cette information. Il mit longtemps avant d'acquiescer.

— Tu fais bien.

— Tu n'y vois pas d'inconvénient ?

Ma question était ridicule et il aurait mieux valu ne pas la poser, mais je ne pus m'en empêcher.

Il émit un grognement sourd.

— J'y vois un énorme inconvénient, bon sang.

Il me fut impossible de réfréner le sourire qui s'afficha alors sur mon visage.

— Merci. Mon ego s'en voit rassuré.

— Tu es belle, Jo Marie, et tu as beaucoup à offrir, alors ne te sous-estime pas et ne choisis pas quelqu'un qui ne te mérite pas.

— Comment ça ?

Il secoua la tête pour me signifier qu'il ne comptait pas répondre.

— Je te ramènerai Rover en fin d'après-midi.

La réponse me parut soudain évidente.

— Tu penses que tu ne me mérites pas, c'est ça ?

Mark m'ignora et continua à s'affairer.

— Je te le répète, je te ramènerai Rover plus tard.

— En d'autres termes, il est temps que je parte.

— Voilà.

Je gloussai tout bas.

— Dis-moi ce que tu ressens vraiment.

Il se redressa et me fit face, me lançant le regard le plus sombre et le plus intense de tous les temps.

— Fais-moi confiance, c'est tout.

Il avait tort. Je mourais d'envie de savoir comment il en était arrivé là, pourquoi il s'interdisait de m'aimer, mais rien de ce que je pouvais dire ou faire n'altérerait sa détermination et sa volonté de partir. Je n'avais plus la force de me battre contre lui.

— Ce n'est pas la peine de te déplacer pour Rover. J'ai quelques courses à faire. Je te le laisse en attendant et je reviendrai le chercher dans une heure environ. Ça te convient ?

— Très bien. Tu veux bien partir maintenant ? demanda-t-il.

— Oui, j'ai fini, répondis-je, parce que c'était le cas.

CHAPITRE 11

Dès que le lycée de Cedar Cove fut à portée de vue, la nostalgie submergea Katie. Des souvenirs de joies et de défis se mélangeaient dans sa tête. Même si elle n'y avait passé que son année de terminale, ce lycée, ses professeurs et ses élèves avaient contribué à la façonner et à faire d'elle la femme qu'elle était à présent.

De toute évidence, la fin des cours de la journée était imminente car une longue file de bus jaunes entrait sur le parking. Coco eut la chance de trouver une place réservée aux visiteurs. La cloche retentit au loin et en quelques secondes, un flot d'élèves surgit du bâtiment, telle une immense vague de jeunesse.

Katie et Coco descendirent de voiture. Les adolescents passaient à toute vitesse devant elles sans leur prêter la moindre attention.

Les yeux écarquillés, Coco observa cette flopée de corps et secoua lentement la tête.

— On a été si jeunes que ça, nous aussi ?

Katie se faisait justement la même réflexion.

— On a dû l'être, murmura-t-elle.

Pourtant, elle avait à la fois l'impression que c'était hier et qu'une éternité s'était écoulée.

— Et on se croyait si malignes.

Katie sourit.

— On ne l'était pas ?

— Pas autant qu'aujourd'hui, répondit Coco en s'écartant pour ne pas se faire bousculer.

La foule se déplaçait avec une telle vigueur qu'on aurait pu croire que le lycée était en feu.

— Je me demande bien ce qu'on se dira lors de la réunion des vingt ans. Dans dix ans, certains de nos anciens camarades auront eu des enfants et ils viendront avec.

Même si cela lui paraissait tout à fait impossible, Katie savait que son amie avait raison.

— J'espère juste qu'on aura toutes les deux trouvé l'homme idéal d'ici là.

— Moi aussi, et peut-être même que j'aurai un ou deux gosses. Qui sait ? On sera peut-être devenues des mères au foyer comme tout le monde, dans dix ans.

— Nous ?

Katie n'arrivait pas à le visualiser.

— C'est possible.

Katie désirait se marier un jour et elle savait que Coco partageait la même envie. Sa vieille amie serait une mère formidable. Coco avait souvent des petits copains. Elle était drôle et sociable. Elle attirait facilement les gens et surtout les hommes. Cependant, Katie ne comprenait pas pourquoi Coco ne restait jamais longtemps en couple. Elle soupçonnait que son histoire avec Ryan Temple y soit pour quelque chose, mais elle n'avait jamais osé lui demander. Coco se braquait dès qu'on lançait le sujet.

— Tu serais douée avec les enfants, lui dit Katie.

— Merci, répondit Coco d'un ton désinvolte.

— Je suis sérieuse, Coco.

— Je sais.

Katie reporta son attention sur son amie. Les chances de Coco décupleraient si elle acceptait de s'engager dans une relation sérieuse. Au fil des ans, Katie l'avait vue passer d'une histoire sans lendemain à une autre.

C'était toujours prometteur au début. Coco l'appelait pour s'extasier sur sa nouvelle rencontre, lui dire combien cet homme était parfait et combien elle en était amoureuse. Elle était toujours convaincue d'avoir trouvé le *bon* et se trouvait totalement sous son charme.

Cet état durait un mois, peut-être un peu plus, puis Katie apprenait du jour au lendemain que leur histoire était terminée et que Coco était prête à tourner la page. Quand elle lui demandait ce qui s'était passé, Coco ne savait jamais quoi répondre. Il était différent de ce qu'elle avait imaginé ; ça n'avait pas marché. Ses excuses étaient vagues et neutres. On aurait dit qu'elle s'en voulait de ne pas avoir deviné plus tôt qu'elle avait poursuivi un fantôme.

— Toi aussi, pas vrai ? demanda Coco qui avait surpris le regard de Katie.

— Quoi ?

— Tu veux des enfants, n'est-ce pas ? insista Coco.

— Oh oui.

Katie ne développa pas sa réponse. Son enfance avait été chaotique. Elle se demandait ce qu'elle serait devenue si sa grand-mère n'avait pas été là. Ses deux parents étaient tombés dans les méandres de l'alcool et de la drogue et ce piège s'était refermé un peu plus sur eux chaque année. Son père avait disparu avant même que Katie n'ait un quelconque souvenir de lui, et sa mère s'était engagée dans tout un tas de relations dangereuses qui s'étaient toujours mal terminées. Sa grand-mère, Brenda, avait été la seule constante de sa vie. C'est à sa mort que Katie, âgée alors de douze ans, avait commencé à enchaîner les séjours en famille d'accueil.

— Mais tu ne vois pas beaucoup de garçons, souligna Coco.

— Si, j'en vois, se défendit Katie.

— Oui, mais pas souvent.

Katie était bien obligée d'admettre que Coco disait vrai. Elle travaillait tard sur ses dossiers dont le nombre semblait croître chaque année. Elle faisait son possible pour aider les enfants. Elle se reconnaissait dans beaucoup d'entre eux. Elle accordait une attention toute particulière à ceux qu'on retirait à leur famille. Bien sûr, elle sortait de temps à autre, mais c'était surtout avec des amis du bureau. Contrairement à Coco, elle n'était ni extravertie ni vraiment à l'aise en société. La plupart du temps, elle restait seule.

— Allez, viens, lança Coco en se dirigeant vers le lycée. J'ai envie de voir mon ancien casier.

— Tu crois qu'ils utilisent encore les mêmes ?

— Bien sûr. Rien ne change.

C'était bien ce que Katie craignait.

— J'aimerais passer à la piscine.

— Moi aussi. Je me demande si quelqu'un a battu ton record au cinq cents mètres nage libre.

— Je suis sûre que oui.

Une partie d'elle espérait encore le détenir, même si cela paraissait peu probable.

Les couloirs étaient remplis d'élèves se ruant vers les sorties. Cette marée humaine ne dérangea pas Coco qui se fraya un chemin dans la foule, suivie de près par Katie. Elle avait effectué sept ou huit mètres quand elle vit son ancien prof d'algèbre.

— Monsieur Kloster.

Katie avait prononcé son nom assez fort pour qu'il l'entende. Il croisa le regard de Katie et marqua une pause. À sa mine, Katie devinait qu'il l'avait reconnue, mais il cherchait encore son nom. Elle réussit à s'approcher de lui.

— Katie, lui rappela-t-elle. Katie Gilroy.

Ses yeux s'illuminèrent.

— Katie, mon Dieu, ça fait quoi… cinq ou six ans.

— Dix. Coco et moi sommes venues pour la réunion des anciens.

— Ah oui, j'ai entendu dire qu'ils avaient organisé tout un week-end de retrouvailles. Je suis content de vous voir, dit-il.

— Moi aussi.

Un ange passa, puis il reprit.

— Maintenant que j'y pense, le comité m'avait envoyé une invitation aux festivités. Malheureusement, ma femme et moi avions déjà d'autres projets pour ce week-end.

Katie ne savait pas quoi dire de plus. Il fronça les sourcils et trois rides se dessinèrent sur son front.

— Vous étiez dans la même classe que James Harper, n'est-ce pas ? demanda-t-il.

Entendre son nom alors qu'elle ne s'y attendait pas l'ébranla.

— C'est ça.

De toute évidence, M. Kloster avait oublié qu'il avait demandé à James de lui donner des cours particuliers.

— C'était l'un de mes meilleurs élèves. On se souvient toujours des plus prometteurs.

— Alors vous n'avez sans doute aucune idée de qui je suis, le taquina Coco.

M. Kloster sourit d'un air penaud.

— Je me souviens de vous deux.

— Bien sûr.

Le rire de Coco était teinté d'un gentil sarcasme.

— Peut-être pas de vos noms, admit le prof de maths en vérifiant sa montre. Mais de vos visages, c'est sûr. Ça m'a fait plaisir de vous voir. Profitez bien de la réunion des anciens.

Elles descendirent le long couloir en direction de la salle des profs qui se trouvait juste à côté de la cafétéria. Arrivée là, Katie s'arrêta et son regard se posa tout de suite sur la table située au coin, près de la fenêtre, où James et elle avaient l'habitude de s'asseoir pour leurs cours.

Coco avait parcouru quelques mètres avant de s'apercevoir que Katie n'était plus derrière elle. Elle se retourna.

— Ça va ? demanda-t-elle.

— Très bien.

C'était un mensonge, et un gros. Tout son corps s'était raidi.

— Tu te souviens de la bagarre dans laquelle James s'était fourré à cause de moi ? demanda-t-elle à son amie.

La plupart du temps, il la conduisait à l'école, mais certains matins il ne pouvait pas.

Coco n'en était pas sûre.

— Plus ou moins.

Il s'était fait renvoyer du lycée pendant trois jours, ce qui avait, à juste titre, bien contrarié ses parents. Fidèle à sa nature, James avait assumé ses responsabilités et les conséquences sans discuter, mais il n'avait pas dit à sa famille ce qui avait provoqué l'altercation.

Brian O'Malley, un des garçons de leur classe, prenait le même bus que Katie. C'était une petite brute qui la persécutait. Il faisait exprès de la bousculer, se moquait de ses cheveux, de ses vêtements et de ses notes, qui certes n'étaient pas extraordinaires, mais celles de Brian non plus. Elle ne se sentait jamais au niveau des autres élèves.

Katie avait choisi d'ignorer ses intimidations. Elle gardait la tête basse et prétendait ne pas entendre ses paroles blessantes. Brian la considérait comme une cible facile, vulnérable et faible. Katie ne sut jamais qui avait prévenu James que Brian la harcelait, mais elle supposait qu'un de ses copains l'avait averti. Le fait que Brian pèse bien vingt kilos de plus que lui n'avait en rien découragé James.

James était allé demander des comptes à Brian après les cours.

— Il paraît que tu prends le même bus que Katie, lui avait-il lancé en s'avançant vers Brian et en le regardant droit dans les yeux.

— En quoi ça te regarde ?

— Fous-lui la paix. Compris ?

Brian n'avait pas pris la chose au sérieux.

— C'est toi qui vas m'y obliger ?

— S'il le faut.

En quelques secondes, les deux garçons avaient commencé à se battre.

Katie n'en aurait rien su si elle n'était pas passée par là par hasard. Quand elle vit ce qu'il se passait, elle comprit tout de suite la raison pour laquelle James se battait avec Brian.

Horrifiée à l'idée que James puisse être gravement blessé, elle avait crié son nom et descendu la pente en glissant sur l'herbe dans le but d'intervenir et d'interrompre la bagarre.

James avait dû entendre son pauvre cri car il détourna son attention un instant. Brian lui envoya alors un direct dans la mâchoire. James se replia sur lui-même tel un accordéon. Puis Katie paniqua pour de bon. Elle jeta ses livres par terre et courut à ses côtés tandis que le chauffeur de bus arrivait.

Le conseiller principal d'éducation convoqua les deux garçons en conseil de discipline. Katie les suivit et attendit dans le couloir en faisant les cent pas. Le fait que James se soit blessé en la défendant la rendait malade. James n'avait pas l'habitude de se battre. En revanche, Brian se retrouvait souvent mêlé à des bagarres avec ses biceps et son mauvais esprit. Katie avait déjà connu des types de son espèce et elle savait que la meilleure chose à faire était d'ignorer leurs affronts.

Quand James sortit du bureau du proviseur, un gros bleu s'était déjà formé sur sa mâchoire. Katie ne savait pas quelle attitude adopter en premier : pleurer ou le disputer d'avoir commis une telle folie.

— Oh James, murmura-t-elle, des larmes plein les yeux.

Elle tenta de les retenir, mais son effort fut vain. Sans dire un mot, il tendit un bras dans sa direction, et Katie se précipita aussitôt vers lui pour l'étreindre et blottir sa tête contre son torse. Pendant un long moment, il resta là, à la serrer fort d'un bras, l'autre ballant sur le côté.

Il devina sans doute ses larmes car il l'embrassa sur le sommet du crâne et lui assura qu'il ne souffrait pas tant que ça.

— Si, t'as mal, le contredit-elle en levant la tête.

Elle caressa du bout des doigts la base inférieure de sa mâchoire où l'hématome noircissait. Il avait une coupure au coin de la bouche où le sang avait séché et formé une croûte.

— Je lui ai balancé quelques bons coups, clama-t-il plutôt fier de lui.

Il serra les poings et elle vit que ses articulations étaient couvertes de bleus et de sang.

— Pourquoi tu t'es battu ? cria-t-elle.

Elle était en proie à un cocktail d'émotions qui mêlait la colère à l'inquiétude et la peur au regret. La colère prit le dessus et, du plat de la main, elle lui tapa sur l'épaule de toutes ses forces. Il grimaça de douleur et elle s'en voulut sur-le-champ. James plaqua la main contre son épaule.

— Je n'allais pas laisser quelqu'un traiter ma copine comme ça, si ?

C'était la première fois qu'il employait ce terme en parlant d'elle et Katie eut envie de pleurer de plus belle.

— Tes parents vont me détester.

— Le proviseur a contacté ma mère et elle lui a dit que si je m'étais battu avec Brian O'Malley, c'est qu'il m'avait forcément provoqué. M. Singer n'a rien dit, mais je sais qu'il est du même avis. La réputation de Brian le précède.

— Qu'est-ce qui va t'arriver ?

— Je suis renvoyé pendant trois jours.

Katie mit la main sur sa bouche, consternée pour lui.

— Allez, viens, lui dit James en prenant Katie par les épaules. Je te ramène chez toi.

À partir de ce jour-là, en toutes circonstances, il l'emmena toujours au lycée et la raccompagna à chaque fois. Ainsi, elle n'eut plus jamais à prendre le bus.

Katie n'avait jamais su ce que James avait raconté à ses parents, mais le nom de Katie n'avait pas été mentionné.

— T'as fini ? demanda Coco.

Katie la regarda d'un air absent.

— Quoi ?

— Je croyais que tu voulais voir la piscine.

Katie s'extirpa de ses souvenirs, atterrit dans le présent et acquiesça.

Coco ouvrit la marche et quitta la cafétéria du lycée. Elles descendirent l'escalier qui menait au bâtiment où la piscine olympique accueillait aussi la population locale.

— Ça nous en rappelle des choses, d'être ici, hein ?

— C'est clair.

Mais aucun de ces souvenirs n'était aussi fort ou aussi important que celui de son premier baiser avec James.

— Tu te souviens de mon premier jour de cours ? lança Katie qui se demandait si Coco était consciente de l'importance que leur amitié avait eue pour elle.

— Bien sûr… enfin, je crois.

— La conseillère d'orientation m'avait inscrite en cours de natation. J'ai essayé de lui expliquer que je savais déjà nager, mais elle disait que ces cours étaient obligatoires dans la région.

Coco éclata de rire.

— Quelle blague. Tu nageais plus vite que n'importe qui dans ce lycée.

— C'est comme ça que j'ai pu obtenir une place dans l'équipe.

L'entraîneur était venu voir le cours de natation dès la première semaine. Un mois après son arrivée au lycée de Cedar Cove, Katie était déjà devenue un précieux atout dans l'équipe.

— On avait de la chance de t'avoir.

— J'ai toujours adoré l'eau, dit Katie. Encore aujourd'hui.

Katie faisait toujours ses longueurs trois à cinq fois par semaine. Ça la détendait de nager dans une piscine et elle s'y libérait de ses frustrations. Non seulement c'était un bon exercice, mais ça l'aidait à démêler ses pensées avant d'affronter la journée.

Malheureusement, la piscine était fermée et il leur fut impossible de vérifier les derniers records en date de l'équipe de natation.

— On devrait sûrement rentrer à la maison d'hôtes, dit Coco. Il faut qu'on se change pour ce soir.

— T'as raison.

Katie n'avait pas beaucoup réfléchi aux tenues à emporter pour le week-end. En revanche, Coco était toujours obsédée par les vêtements. Lorsqu'elle avait fait son sac, Katie avait choisi des habits confortables, dans lesquels ses collègues l'avaient complimentée. Elle n'y avait pas donné plus d'importance. Elle regrettait maintenant de ne pas avoir été plus précise dans ses choix, mais à ce moment-là, elle n'était même pas sûre de venir.

Elles ne mirent que quelques minutes pour retourner à la maison d'hôtes.

— Je dois prendre une douche et me coiffer, annonça Coco.

Elle semblait déjà inquiète d'être en retard alors qu'il restait encore deux heures au bas mot avant l'heure du rendez-vous.

— Ça te dérange si je t'emprunte ta voiture ? demanda Katie.

— Non, pas de problème.

Coco tendit ses clés à Katie, puis elle monta les marches du perron à toute vitesse pour commencer dès que possible à se faire une beauté tandis que Katie s'installa à la place du conducteur. Elle ajusta les rétroviseurs et le siège, avant de reculer dans l'allée et de s'engager dans Harbor Street.

Par nostalgie, elle passa devant l'ancienne maison des Flemming où elle avait vécu jusqu'en octobre de l'année de terminale. Katie s'en souvenait comme d'une bonne famille d'accueil et leur serait toujours reconnaissante de lui avoir ouvert leur porte et leur cœur. Sans eux, elle n'aurait jamais rencontré James.

Elle fit le tour du pâté de maisons et elle se dirigea vers le domicile de James sans savoir ce qu'elle allait y trouver. Elle n'était pas sûre que sa famille vive encore dans le quartier.

Un scénario romantique se mit en place dans sa tête : James, devant l'entrée de chez lui, allait la voir passer et lui faire signe de s'arrêter. Ensuite il s'approcherait de la voiture et il regarderait Katie. Ils discuteraient et tout serait pardonné.

Katie passa devant la maison. Au début, elle crut l'avoir loupée. La pelouse avait bruni. L'herbe était haute et mal entretenue. Les fenêtres de devant, condamnées avec des planches. La porte d'entrée, placardée des lettres SAISIE.

La maison avait été abandonnée.

CHAPITRE 12

DE RETOUR À LA MAISON, je pris ma voiture. Il ne me fallut guère plus d'une demi-heure pour faire mes courses. Je me dirigeai à contrecœur vers le domicile de Mark puisque j'avais dit venir rechercher Rover. Je me garai dans la rue et m'apprêtai à descendre de voiture quand je remarquai la présence d'une autre personne chez Mark. Le pick-up de Bob Beldon stationnait dans l'allée qui menait à son atelier.

Bob avait reculé sa camionnette pour la rapprocher autant que possible de l'entrée. Les deux hommes s'affairaient à démonter l'atelier de Mark et à en charger les outils de valeur à l'arrière du pick-up.

Ils ne m'avaient pas vue, ce qui me convenait très bien car je n'étais pas d'humeur à faire la conversation. J'avais dit tout ce que j'avais à dire. J'étais venue récupérer ma tête de mule de chien et je n'avais pas l'intention de m'éterniser.

— Tu es sûr que tu ne veux pas que je t'en mette quelques-uns de côté ? entendis-je Bob demander à Mark.

— Oui, répondit-il d'un air bourru et distrait.

— Je suis prêt à te dédommager.

Bob n'avait pas eu l'air satisfait de la réponse de Mark.

— Ça ne m'intéresse pas. Garde-les et fais-en ce que bon te semble.

— Je peux les garder pour toi, finit par proposer Bob.

Ils soulevèrent ce qui ressemblait à une scie particulièrement lourde et la chargèrent sur le plateau de la camionnette. Puis Bob se pencha en avant et posa les mains sur ses genoux pour reprendre sa respiration.

— Je ne reviendrai pas, Bob, déclara Mark, fatigué de devoir se répéter. Prends ce que tu veux, vends le reste, ça m'est égal.

Je dus faire du bruit sans le vouloir car Mark leva la tête à ce moment-là et son regard croisa le mien. La douleur que je ressentis alors me laissa sans voix. J'aurais voulu déverser ma colère sur lui mais tout ce dont j'étais capable, c'était de rester plantée là comme une idiote, la main contre le cœur pour contenir ma peine.

Je fis demi-tour et retournai à ma voiture pour filer au plus vite. Juste avant de tourner au coin, je jetai un œil dans mon rétroviseur. Mark, au milieu de la route, me regardait partir.

Rentrée chez moi, je tremblais. J'avais besoin de me calmer et me préparai donc un peu de thé. Ce que j'avais entendu n'aurait pas dû me bouleverser.

Si Mark voulait se débarrasser de ses outils et de son matériel de menuiserie, c'était son droit. Ça n'aurait pas dû me toucher. Il n'avait fait que répéter ce sur quoi il avait déjà été très clair et que je semblais pourtant refuser d'admettre : non seulement, il s'en allait, mais il n'avait aucune intention de revenir.

Pas pour moi.

Pas pour ses amis.

Pour rien ni personne.

La porte d'entrée s'ouvrit et Coco déboula dans la maison. Elle s'arrêta en bas de l'escalier.

— Je monte me préparer pour ce soir. En fait, je n'ai jamais été *plus* prête de ma vie.

Cette déclaration faite, elle monta les marches quatre à quatre telle une femme investie d'une mission.

Je n'avais pas compris ce qu'elle avait voulu dire, mais il devait y avoir un double sens à son message. Par conséquent, je décidai que j'étais prête, moi aussi. Prête pour cette nouvelle phase de ma vie. Prête à sortir de ma coquille et à recommencer à vivre. Prête à m'adapter à la vie sans Mark. J'avais l'impression d'avoir déjà pris cette résolution plusieurs fois dans la journée. Il me suffisait de continuer jusqu'à ce que je l'intègre une bonne fois pour toutes.

J'attrapai mon téléphone portable et passai en revue tous mes contacts. Je n'avais pas appelé Gina depuis des mois. Triste constatation. Avant, nous parlions presque tous les jours. Elle et moi avions travaillé ensemble pendant longtemps et je la considérais comme une amie proche.

Après l'annonce de la mort de Paul, Gina Forester avait été, parmi mes amies, celle qui s'était le plus obstinée à me tendre la main. Je ne me souvenais plus à combien de reprises elle m'avait invitée à sortir le vendredi soir. Mes excuses étaient variées et témoignaient de mon inventivité. Elle avait fini par cesser de m'appeler. Mais j'étais prête désormais. Tout comme Coco, apparemment.

— Jo Marie ? répondit Gina comme si elle avait du mal à croire que je sois bien à l'autre bout du fil.

— Salut, lançai-je en prenant autant que possible une voix enthousiaste. Quoi de neuf ?

Gina hésita.

— À toi de me le dire.

— Pas grand-chose de mon côté. Je me disais qu'il était temps qu'on rattrape le temps perdu. Tu fais quelque chose ce soir ?

Ma question se heurta à un petit silence désagréable.

— Jo Marie, est-ce que tu as… bu ?

— Bu ? répétai-je avant d'éclater de rire. Qu'est-ce qui te fait dire une chose pareille ?

— Tu as l'air bizarre.

Je ne savais pas trop comment le prendre.

— En quoi j'ai changé ?

Un autre silence sous tension. On aurait dit qu'elle n'était pas sûre de vouloir répondre.

— Tu as l'air… heureuse, ce n'est pas le mot, mais disons, tout excitée. Un peu hystérique, peut-être ? Pas comme d'habitude, en tout cas.

Alors, voilà. Je n'étais pas moi-même depuis la mort de Paul, mais j'étais prête à changer les choses.

La meilleure façon de réagir était d'ignorer ce qu'elle venait de dire. Je choisis donc cette option.

— Ça te dirait qu'on sorte ce soir ? insistai-je.

— Je suis prise. En fait, je vais rencontrer les parents de Rhyder. On va annoncer nos fiançailles à sa famille.

— Rhyder ? Tu es fiancée à Rhyder Marlow ?

J'étais sidérée. Ils étaient sortis ensemble par intermittence, mais ils se disputaient tout le temps. Ils occupaient tous deux un poste de chef de service et semblaient toujours en désaccord. Comment n'étais-je pas au courant que leur relation était devenue sérieuse ?

— Oui, Rhyder Marlow.

J'avais l'impression d'avoir vécu dans une grotte.

— Quand est-ce que vous vous êtes remis ensemble ?

— Y a environ six mois.

Elle parlait encore d'une voix timide.

Six mois ? Depuis combien de temps Gina et moi n'avions pas été en contact ?

— Gina, c'est super. Félicitations. Je ne savais pas.

— Ça fait longtemps, faut dire, lâcha-t-elle d'une voix que je lui connaissais davantage.

— Trop, confirmai-je.

J'errais dans la cuisine en laissant traîner ma main sur le plan de travail.

— Je veux rattraper le temps perdu.

— Oh, je suis si contente. Tu m'as manqué.

— Tu m'as manqué, aussi. Je me suis dit qu'il était temps que je reprenne du poil de la bête, que je reprenne ma vie.

— Tu es sûre d'être prête ?

Je répondis sans réfléchir.

— Je le suis. On m'a tiré la sonnette d'alarme récemment et je me suis aperçue que je me cachais la tête dans le sable… Oh mon Dieu, je ne sors que des clichés, dis-je, dépitée et un peu gênée.

— Écoute, tu savais que Rhyder avait un frère ainé ? Il s'appelle Rich, ça fait deux ans qu'il a divorcé et il n'a toujours pas rencontré la femme idéale. Je suis sûre que vous vous entendriez bien, tous les deux. On pourrait se voir tous ensemble ?

Elle n'avait pas posé sa dernière question en l'air et s'attendait vraiment à ce que je réponde.

Certes, j'avais lancé que j'étais prête à reprendre du service, mais rencontrer un nouvel homme ?

— Bien sûr, me surpris-je à répondre. Tu as une idée de ce qu'on pourrait faire ? N'oublie pas que je n'ai fréquenté aucun homme depuis Paul. Je suis un peu rouillée.

Mark et moi n'avions jamais vraiment eu de rendez-vous galant, à proprement parler. Il était venu dîner et nous avions passé beaucoup de temps ensemble, mais on ne pouvait pas appeler cela une relation amoureuse, ni même une relation, tout court.

— Laisse-moi en parler à Rhyder et à Rich, et je reviens vers toi.

— D'accord.

Dans quoi venais-je de m'engager ? En matière de rencontres, il serait plus judicieux d'y aller petit à petit plutôt que de plonger tout de suite dans le grand bain. Ne serait-il pas plus facile de prendre d'abord un café ensemble et de voir si le courant passait avant d'organiser une sortie à deux couples ? J'allais faire part de mon idée à Gina quand elle reprit la parole.

— Je te rappellerai ce week-end. Pas de pression, Jo Marie. Si tu n'accroches pas avec Rich, ce n'est vraiment pas grave.

C'était rassurant.

Rover aboya et je jetai un œil par-dessus mon épaule. Je découvris Mark planté dans l'entrée de la cuisine, Rover à ses côtés. Je ne savais pas du tout depuis combien de temps il se trouvait là ni ce qu'il avait entendu de ma conversation.

— À plus tard, alors, dis-je à Gina, soudain pressée de terminer la discussion.

— À plus, répéta Gina.

— Bye, conclus-je.

Je raccrochai et rangeai mon portable dans la poche arrière de mon jean. Pendant ce qui me parut être une éternité, Mark et moi nous regardâmes sans rien dire.

— J'ai ramené Rover. Tu étais censée revenir le chercher, tu te souviens ?

Je lui lançai un regard noir, furieuse qu'il m'ait entendue parler avec Gina. Je ne savais pas s'il avait suivi la conversation en entier, mais sans doute une bonne partie. Trop, en tout cas, pour ne pas me mettre mal à l'aise.

— Je t'ai vue tout à l'heure. Devant chez moi. Pourquoi tu es partie ?

— Pour rien, mentis-je, en redressant les épaules.

— Tu étais en colère.

Cet homme était un génie.

— Merci d'avoir ramené Rover. Ce n'était pas nécessaire ; je serais revenue le chercher.

Je me rendis devant la porte d'entrée et la laissai ouverte afin de lui signifier qu'il pouvait partir. À la mort de Paul, je me souvenais avoir lu un article sur les différentes étapes du deuil. La colère en était une. J'étais en deuil de mon amitié avec Mark. J'avais commencé par le déni, refusant de croire qu'il prévoyait vraiment de s'en aller. J'avais marchandé avec lui et fait tout mon possible pour qu'il change d'avis. Et maintenant, j'étais en colère. Vraiment, très en colère. Je ne me rappelais plus des autres étapes ni même si j'en faisais l'expérience dans le bon ordre, mais j'étais certaine que la dernière étape était l'acceptation.

Mark se tenait devant la porte ouverte, mais il ne comprit pas le message.

— J'ai entendu ta conversation… au téléphone.

— Et alors ?

— Tu as rendez-vous avec un homme. Un rendez-vous arrangé, si j'ai bien compris.

— Ça ne te regarde pas, je crois, rétorquai-je.

Il ne répondit pas tout de suite, comme s'il devait réfléchir à deux fois avant de parler.

— Tu ne me croiras peut-être pas, mais je veux ton bonheur, Jo Marie.

J'étouffai un rire.

— Si mon bonheur t'intéressait un tant soit peu, tu…

Je ne terminai pas ma phrase. Je ne voulais pas ressasser la même chose pour la énième fois.

— Laisse tomber. Vas-y, pars où bon te semblera, et vis donc ta vie. Je doute que tu sois heureux.

— Pourquoi ça ? me défia-t-il, les sourcils froncés.

— Parce que les gens qui fuient le sont rarement. Ils regardent sans cesse par-dessus leur épaule. Ils ont peur en permanence de se faire attraper. Ils ne lâchent jamais prise et ils ne sont pas libres de se comporter comme ils l'entendent… pas libres d'aimer.

Mes paroles semblèrent avoir un étrange effet sur lui. Il serra les poings. Il pâlissait à vue d'œil.

— Tu as raison. Bien plus que tu ne le penses. Les gens qui fuient n'ont pas la vie qu'ils veulent, ni celle qu'ils méritent.

Mark s'accroupit sur un genou pour caresser Rover.

— Au revoir, mon ami.

— Alors Rover est ton ami, maintenant, crachai-je. Si je me souviens bien, tu le traitais de vaurien il n'y a pas si longtemps.

— Je ne le pensais pas.

— Difficile de savoir ce que tu penses vraiment. Par exemple, je croyais avoir de l'importance à tes yeux, mais ce n'est pas le cas.

Je haussai les épaules comme si tout cela m'importait peu. En réalité, j'avais l'impression de mourir.

Il ne prit pas la peine de nier.

— Oui, je suppose que les apparences sont contre moi.

Rover leva la tête vers le plafond et émit un hurlement lugubre traduisant son sentiment d'abandon.

J'étais debout, près de la porte, les bras croisés. Je fixais le vide droit devant moi et refusais de croiser le regard de Mark.

— J'y vais.

Je serrai les dents si fort que j'en avais mal à la mâchoire.

Il s'arrêta en passant devant moi. Je tressaillis au moment où sa main effleura mon menton.

— Au revoir, Jo Marie.

L'espace d'un instant, je crus qu'il allait m'embrasser. Il n'en fut rien et je n'aurais su dire si j'étais soulagée ou déçue.

Il descendit les marches du perron, monta dans sa camionnette et s'en alla.

— Au revoir, Mark, murmurai-je en réfrénant tant bien que mal mon envie de pleurer.

CHAPITRE 13

COCO ÉTAIT FIN PRÊTE. Elle savait ce qu'elle allait dire à Ryan. Elle avait dû attendre dix longues années avant d'avoir l'occasion de se confronter à lui. Elle allait le traiter de vaurien, en face. Presque toutes les classes de terminale le considéraient à l'époque comme un dieu : Ryan Temple était un athlète de première qui jouait pour les Majors. Coco avait l'intention de lui rappeler, ainsi qu'à ses amis, combien il était indigne d'être ainsi adulé.

Elle avait étalé sa tenue, une robe noire et chic, sur le lit. Elle venait de sortir de la douche et portait son peignoir quand elle entendit frapper à la porte.

— C'est toi, Katie ? demanda-t-elle en préparant les bijoux qui allaient avec sa robe.

— C'est moi.

— Entre.

Cette grande chaîne en argent et aux larges maillons était sa préférée. Elle accessoiriserait sa tenue avec un foulard en soie. Le temps où elle s'habillait dans les friperies bon marché était révolu. Elle avait désormais les moyens de se payer cette robe.

Katie ouvrit la porte et entra dans la chambre. Elle portait les mêmes vêtements que plus tôt, au lycée.

Coco plaça les mains sur ses hanches.

— Eh, tu devrais être en train de te préparer.

Katie n'accorda pas la moindre attention à la remarque de Coco et se planta sur le rebord de son lit.

— Merci de m'avoir prêté ta voiture.

— Pas de problème. Tu es allée où ?

Katie avait les mains serrées sur ses genoux.

— Je suis passée devant la maison de James.

— Ah ? Tu as vu ses parents ?

— Non. La maison a l'air abandonnée. Les fenêtres sont condamnées et il n'y a personne.

Katie semblait y voir là une sorte de symbole.

— Personne ne t'a dit que sa famille avait déménagé ? voulut savoir Katie.

— Non, personne, répondit Coco, un peu surprise que Katie lui pose la question.

Si on lui avait parlé de James, Coco aurait répété l'information à Katie.

Katie avait l'air dévastée. On aurait dit qu'elle se tenait personnellement responsable de ce qui était arrivé à la famille de James.

— C'est bien ce que je pensais.

— Ne me dis pas que tu as décidé de ne plus venir ce soir.

Elles avaient pourtant déjà épuisé ce sujet de conversation.

— Je vais venir, murmura Katie.

— Allez, Katie, remets-toi. Que cette maison ait été abandonnée n'est pas forcément un signe.

— Pour moi, c'en est un, la contredit-elle. Je ne sais pas comment l'expliquer.

Elle se redressa et lâcha un long et profond soupir.

— J'ai l'impression que je perds mon temps à essayer de renouer avec James… Il ne reste plus rien de ce qu'on partageait avant depuis qu'il est parti à l'université.

— Tu tires beaucoup trop de conclusions hâtives, on est sûres de rien, insista Coco. Maintenant, va t'habiller.

— Je voudrais être plus optimiste.

— Tu devrais. Essaie de penser à vous deux de manière positive ; c'est ce que je fais, moi.

Katie hocha la tête.

— Tu as raison, comme d'habitude.

— C'est bien. Va mettre ta petite robe rouge sexy. Tu es magnifique avec.

— Pour ce soir ? Je voulais la porter au dîner de samedi.

— Qu'est-ce que tu as apporté pour ce soir alors ?

Coco voyait les choses ainsi : Katie devait faire sensation le premier soir et la robe rouge comblerait leurs attentes, voire plus. Il était important que son amie soit à son avantage, surtout si James montrait le bout de son nez.

— Je pensais mettre mon jean moulant foncé avec un haut turquoise, un foulard bleu et des bottines, dit Katie. Ce n'est pas la tenue que je t'ai montrée tout à l'heure ?

Coco en déduisit que son amie n'avait pas l'esprit à se concentrer sur la mode. Si Katie voulait se distinguer des autres, son aide n'allait pas suffire. Même s'il fallait reconnaître que le haut turquoise irait à merveille avec ses boucles rousses.

— Cette tenue-là était prévue pour dimanche, et déjà j'avais des doutes. J'ai peur qu'on se dise que tu vas voir un match des Seahawks si tu débarques comme ça.

Elle resserra la ceinture de son peignoir avant d'ajouter :

— Refais-moi voir ce que tu as apporté.

Katie la mena dans sa chambre.

Coco mit plusieurs minutes à passer en revue les vêtements que Katie avait déballés. Elle avait fini par éparpiller tout le contenu de son placard sur le dessus du lit de son amie. Elles tombèrent d'accord sur une robe jaune sans manches avec un gilet blanc au cas où la climatisation serait trop forte.

— Tu vas avoir un succès monstre, lui promit Coco en donnant son approbation sur le choix vestimentaire.

Cette tenue correspondait parfaitement au teint de Katie et lui donnait un air sophistiqué, tout en restant simple.

Katie semblait loin d'être convaincue.

— J'espère juste que ça plaira à James.

— Ça va mieux, maintenant ?

— Oui.

— Bien.

Coco avait hâte de retourner se préparer. Au moment où elle quitta la chambre de Katie, un hurlement d'outre-tombe retentit en bas des escaliers.

— C'était quoi ? demanda Coco, interloquée.

Katie jeta un œil vers la porte.

— Ça devait être le chien de Jo Marie. Tu crois qu'il s'est blessé ? Je ferais mieux d'aller voir s'il va bien, ajouta-t-elle.

Avant que Coco n'ait le temps de lui rappeler qu'elles devaient se rendre à une soirée et qu'elles avaient des gens à voir, Katie s'était déjà précipitée dans les escaliers. Coco l'aurait suivie si elle avait porté une tenue plus appropriée.

En haut des escaliers, elle attendit le retour de Katie. Un temps infini semblait s'être écoulé et pourtant, quand Coco regarda sa montre, Katie n'était partie que depuis cinq minutes à peine.

— Alors ? lui demanda-t-elle quand Katie remonta les marches.

— C'est ce qu'on pensait… c'était Rover. Il n'était pas blessé.

— Qu'est-ce qui lui est arrivé ?

— Jo Marie dit qu'il pleure la perte d'un ami.

— D'un ami ?

Coco aimait bien les animaux, mais ils ne la rendaient pas aussi gaga que Katie.

— Tu veux dire, un ami chien ?

— Non, un homme qui a décidé de déménager. Apparemment, Rover l'adorait.

— Le chien a compris que ce type s'en allait… pour de bon ?

Coco ne pouvait pas avaler cette couleuvre, mais peu lui importait. Elle était très en retard sur son planning de préparation vestimentaire.

— Laisse-moi encore quarante minutes.

Elle commença à se diriger vers sa chambre, puis se retourna soudain.

— Enfin, plutôt cinquante.

— Voire une heure de plus, la taquina Katie.

— Pas question. Je compte être dans les temps.

Katie se contenta de sourire.

— Tu sais que si on t'appelait La Tortue au lycée, ce n'était pas pour rien ?

— Très drôle. Je ne suis plus comme ça.

Après avoir failli se faire renvoyer de deux boulots différents, Coco avait appris à avancer sa montre de quinze minutes : ainsi, elle était à l'heure même quand elle était en retard. Cette astuce lui avait bien été utile.

— Je serai prête en même temps que toi, lui promit Katie.

Une heure plus tard, Coco avait fini. Quand Katie la vit, ses yeux s'écarquillèrent.

— Ouah. Tu es sublime.

— Merci. Tu es super jolie, toi aussi.

Et c'était vrai. La robe jaune de Katie était assortie à merveille à ses cheveux auburn et ses yeux noirs. Cela faisait plusieurs années que Katie portait des cheveux courts et frisés. Leur entretien se résumait à un lavage, un séchage naturel et une pulvérisation d'après-shampoing en spray. Elle avait toujours une coiffure parfaite. Coco enviait le côté naturel de son amie. Pour sa part, elle utilisait tous les produits capillaires disponibles en magasin. Elle passait un temps infini à dompter sa crinière à l'aide d'un fer à lisser et d'un shampoing sec pour la rendre plus volumineuse et la discipliner chaque matin.

Sa coiffure avait peut-être l'air simple, mais il n'en était rien.

Elles quittèrent la maison d'hôtes dix minutes avant l'heure prévue des retrouvailles entre anciens élèves. Elles auraient pu se rendre à pied au Captain's Galley, mais optèrent pour la voiture car elles portaient toutes deux des talons de dix centimètres. Comme elle mesurait un mètre soixante treize, Coco n'avait pas besoin de paraître plus grande, mais ces quelques centimètres supplémentaires renforçaient sa confiance en elle. Elle avait payé ses chaussures au prix fort, mais elle en avait eu pour son argent. Et elles étaient même confortables.

Coco trouva une place de parking près du restaurant. Elle effectua un magnifique créneau, manœuvre qu'elle évitait d'habitude comme la peste.

En temps normal, Coco aurait choisi l'option d'arriver juste un tout petit peu en retard. Pas ce soir-là. Elle voulait arriver en premier pour être en place au moment où Ryan Temple ferait son apparition.

Elle imaginait déjà la scène. Il arriverait et bien sûr, tous ses camarades de classe le traiteraient comme un roi. Naturellement, il se délecterait d'être le centre de l'attention. Jusqu'à présent, il était de loin l'ancien élève de terminale qui avait le mieux réussi dans la vie. C'était un joueur de football américain et de basket-ball athlétique et talentueux. Il avait occupé le poste de lanceur de leur équipe de base-ball l'année où elle avait remporté le championnat. Coco ne savait pas trop où il en était maintenant. Comme elle n'était pas fan, elle n'avait pas suivi sa carrière.

— Tu es prête ? lui demanda Katie en ouvrant la portière côté passager.

— Prête.

Belle et bien prête.

Elles entrèrent dans le restaurant où une odeur de bière éventée les assaillit aussitôt. Il y avait un billard au fond de la pièce et deux ou trois clients au bar qui les reluquèrent en souriant. Le service ne devait pas être exceptionnel car seules deux ou trois tables étaient occupées.

— On vient pour la réunion des anciens élèves, annonça Coco à la serveuse.

— C'est à l'étage, leur répondit-elle en désignant le fond de la pièce.

L'escalier se trouvait près de la table de billard. Coco se souvint avoir lu quelque part que le Captain's Galley avait fermé. C'était arrivé juste à la fin de son année de terminale. Elle avait entendu dire que l'établissement avait changé de direction et rouvert après son départ. Le nouveau propriétaire avait choisi de garder le même nom car il s'agissait d'un bar assez connu. Dans son souvenir, la nourriture y était drôlement bonne, mais elle n'y avait mangé que deux ou trois fois.

On aurait dit que tous les hommes du bar les jaugeaient du coin de l'œil tandis que Coco et Katie se dirigeaient vers l'escalier, en passant entre les différentes tables vides.

— On est de la chair fraîche, marmonna Coco dans sa barbe.

On avait installé une table pour accueillir les gens à l'étage, et Angela Palmer y était assise d'un air formel. C'était l'une des principales organisatrices de cet événement et d'après les souvenirs de Coco, elle était un peu snob. Après le lycée, elle avait effectué des études d'esthétique et elle travaillait maintenant dans un salon très populaire comme conseillère en beauté. Coco ne l'aimait pas car elle avait toujours eu des vues sur Ryan.

— Coco, cria Angela comme si elles avaient toujours été les meilleures amies du monde.

Elle se leva et prit Coco dans ses bras en se tordant le cou par-dessus la table. Angela cessa son étreinte, puis regarda Katie d'un air ébahi. Coco voyait qu'elle tentait tant bien que mal de mettre un nom sur ce visage.

— Tu te souviens de Katie, n'est-ce pas ? lança Coco à la rescousse d'Angela. Katie Gilroy ?

— Oh, bien sûr. Katie Gilroy. Désolée, j'ai eu un blanc.

— Pas de problème, dit Katie, dont la gentillesse allait jusqu'à passer outre cet affront involontaire. Je n'ai passé que mon année de terminale au lycée de Cedar Cove. Je n'y ai pas particulièrement laissé de traces dont tu puisses te souvenir.

— Bien sûr que si, la contredit Coco. Tu as laissé plein de traces. Katie a aidé l'équipe de natation à gagner le championnat régional.

— Oh mais oui, comment j'ai pu oublier ça, ajouta Angela en posant le bout des doigts sur sa bouche.

Des gens arrivèrent derrière elles, un couple que Coco ne reconnut pas, et Angela se replongea dans son travail d'hôtesse.

— Vous trouverez des étiquettes nominatives ici : elles sont rangées par ordre alphabétique. J'ai utilisé les noms de jeune fille.

Coco prit son badge et Katie l'imita. Elle retira la languette de protection et colla l'étiquette sur sa robe noire au niveau de l'épaule. Coco et Katie s'apprêtaient à errer dans la pièce quand Angela les retint.

— Attends, dit Angela en tendant le bras vers Coco.

Les deux amies échangèrent un regard.

— Désolée de te retarder, mais j'ai un service à te demander. On est quelques-uns à décorer le gymnase du lycée pour le dîner et le bal de demain soir. On se rejoint vers treize heures et on aurait bien besoin de ton aide.

— De mon aide ?

— Tu as toujours eu le coup d'œil pour ce genre de choses. Ça ne t'embête pas ? demanda Angela avec de grands yeux suppliants.

Coco décida de se sentir flattée.

— Pas du tout.

Angela sourit à Katie.

— Tu peux venir aussi, si tu veux.

— J'en serais ravie.

Coco fronça les sourcils. Angela donnait l'impression de faire une fleur à Katie en l'incluant dans le projet, alors qu'elle aurait dû la remercier de son intérêt.

Dès qu'elles se furent assez éloignées, Katie se pencha vers Coco.

— C'était quoi cette histoire d'équipe de natation qui gagne le championnat régional ? Tu sais bien que c'est faux.

— Toi et moi, on le sait, mais apparemment Angela ne le sait pas.

— Pourquoi tu as raconté ça ?

Coco ne répondit pas. En vérité, elle n'avait pas aimé la manière dont Angela avait balayé Katie comme si elle n'était pas digne de son attention. Ça l'avait énervée et elle avait voulu la remettre à sa place.

Comme elles avançaient dans la pièce, elles découvrirent des tables hautes décorées de chiffres en carton représentant la date de leur année de terminale avec des confettis éparpillés un peu partout, comme ceux que les gens mettent dans leurs cartes de vœux ou leurs invitations. Chaque table était entourée de quatre chaises.

— Tu sais combien de personnes viennent ce soir ? demanda Katie à Coco en restant près d'elle.

— Non.

Tout ce que Coco savait, c'est qu'elle avait vu une étiquette au nom de Ryan. Le connaissant, il allait arriver en retard pour faire une entrée fracassante. La simple idée de le voir jouer les cadors lui donnait envie de vomir.

— J'ai vu un badge au nom de James, murmura Katie.

Coco distingua de la terreur dans la voix de son amie.

— Tout va bien se passer… pour toi et moi.

— Ouais, c'est ça, grommela Katie.

— On va trouver une table et se prendre un truc à boire.

Elle avait terriblement besoin d'une dose de courage sous forme liquide et vu la mine de Katie, elle aussi.

Elles dénichèrent le point d'observation parfait avec vue sur l'escalier et les nouveaux venus.

— Je vais nous chercher un verre de vin, proposa Katie.

— Super, répondit Coco qui jetait un œil sur les arrivées.

— En fait, je ne sais pas s'il y a assez d'alcool sur cette Terre pour m'aider à tenir toute la soirée.

Coco sourit. Son amie dramatisait. Elle avait dans l'idée que James avait autant hâte de la voir que Katie de lui parler.

Katie alla jusqu'au bar où personne ne semblait servir les invités, et Coco se mit à l'aise. Elle tira une chaise et s'assit. Elle releva la tête juste à temps pour voir Ryan Temple entrer dans la pièce. En dix ans, il avait à peine changé : au pire, il était encore plus beau. Il avait pris des épaules et était accompagné d'une femme. Et comme l'on pouvait aussi s'y attendre, elle était d'une beauté tout à fait renversante : un mannequin, sans aucun doute. Quand le moment serait venu, sa nouvelle conquête allait découvrir quel genre d'homme Ryan était vraiment.

CHAPITRE 14

Coco papillonnait en société. Elle était bien plus extravertie que Katie. Tandis que Coco virevoltait dans la pièce à reprendre contact avec des amis, Katie resta tranquillement assise à leur table à siroter son verre.

Elle reconnut plusieurs visages, surtout ceux des élèves les plus expansifs et populaires de terminale. Elle voulait garder un œil sur l'escalier et les nouveaux venus, mais Katie se sentait bête et un peu gênée d'être là toute seule.

Un couple réquisitionna les chaises d'une table haute située non loin de Katie. Ils avaient l'air aussi perdus et mal à l'aise qu'elle. Katie se dit qu'elle devait au moins faire l'effort de prétendre passer du bon temps.

— Bonjour, dit-elle en se joignant à eux. Je m'appelle Katie Gilroy.

— Moi, c'est Becca Cousins, répondit la femme. Et voici mon mari, Troy.

— Enchantée, dit Katie en vérifiant toujours les arrivées.

— Je suis désolée, je ne me souviens plus vraiment de toi, avoua Becca en replaçant son châle blanc cassé sur ses épaules.

— C'est normal, expliqua Katie. Je n'ai passé que l'année de terminale à Cedar Cove.

Becca la regarda de plus près et tapota des doigts sur la table.

— Tu n'étais pas dans l'équipe de natation ?

— Si, répondit Katie en souriant.

— Et tu sortais avec James Harper aussi, n'est-ce pas ?

Katie sentit des picotements dans ses bras. Elle venait de comprendre pourquoi le visage de Becca lui disait vaguement quelque chose. Elle vivait dans la même rue que James. Ils étaient amis d'enfance.

Katie n'eut pas le temps de répondre.

— C'est bien toi, pas vrai ?

Elle hocha la tête.

— James me faisait travailler l'algèbre après les cours.

Le mari de Becca semblait s'ennuyer. Il sourit pour s'excuser d'interrompre notre conversation.

— Chérie, tu veux quelque chose à boire ? demanda-t-il en reculant sa chaise pour se lever.

— Oui, s'il te plaît. Un Coca light ?

— Ça marche.

Troy les laissa et se faufila entre les tables et les chaises pour atteindre le bar.

Quand son mari partit, Becca se pencha près de Katie.

— James s'était battu pour toi. Je m'en souviens parce que James n'avait jamais été bagarreur. Tout le monde avait été choqué d'apprendre qu'il s'était fait renvoyer du lycée.

Katie sentait son visage s'échauffer. Le vin était peut-être responsable de cet effet, mais les souvenirs ne l'étaient pas moins.

— Il ne s'est pas battu *pour* moi, en réalité. James prenait ma défense.

Becca prit un air rêveur.

— C'est de l'amour, ça, tu sais. Du vrai. Je crois que cette bagarre entre James et Brian O'Malley, c'est l'histoire la plus romantique que je connaisse. Brian était quelqu'un d'horrible. Il adorait terroriser tous ceux qu'il jugeait faibles. Je pense qu'il devait même éprouver un plaisir malsain à s'en prendre aux autres. Je ne me souviens pas avoir connu quelqu'un qui l'appréciait. Personne ne lui tenait tête, parce que tout le monde avait peur de lui.

— Sauf James.

— Oui. Il s'était pris des coups lui aussi, non ?

Il s'en était pris et il l'avait fait pour elle. Pendant son renvoi, Katie avait trouvé un prétexte pour passer chez lui chaque après-midi. Ses parents travaillaient tous les deux à l'extérieur, donc James se trouvait seul avec sa sœur à la maison. Katie s'asseyait à côté de lui et ils jouaient à des jeux vidéo. Quand sa sœur regardait ailleurs, James l'embrassait. Comme elle redoutait que sa mère désapprouve sa présence chez eux, Katie s'assurait de partir avant le retour de ses parents.

Perdue dans ses souvenirs, Katie dut se forcer à reporter son attention sur Becca.

— Qu'est-ce que tu deviens, alors ? demanda-t-elle pour changer de sujet.

— Je suis maman blogueuse. Troy et moi, on a deux enfants, Justin et Janese. J'adore pouvoir être avec eux et raconter aussi notre vie de famille. J'ai pas mal de followers. Et toi, qu'est-ce que tu fais ?

— Je suis assistante sociale.

Becca parut impressionnée.

— J'espère que tu ne m'en voudras pas de te poser cette question, mais qu'est-ce qui s'est passé entre James et toi ? Il t'avait vraiment dans la peau. Il n'était pas comme les autres types. Tu es la seule vraie petite amie qu'il ait jamais eue.

Le ventre de Katie se serra et elle ne sut comment répondre.

— Nos routes se sont séparées peu après la fin de la terminale.

— Ah bon ?

La surprise se lisait sur le visage de Becca.

— Pourtant vous formiez un couple assez solide à l'époque. J'ai grandi avec James, on est allés au collège et au lycée ensemble. Beaucoup de filles s'intéressaient à lui et il est sorti avec quelques-unes d'entre elles, mais tu es la seule avec qui ça ait duré plus d'une semaine ou deux.

— Tout a une fin.

— C'est vrai, confirma Becca. Ça a dû être dur de rompre pour vous deux.

Katie ne pouvait pas le nier. Plus dur que quiconque ne pouvait l'imaginer. Becca ne lui apprenait rien sur James. Il n'était pas comme Ryan ou les autres garçons qu'elle avait rencontrés. James était loyal et dévoué, sérieux et travailleur. Et d'une incroyable intelligence. Et pourtant, parmi toutes les filles du lycée, il l'avait choisie, elle. Il l'avait aimée de tout son cœur, du plus profond de son être, plus que quiconque avant, et même après.

— Je suis passée dans votre ancien quartier cet après-midi, lança Katie en feignant l'innocence. J'ai vu que la maison de James était abandonnée. Tu sais ce qui est arrivé à sa famille ?

— D'après ma mère, son père s'est fait muter par le chantier naval à San Diego, il y a quelques années. Un jeune couple a racheté la maison pendant le boom immobilier et puis ils l'ont perdue. Ça embête beaucoup mes parents de voir cette maison vide comme ça. C'est une verrue dans le quartier. Je ne sais pas pourquoi les banques ne la vendent pas.

Katie était contente d'apprendre qu'aucun malheur n'était arrivé aux parents de James.

Troy revint avec leurs verres et s'assit à côté de sa femme. En sirotant sa bière, il balayait la pièce du regard et remuait sur sa chaise de manière maladroite. Ce devait être difficile de se trouver parmi un groupe de personnes qui se connaissaient toutes, et de ne pas se sentir à sa place. Le seul lien qui l'unissait à ces gens était sa femme.

— Je devrais sans doute aller saluer quelques amis, dit Katie qui cherchait une excuse pour les laisser.

— Bien sûr. J'ai été contente de discuter avec toi, Katie.

— Moi aussi, Becca.

Katie déambula dans la pièce en gardant l'œil sur les nouveaux venus. Jusqu'à présent, elle n'avait pas vu James et elle commençait à se demander s'il allait venir. Elle redoutait qu'il ait eu vent de sa participation à l'événement et qu'il ait décidé de ne pas s'y rendre. *A priori*, James n'était pas de nature à vouloir éviter les confrontations, mais d'un autre côté, il n'était plus celui qu'elle avait toujours connu. Il ne connaissait pas non plus la femme qu'elle était devenue.

Coco était en train de discuter avec tout un tas de femmes, dont les visages ne rappelaient aucun souvenir à Katie. Katie se joignit au groupe et Coco ne tarda pas à la présenter à ses amies.

— Katie faisait partie de l'équipe de natation.

Des « Salut » et « Contente de te revoir » s'ensuivirent en chœur.

Quelques minutes plus tard, Coco la prit à part.

— James est arrivé ? lui demanda-t-elle dès qu'elles furent suffisamment à l'écart.

— Non. Je commence à croire qu'il ne se montrera pas.

— Ne perds pas espoir, ma puce, répondit Coco en lui serrant le bras. Il va venir.

Katie admirait la positivité de Coco. De tout son être, elle désirait y croire aussi.

— Ryan Temple est là, murmura Coco en regardant de l'autre côté de la pièce. Regarde comme il attire l'attention de tout le monde.

Quand Katie jeta un œil en direction de Ryan, elle le découvrit, sans surprise, entouré d'un cercle d'admirateurs. Il s'agissait surtout d'hommes, ce qui s'expliquait sans doute par la présence d'une superbe femme à ses côtés.

— On dirait qu'il a une cour, grommela Coco.

Évidemment, les rumeurs y étaient allées bon train sur les événements du soir du bal de promo. Mais Katie n'avait jamais été du genre à écouter les commérages et elle n'avait jamais harcelé Coco quant aux détails. Tout ce dont elle était certaine, c'est que Coco avait été victime d'un pari puéril entre joueurs de l'équipe de foot. Coco s'était toujours montrée gentille envers elle. Ainsi, quand elle ne s'était pas présentée au lycée pendant toute la semaine suivant le bal, Katie avait tenu à rendre la pareille à son amie. Elles étaient restées proches depuis.

— Je t'ai vue parler avec Becca Holiday, ajouta Coco.

— Elle s'appelle Becca Cousins maintenant. Elle est mariée, elle a deux enfants et elle tient un blog de maman.

— C'est chouette, dit Coco en secouant la tête.

Katie remarqua chez son amie une expression qu'elle ne lui connaissait pas. Coco adorait son travail, qui consistait à créer des applications, et sa réussite avait dépassé ses attentes et ses prévisions. Mais Katie décelait dans son regard une envie d'autre chose, de quelque chose de plus.

Par conséquent, Katie se demanda ce qu'elle-même désirait dans la vie. Si elle voulait un jour avoir la réponse, il lui fallait faire la paix avec James et tourner la page.

Elle ressassait cette histoire depuis trop longtemps. Elle était adolescente quand elle était tombée amoureuse de James, tout comme lui. Elle avait changé, les temps avaient changé et l'amour aussi. Elle ne voulait pas l'admettre, mais il était plus que probable qu'ils n'aient plus rien en commun. Elle souhaitait seulement avoir l'opportunité de le découvrir.

Katie et Coco étaient arrivées depuis environ trente minutes quand le personnel de service commença à servir les amuse-bouches. Ils furent liquidés en un rien de temps. Katie n'aurait pas pu en avaler une bouchée même si elle avait essayé. Elle refusa tous les petits-fours qu'on lui proposa. Il y avait de la nourriture et des boissons à profusion. Après avoir fini son verre de vin, elle en commanda un deuxième. Du courage sous forme liquide. Elle en aurait besoin si jamais James faisait son apparition.

Au milieu de la soirée, Katie ne supporta plus de ne pas savoir. Elle aborda Angie Palmer qui s'occupait toujours du pointage des nouveaux arrivants.

— Tout va bien ? lui demanda Angie.

— Oh oui, la fête est super, la rassura Katie.

— Le comité a travaillé dur pour organiser cet événement. Bien sûr, certains n'étaient pas d'accord sur le choix du restaurant ou sur le menu. Plusieurs ont critiqué le fait qu'on fasse le bal de samedi dans le gymnase.

— Je…

— J'ai remarqué qu'aucune de ces personnes ne s'était portée volontaire pour faire partie du comité, en revanche. Les gens sont comme ça, pas vrai ?

— Si, confirma Katie, persuadée que moins elle en disait, mieux elle s'en sortirait.

— Il faut que tu saches que ce week-end de retrouvailles nous a demandé beaucoup d'efforts. J'espère juste que mes anciens camarades de classe apprécient tout ce que Lily et moi avons fait pour eux.

— Combien de personnes font partie de ce comité ? demanda Katie qui se souvenait avoir vu une longue liste de noms sur le prospectus de l'événement.

— Dix. Mais c'est Lily Franklin et moi qui sommes les principales organisatrices. Les huit autres personnes habitent à Cedar Cove. Au début, elles avaient proposé leur aide et puis elles se sont défilées les unes après les autres. Ça nous a paru plus simple de nous occuper de l'organisation toutes seules. On a vite compris qu'on n'allait pouvoir compter sur personne d'autre. On a quand même mis leur nom sur le prospectus, en remerciement pour leur soutien. Au fait, tu n'aurais pas les coordonnées de Karen Castillo ? Elle fait partie de ceux qu'on n'a pas réussi à localiser.

— Non, désolée.

— Et Jeremy McPherson ?

— Aucune idée.

La seule personne avec qui Katie était restée en contact était Coco.

Angie soupira pour signifier sa déception.

— Personne ne semble savoir où ils sont, ni ce qu'ils sont devenus. Lily et moi avons mentionné leur nom en espérant que quelqu'un ait gardé un lien avec eux, mais on n'a jamais eu de retours.

— Si j'ai des nouvelles, je te tiendrai au courant, promit Katie.

— C'est très gentil.

Katie jeta un œil sur la table et aperçut l'étiquette de James.

— Je voulais te demander si…

— Tu savais que deux de nos camarades de classe étaient morts ? la coupa Angie. Deux. Ça m'a choquée. Darin Joseph est morte dans un accident de voiture pendant l'été, il y a deux ans. Elle a pris un virage trop vite et s'est encastrée dans un arbre. Et bien sûr, tout le monde est au courant pour Andrew Webs, qui est mort en Afghanistan. Tragique, dans les deux cas.

— Tragique, confirma Katie.

— Excuse-moi, tu voulais savoir si quelqu'un s'était inscrit ? lança Angie en reportant son attention sur Katie.

— Oui. James Harper.

— Ah oui, James. C'était l'un des premiers à accepter l'invitation. On a reçu sa réponse très vite, juste avant la tienne.

Angie s'empara de son iPad et fit défiler deux ou trois pages sur son écran.

— Ah, le voilà. Il s'est inscrit pour les trois événements. La réunion de ce soir, le dîner de demain et le pique-nique de dimanche.

Katie n'en avait pas espéré moins.

— Si tu savais le nombre de gens qui n'étaient pas d'accord pour qu'on fasse ce pique-nique dans le parc de Manchester State dimanche. Pour moi, c'est le lieu idéal, tu ne trouves pas ?

Le parc de Manchester State était l'un des endroits que James et elle préféraient. Ils s'asseyaient sur la plage et parlaient pendant des heures en contemplant la vue sur Seattle qui s'offrait à eux. Le parc était accessible à pied depuis la maison des Flemming et Katie s'y était souvent rendue pour s'asseoir sur la plage et réfléchir. Quand James avait appris qu'elle adorait ce lieu, il avait pris l'habitude de l'y rejoindre.

Ces moments avec James constituaient la période la plus paisible de sa vie : assis sur le sable, adossés à un gros morceau de bois flotté. James mettait son bras sur ses épaules et elle posait la tête contre son torse. Parfois, ils discutaient pendant des heures ; parfois, ils ne disaient rien.

— Je vois que James n'est pas encore arrivé, reprit Angie en vérifiant les badges.

Katie remarqua que le nombre d'étiquettes avait bien baissé depuis leur arrivée. Il n'en restait que quelques-unes comme sur un puzzle où plusieurs pièces manquaient.

— Il est devenu pharmacien, tu sais.

Elle n'en savait rien. Une fois, elle avait entendu dire qu'il travaillait pour Microsoft ; peut-être avait-elle mal compris.

— Il dit travailler pour un hôpital de Seattle. Le Swedish ou le Virginia Mason, je ne me souviens plus lequel des deux.

— Il doit bien faire son métier, murmura Katie.

Elle se souvenait que James aimait toutes les sciences. Les cours qu'elle trouvait les plus difficiles étaient justement ceux dans lesquels il excellait. Katie avait de meilleures notes dans les matières littéraires. Même s'il ne lui avait jamais demandé d'aide, elle relisait ses dissertations et lui faisait des suggestions. Comme il ne tarissait jamais d'éloges sur elle, James avait insisté sur le fait qu'il n'aurait pas aussi bien réussi sans son aide. Elle n'y avait pas cru une seule seconde.

— Si je me souviens bien, James a toujours eu tendance à arriver en retard, déclara Angie comme si elle connaissait bien ses habitudes.

Katie ne se rappelait pas du tout ce détail.

— Il n'est pas marié, tu sais. Il nous a envoyé sa bio. Elles seront toutes disponibles pour tout le monde au dîner de demain soir. C'est surprenant que tant de nos anciens camarades de classe soient encore célibataires, continua Angie sur le ton de la conversation. C'est l'occasion pour certaines personnes qui étaient en couple au lycée de reprendre contact. J'ai toujours adoré le romanesque, pas toi ?

Katie sourit. Les mots d'Angie la remplissaient de courage. « Si », conclut-elle.

CHAPITRE 15

Coco et Katie étaient sorties pour la soirée et la maison était calme, trop calme. Rover dormait sur le tapis devant la cheminée et j'étais désœuvrée. Deux clients devaient arriver plus tard ce soir-là. Ils avaient réservé la semaine précédente. Il s'agissait d'un couple en lune de miel : Finn et Carrie Dalton.

Le téléphone sonna sur ma ligne personnelle, pas la professionnelle. Le numéro affiché était celui de Gina.

— Re-bonjour, lançai-je.

Je ne lui avais pas parlé pendant des mois et voilà que je l'avais deux fois au téléphone en une journée.

— Salut. Écoute, enchaîna-t-elle, j'ai parlé à Rhyder et ensuite à Rich. Tout est arrangé pour demain soir.

Surprise, j'en restai bouchée bée.

— Tout ? Comment ça, tout ?

— Ton rendez-vous avec Rich, précisa-t-elle comme s'il s'agissait là d'une évidence.

— Mais je ne peux pas… Demain, c'est trop tôt.

— Non, ce n'est pas trop tôt, la contredit Gina. Jo Marie, je me suis donné beaucoup de mal pour organiser ça. Tu ne vas pas te défiler. Je ne te laisserai pas faire.

Gina semblait marcher sur un feu de joie dont j'avais déclenché l'allumage. Elle avait agi sans me laisser le temps de vraiment réfléchir à ce que j'avais proposé ni de revenir sur ma décision. Parce que j'aurais changé d'avis. J'étais bouleversée et en colère à ce moment-là. Je n'étais absolument pas prête à refaire des rencontres.

— J'ai des clients ce week-end, lui expliquai-je. Si je dois laisser la maison d'hôtes, je dois le prévoir bien à l'avance. Je ne peux pas juste fermer et sauter dans un ferry pour passer la nuit à Seattle, précisai-je. J'ai des responsabilités.

— CEEEERTES, articula Gina en appuyant sur la première syllabe comme pour se laisser le temps de réfléchir au problème. Alors, c'est nous qui allons venir à toi. Il doit bien y avoir au moins un restaurant décent dans cette ville.

Je me hérissai, interloquée par cette offense vis-à-vis de Cedar Cove.

— En fait, il y a plusieurs…

— Alors, on fait comme ça. Rhyder, Rich et moi, on arrivera vers six heures demain soir.

— Le ferry…

— T'inquiète pas, je m'occupe de vérifier les horaires de ferry et du reste. Tu ne nous échapperas pas, Jo Marie.

Elle ne plaisantait pas.

— Il est temps que tu te reprennes en main, mon amie.

— Mais, Gina, paniquai-je.

La tête me tournait et je cherchais un prétexte pour reporter.

— Je ne sais plus comment on fait. Le dernier rendez-vous galant que j'ai eu, c'était avec Paul et il y a des années de ça.

— Ça ne s'oublie pas, insista-t-elle. Si ça peut te rassurer, Rich est aussi nerveux que toi.

— Tu veux dire qu'il n'est sorti avec personne depuis son divorce ?

Cela ne présageait rien de bon pour nous deux. J'imaginais bien le cauchemar : Gina et Rhyder nageant en plein bonheur et s'efforçant de nous montrer combien Rich et moi étions faits l'un pour l'autre. Les rendez-vous arrangés de ce genre étaient les pires.

— Il a eu des histoires, mais il n'a pas encore rencontré la femme idéale.

Rich était sans doute passé d'une histoire désastreuse à une autre. Il devait en être traumatisé. J'avais connu ça avant de rencontrer Paul.

— Comment tu sais qu'on s'entendra bien ? demandai-je.

— Je n'en suis pas sûre, mais tu es quelqu'un de bien et de sympa. Vous avez tous les deux vécu un enfer.

Ça ne semblait décidément pas être une bonne idée.

— Gina, sans plaisanter, j'aurais préféré que tu m'en parles avant d'organiser tout ça.

— Je t'en ai parlé, me rappela-t-elle. Voilà ce qu'on va faire. Je vais te donner le numéro de téléphone de Rich pour que vous puissiez entrer en contact, et si tu n'as toujours pas envie de le rencontrer après, alors on annule tout.

— Ça vaut pour lui aussi, n'est-ce pas ?

— Bien sûr. Ça te va comme ça ?

— Je suppose, dis-je à contrecœur.

— Tant mieux. Et arrête de douter de mes goûts. Rich va te plaire. C'est un type super.

Je ne comptais plus le nombre de fois où l'on m'avait servi le même discours et où j'avais été déçue. À l'évidence, certaines personnes n'avaient pas la même définition du mot « super » que moi.

À peine vingt minutes après avoir raccroché avec Gina, mon portable sonna de nouveau. Je ne reconnus pas le numéro et me dis qu'il devait appartenir au frère de Rhyder Marlow, Rich.

— Jo Marie à l'appareil, annonçai-je d'une voix aussi neutre que possible.

— Bonjour, Jo Marie. C'est Rich. Gina m'a suggéré de vous appeler.

Il avait pris un ton pince-sans-rire lui aussi, comme si ça l'amusait de se retrouver dans cette situation à cause de mon entremetteuse de copine.

— Gina pensait que ce serait une bonne idée que nous discutions un peu avant de nous rencontrer demain soir.

— Ouais.

Un silence s'installa. Je déglutis, ne sachant pas quoi ajouter.

— Il paraît que vous êtes divorcé ?

— Ça fait deux ans maintenant. Et vous êtes veuve ?

— Depuis deux ans aussi.

— Vous avez fait beaucoup de rencontres depuis que votre mari… depuis que vous êtes veuve ?

Je pensai à Mark et décidai de ne pas en parler.

— Non. Et vous ?

— Quelques-unes, mais à vrai dire, ce n'étaient pas de bonnes expériences. Récemment, j'ai rencontré une femme qui avait dix chats. Dix. Je suis allergique aux chats et je ne vous raconte pas l'odeur qui régnait chez elle. Ensuite il y a eu cette femme qui suivait une sorte de régime. Je vous jure qu'elle a mis une demi-heure à commander son dîner. Elle a insisté pour parler en personne au chef de cuisine. Bref, disons juste que cette soirée ne s'est pas très bien passée.

Il hésita avant d'ajouter :

— Mon dernier rendez-vous n'a pas été non plus une réussite. Il faut que je vous demande quelque chose. Ne le prenez pas mal, mais faites-vous partie de ces femmes à l'appétit sexuel démesuré ?

Mes yeux s'écarquillèrent. Je ne m'attendais pas à ce genre de questions.

— Je vous demande pardon ?

— Désolé, mais il faut que je sache. Après la femme aux chats et la folle du régime, j'en ai rencontré une qui me semblait tout à fait normale. Mais après avoir dîné ensemble, elle a voulu savoir si nous allions rapidement faire l'amour. Il s'agissait pour elle d'un besoin physique qu'elle devait combler tous les jours.

— Tous les jours ?

— C'est ce qu'elle a dit.

Je restai sans voix pendant un moment.

— Où avez-vous rencontré cette femme ? Dans une boîte de strip-tease ?

— Non, à l'église.

— Sérieusement ?

— Ouaip.

Je ne pus m'empêcher d'éclater de rire. Rich se joignit à moi.

— Rassurez-vous, je ne suis pas une obsédée sexuelle.

Tellement de temps avait passé que j'avais l'impression d'être redevenue vierge.

Rich gloussa et je sentis que nous étions tous deux plus à l'aise.

— C'est très rassurant, merci. Gina m'a dit que vous étiez propriétaire d'un *bed and breakfast* et que nous devions venir de votre côté du rivage pour dîner demain soir.

— J'ai des clients ce week-end. J'ai mentionné à Gina de manière *anodine*, et j'insiste sur le terme *anodine*, qu'il se *pourrait* bien que je sois prête à faire de nouvelles rencontres et en un rien de temps ce rendez-vous arrangé était fixé.

— C'est Gina tout craché. Une vraie pile électrique. Quand elle a quelque chose en tête, on ne peut plus l'arrêter.

— Je n'en reviens toujours pas qu'elle se marie avec Rhyder. Ils arrivaient à peine à se supporter, aux dernières nouvelles.

— Ne m'en parlez pas. Je me souviens que peu après avoir commencé à travailler à la banque, Rhyder se demandait déjà s'il n'allait pas démissionner parce qu'il avait rencontré cette femme qui lui rendait la vie misérable. Si vous les voyiez maintenant, rajouta-t-il après une pause, ils sont collés en permanence l'un à l'autre.

J'étais stupéfaite à l'idée que Gina et Rhyder soient amoureux.

— Ce n'est pas facile, vous savez, reprit Rich d'un ton plus sérieux. De les voir ensemble et tellement amoureux. Je ne pensais pas que mon petit frère se lancerait dans le mariage, surtout après ce qui s'est passé entre Melissa et moi.

— Il doit vraiment aimer Gina.

— C'est sûr. Mais ça me donne de l'espoir aussi, vous voyez ?

— Je vois, oui.

— Alors, dit-il en laissant échapper un soupir, qu'en dites-vous ? Vous avez envie qu'on se voie ? C'est comme vous voulez ; je ne le prendrai pas mal.

Mon instinct me disait de décliner. Je n'étais pas prête. Et d'ailleurs, je ne le serais peut-être jamais. J'avais passé presque deux ans à vivre comme une nonne, cloîtrée dans mon *bed and breakfast.* Si l'on menait une étude sur mon style de vie, on en déduirait que j'avais la soixantaine plutôt que la trentaine.

— D'accord, dis-je. Donnons-nous une chance.

Rich ne répondit pas tout de suite, mais sa voix le trahit quand il se décida à parler. Il parut soulagé.

— J'espérais que vous diriez ça. J'aimerais faire votre connaissance, Jo Marie. Attention. Je ne suis qu'un type comme un autre, pas une gravure de mode.

— Vous êtes sur Facebook ? demandai-je.

— Bien sûr. Qui ne l'est pas ?

— Je n'y suis pas souvent allée depuis la mort de Paul. Mais je vais vous demander comme ami pour que vous puissiez voir à quoi je ressemble.

— Je le sais déjà. Gina m'a montré une photo d'elle et vous il y a quelques années. Je vous trouve… ravissante.

— Eh bien, merci, répondis-je, troublée par son compliment.

— Je vous envoie une invitation Facebook pour que vous voyiez ma tête aussi.

Nous raccrochâmes quelques minutes plus tard. Au moment où j'éteignis mon portable, je m'aperçus que je souriais. Mais dès que je repensai à Mark, mon plaisir s'évanouit.

C'était Mark qui m'avait menée au point où j'en étais. Je me sentais toujours en colère contre lui, mais d'un autre côté, je lui étais aussi reconnaissante. Il était parti, désormais. Si ce n'était déjà de Cedar Cove, il avait disparu de ma vie. Et grâce à ce départ, j'étais sur le point d'entrer dans une nouvelle phase, de m'ouvrir à d'autres possibilités.

J'entendis le bruit d'une voiture et Rover se leva sans tarder. Il se dirigea vers la porte d'entrée me signifiant que les Dalton étaient arrivés. Je sortis sous le porche.

Finn Dalton descendit de voiture. C'était un homme grand au visage ciselé, vêtu d'un jean et d'une chemise de bûcheron. Un amoureux de la vie au grand air, à première vue. Il semblait directement sorti d'un documentaire de National Geographic. Il fit le tour de la voiture pour accéder au côté passager et ouvrit la portière. Avant que sa femme ne descende, il se pencha vers elle et l'embrassa. Un long baiser ardent.

Quand j'aperçus son épouse, je découvris une femme menue comparée à son mari. Ils se dirigèrent vers moi, bras dessus bras dessous.

— Bienvenue à la Villa Rose, les accueillis-je.

— Merci. Je suis Finn Dalton et voici ma femme, Carrie.

Il baissa la tête vers elle en souriant et répéta : « Ma femme. »

Carrie sourit à son mari en retour avant de regarder dans ma direction.

— Au cas où vous ne l'auriez pas remarqué, nous sommes en lune de miel. C'est notre dernière nuit avant de repartir en Alaska, m'expliqua-t-elle en montant les marches.

— Tu remplis les fiches d'admission et moi, je m'occupe des valises, lui lança Finn avant de retourner à sa voiture.

Carrie me suivit dans la maison.

— Comment cela se fait-il que vous ayez réservé ici ? lui demandai-je, curieuse.

S'ils devaient se rendre à l'aéroport de Seattle-Tacoma le lendemain, il existait des hôtels bien mieux placés que la Villa Rose.

— Finn déteste la ville. Il préfère s'exiler à des kilomètres plutôt que de subir la pollution sonore et automobile. Il a vécu en Alaska presque toute sa vie et c'est là que nous avons décidé de nous installer pour fonder une famille.

Je n'avais pas l'esprit aussi aventureux que Carrie.

— Vous êtes d'accord pour partir vivre en Alaska ?

— On est tous les deux écrivains. J'aime mon mari et j'irai partout où il ira, peu importe l'endroit où il veut vivre. Ça fait presque deux ans que nous travaillons à faire en sorte que notre histoire marche.

— Félicitations.

— Merci.

Je lui tendis la fiche à remplir et elle s'exécuta sans délai. Je pris sa carte de crédit pour en garder l'empreinte avant de lui donner la clé de leur chambre.

— Il y a déjà deux clients au premier étage. Au deuxième, il n'y a que deux chambres. Tout l'étage est à vous.

— Merci. C'est parfait. Comme vous le savez, nous sommes de jeunes mariés.

Elle n'avait pas besoin de me faire un dessin : j'avais compris.

Pendant que je donnais à Carrie la clé de la porte d'entrée et que je lui expliquais où trouver tout ce dont elle pouvait avoir besoin, Finn revint avec les bagages. Je lui indiquai leur chambre et il monta les deux volées d'escaliers, deux marches à la fois. Il revint en moins de temps qu'il ne fallait pour le dire.

— Vous êtes prête, madame Dalton ? demanda-t-il à Carrie.

— Prête ? Finn, je t'en prie, tu ne vas pas me porter à chaque fois qu'on entre dans une pièce.

— Pendant notre lune de miel, si.

Avant que Carrie ne puisse protester, Finn la souleva et la prit dans ses bras pour monter les escaliers. Carrie me regarda par-dessus son épaule, un sourire jusqu'aux oreilles, puis elle reposa sa tête sur l'épaule de son mari.

Je ne sais pas comment diable il était possible qu'en l'espace d'une seule journée je me retrouve confrontée à deux couples follement amoureux. D'abord, Gina et Rhyder, et maintenant, les Dalton en pleine lune de miel.

J'étais encerclée.

Malgré moi, mes pensées se tournèrent vers Mark pour la énième fois. Je les mis de côté et me concentrai sur la perspective d'avoir un rendez-vous galant.

C'était la conversation que j'avais eue à cœur ouvert avec ma mère qui avait tout déclenché. J'allais bientôt rencontrer Rich.

Rover avait besoin de sortir. Je lui ouvris la porte et le regardai descendre les marches du perron pour rejoindre le kiosque.

Il se retourna et me regarda avec les yeux les plus tristes et mélancoliques que je n'avais jamais vus. Puis, pour la troisième fois de la journée, il leva la tête et hurla à la mort comme s'il avait perdu son meilleur ami.

D'ailleurs, nous l'avions perdu tous les deux.

CHAPITRE 16

TOUTE LA SOIRÉE, Coco avait eu l'impression d'être prête à confronter Ryan. Cependant, le moment venu, elle tremblait tellement sur ses talons de dix centimètres qu'il lui était difficile d'empêcher ses genoux de s'entrechoquer.

Plus tôt, elle avait déjà pris un verre de vin, mais elle décida de commander quelque chose de plus fort. Comme elle s'approchait du bar, elle se demanda s'il existait un shot assez puissant pour lui donner la force de parler à Ryan. Perdue dans ses pensées, elle attendit quelques minutes son tour d'être servie, puis elle sortit soudain de la queue. Elle n'avait pas besoin d'alcool pour lui faire face. Voilà dix ans qu'elle attendait ce moment et elle n'allait pas le gâcher en buvant trop.

Elle commença à traverser la pièce en direction de Ryan. La foule d'admirateurs qui s'était agglutinée autour de lui s'était encore élargie. Comme elle s'y attendait, ses anciens camarades de classe étaient pendus à ses lèvres.

Ryan leva la tête et croisa par hasard le regard de Coco. Elle ne flancha pas. Il se tourna vers la Miss Monde qui lui tenait le bras et lui murmura quelque chose à l'oreille avant de s'adresser à son public. Il devait se douter de ce qui l'attendait car la foule se dispersa à sa demande.

Coco continua d'avancer vers lui et ignora même la salutation d'une ancienne copine. Elle serrait les poings. Elle s'arrêta net devant Ryan et la bimbo à son bras.

— Coco, lui lança Ryan comme si de rien n'était. Je voudrais te présenter ma femme, Jennifer.

Coco se concentra un instant sur cette femme.

— J'espère que vous savez quel genre d'homme vous avez épousé.

Elle n'avait pas fait l'effort de cacher le dédain dans sa voix.

— Je le sais, répondit sa femme d'une voix douce.

— J'en doute fort, rétorqua Coco.

Elle tremblait peut-être de l'intérieur, mais elle avait l'air aussi calme qu'une mer d'huile. Elle se sentait prête à lui donner la leçon de sa vie.

— J'espérais que tu viennes à cette réunion des anciens élèves, dit Ryan en la regardant droit dans les yeux.

— Ça, ça m'étonnerait, répondit Coco dans un rire ironique.

— Si, c'est vrai, la contredit-il avant de lâcher un lent soupir. Je te dois des excuses, Coco. Quand je repense à ce que je t'ai fait, à la manière dont je me suis servi de toi et à la honte que je t'ai fait subir, j'en suis malade.

Coco se figea. Ryan s'excusait ? Elle avait dû mal entendre. C'était la dernière chose à laquelle elle se serait attendue.

— Qu'est-ce que tu viens de dire ?

— Je suis désolé, Coco. Tu es totalement en droit de me détester et je ne te le reprocherais pas le moins du monde.

— Je te déteste, en effet. Ça fait dix ans que je te déteste. Je n'ai que du mépris pour toi.

Elle avait vomi chacune de ces paroles.

— En ce qui me concerne, tu es le rebut du genre humain. Pire. Ce que tu as fait…

— Ce que j'ai fait est impardonnable, confirma-t-il, l'air contrit et malheureux.

Coco porta de nouveau son attention sur la femme de Ryan.

— Vous êtes au courant ? Vous savez ce qu'il a fait ?

Jennifer plaça la main sur la manche de son mari et acquiesça.

— Il m'en a parlé avant notre mariage.

— Et vous l'avez quand même épousé ?

De toute évidence, cette femme avait un besoin urgent de psychothérapie. Quiconque acceptait de son plein gré d'épouser un homme qui s'était servi d'une femme comme Ryan s'était servi d'elle devait obtenir au plus vite l'aide d'un spécialiste.

— Je l'ai quand même épousé, répéta Jennifer.

Coco secoua la tête pour signifier sa stupéfaction et son incrédulité.

— Je l'ai épousé parce que lors de son récit de ce pari stupide, il avait des larmes plein les yeux. Il m'a dit qu'il ne s'était pas passé un seul jour depuis sans qu'il n'ait regretté son acte, et je l'ai cru.

— Pas un seul jour, c'est faux, rectifia Coco.

Le cas échéant, il lui aurait présenté des excuses quand ils étaient encore au lycée.

— Je ne suis plus l'adolescent immature et égocentrique d'il y a dix ans, Coco, déclara Ryan.

— Dieu merci, murmura-t-elle.

— Je L'en remercie, c'est vrai, riposta Ryan. J'ai essayé de te retrouver dans l'intention de te dire combien j'étais désolé. J'étais très impatient de te demander pardon mais j'ai préféré attendre.

— Attendre quoi ? La saint-glinglin ?

— Ce week-end de retrouvailles, répondit-il en ignorant son pique. Je voulais te demander pardon, mais je pensais que ce serait mieux de le faire en personne. Peux-tu m'accorder ton pardon ? Est-il possible que tu trouves au fond de ton cœur la force d'accepter mes sincères regrets ? Me pardonner de t'avoir ôté ce que je n'avais aucun droit de te prendre ?

Rien ne se passait comme elle l'avait espéré, imaginé, prévu.

— Je… je ne sais pas, répondit-elle en toute honnêteté.

Il ne pouvait quand même pas s'attendre à ce qu'elle mette un mouchoir sur la souffrance qu'elle avait endurée toutes ces années comme si de rien n'était. Cette forte antipathie qui confinait à la haine était devenue comme un repère inébranlable de sa vie.

— Peux-tu essayer ?

Sans vraiment y réfléchir, Coco hocha la tête. Puis ses jambes se mirent à trembler et elle ressentit le besoin de s'asseoir. Elle tendit le bras et attrapa le dos d'une chaise.

Ryan l'aida tout de suite à la tirer pour s'y asseoir. Il s'appropria la chaise d'à côté et sa femme s'assit près de lui. Il se tourna sur sa chaise et se pencha en avant pour poser les coudes sur la table.

— Est-ce que je peux faire quoi que ce soit pour me rattraper ? demanda-t-il.

Coco ne voulait pas croire qu'il était sincère, mais à voir la détresse dans ses yeux, elle savait qu'il l'était. Croyait-il vraiment qu'il pouvait lui rendre sa virginité ou faire disparaître l'humiliation qu'elle avait éprouvée avec quelques paroles ? Pour Coco, rien n'avait jamais été plus pareil depuis cette nuit-là.

— Depuis dix ans, il m'est arrivé mille fois de regretter mon acte, mon comportement, et la manière dont je t'ai traitée ensuite me donne envie de vomir.

— Tu ne voulais même plus me regarder, murmura-t-elle en étouffant un sanglot.

— Parce que je ne supportais pas de me regarder en face. À chaque fois que je te voyais, j'étais confronté à ce que je t'avais fait.

Coco se mordit la lèvre inférieure, mais elle s'interdit de pleurer.

— Si tu ne peux pas me pardonner, je l'accepterai. Si j'étais à ta place, je ne sais pas si je trouverais la force d'accorder mon pardon.

Coco n'était capable de rien d'autre que de rester là à le dévisager, sous le choc et totalement prise au dépourvu.

— Ce que Ryan veut dire, intervint sa femme, c'est que comme toi, il porte ce poids, cette culpabilité depuis beaucoup trop longtemps. J'espère que vous allez pouvoir trouver tous les deux une forme d'apaisement. C'est aussi le souhait de Ryan.

Malgré tous ses efforts, les yeux de Coco se remplirent de larmes.

— J'étais venue te dire combien je te détestais.

— Je sais. Je le mérite.

Jennifer prit la main de son mari. Il la serra de toutes ses forces.

— C'est pour te voir que Ryan a voulu venir à cette réunion des anciens, reprit Jennifer. Il a refusé de jouer un match important ce soir…

— Peu importe ce match, l'interrompit-il. Ce qui comptait, c'était de présenter mes excuses à Coco. Je suis désolé, Coco.

La gorge de Coco se serra à tel point qu'il lui devenait presque impossible de déglutir, et davantage encore de respirer.

— Je suis désolée, moi aussi, murmura-t-elle.

— Toi, tu es désolée ?

— De t'avoir détesté, d'avoir laissé ce qui s'est passé entre nous me broyer à ce point.

— Si jamais je peux faire quelque chose pour toi…

Elle émit une sorte de rire en hoquetant.

— Comme quoi ? Qu'est-ce que tu crois pouvoir faire pour moi ?

— T'offrir des places pour un match de qualification ? proposa-t-il sans conviction. Si tu es fan de base-ball, bien sûr.

Coco essuya les larmes sur ses joues.

— Pas vraiment, répondit-elle, toute tremblante.

— Bon, si jamais tu changes d'avis…

Coco avait peur de fondre en larmes si elle restait plus longtemps. Ryan semblait à deux doigts de craquer lui aussi. Elle recula sa chaise, se leva et posa la main sur l'épaule de Ryan.

— On fait tous des erreurs, Ryan. Ça demande du courage de les reconnaître. Je ne m'attendais vraiment pas à ça de ta part.

Il lui attrapa la main pour lui signifier sa gratitude.

— Il est temps qu'on mette cette histoire derrière nous, avant qu'elle nous détruise pour de bon, murmura Coco.

— Merci, répondit Ryan tout bas.

Coco éprouva le besoin d'ajouter quelque chose.

— On ne sera jamais les meilleurs amis du monde. Mais si un jour j'ai envie d'aller voir un match des Red Sox, je sais vers qui me tourner.

Ryan sourit et acquiesça.

Coco s'éloigna, les yeux pleins de larmes. Elle n'avait pas encore atteint le milieu de la pièce quand elle bouscula quelqu'un par inadvertance. L'homme au polo avait dans la main un gobelet dont le contenu glacé déborda et atterrit sur Coco et lui.

Elle haleta, surprise par la fraîcheur du liquide sur sa peau.

— Oh mon Dieu, je suis désolée.

Il la regarda d'un air ébahi, bouche bée. Tout ce qu'il semblait capable de faire, c'était la fixer du regard. Il s'éclaircit la gorge, puis secoua la tête.

— Pas grave.

— Laissez-moi vous offrir un autre verre, proposa Coco en essuyant le devant de son polo.

Il continuait de la dévisager.

— Coco ?

Elle fronça les sourcils et l'étudia de plus près.

— On était en terminale ensemble ? demanda-t-elle sans le reconnaître.

Il effectua un hochement de tête à peine perceptible.

— Tu ne portes pas d'étiquette, dit-elle pour l'inciter à se présenter.

Il n'en fit rien.

— Tu ne veux pas me dire qui tu es ? insista-t-elle.

— Tu es encore plus jolie maintenant, murmura-t-il avant de rougir.

Il aurait, sans nul doute, tout donné pour pouvoir retirer ce qu'il venait de dire.

La curiosité de Coco fut attisée de plus belle et elle lui demanda son identité une nouvelle fois. Maintenant qu'elle l'avait bien regardé, elle devait admettre qu'il lui semblait vaguement familier, mais elle n'arrivait pas à se souvenir de lui. Troublé par l'attention qu'elle lui accordait, il ne pouvait pas s'empêcher de la regarder comme si elle était une déesse grecque. Coco était flattée de l'intérêt que ce garçon lui portait.

— Je ferais mieux d'y aller.

Il commença à tourner les talons mais elle avait encore une question à lui poser.

— On avait un cours en commun ?

Une émotion passa dans le regard de l'homme, sans que Coco puisse l'identifier. Il confirma.

Ça lui tapait vraiment sur les nerfs. À en lire l'admiration dans son regard, il était clair que ce garçon avait jadis eu le béguin pour elle, et qu'il ne lui était toujours pas insensible. C'était assez logique qu'elle ne se souvienne pas de lui. Après cette soirée désastreuse avec Ryan, Coco avait fait tout son possible pour passer inaperçue. Elle avait gardé la tête basse et regardé ses chaussures. Si quelqu'un lui avait porté une attention quelconque, elle ne l'aurait pas remarqué.

— Pourquoi je ne me souviens pas de toi ?

Il haussa les épaules et sembla mal à l'aise.

— Je ne vois pas pourquoi tu te souviendrais de moi. Il n'y avait pas de raison pour que tu me remarques.

Elle crut déceler une pointe de regret dans sa voix, mais avant qu'elle ne puisse lui demander des explications, elle entendit quelqu'un crier son nom.

Elle regarda par-dessus son épaule et aperçut Brittany du groupe des pom-pom girls.

— Coucou, dit-elle en souriant. J'arrive dans une minute.

Elle se retourna pour reprendre la conversation avec son admirateur inconnu. Mais il était parti.

Elle tourna la tête vers Brittany et lui demanda si elle avait vu avec qui elle parlait, mais Brittany n'en savait rien. Coco fut peinée à l'idée que personne ne remarquait jamais la présence de ce garçon. Leur courte discussion l'avait intriguée et elle voulait en savoir plus.

— Qu'est-ce qui est arrivé à ta robe ? demanda Brittany.

Coco baissa la tête. Tout le devant de sa robe était mouillé. Elle ne ressemblait plus à rien.

— J'ai bousculé quelqu'un. Je ferais mieux de passer aux toilettes.

— Bonne idée.

Arrivée aux WC, Coco s'empara d'un tas d'essuie-tout qu'elle humecta pour tamponner les taches.

La porte des toilettes s'ouvrit et Jennifer Temple, la femme de Ryan, apparut. Elle marqua une pause et dirigea son regard vers Coco.

— Je viens de me ridiculiser, résuma Coco qui avait l'impression de devoir s'expliquer. J'ai bousculé quelqu'un et son verre s'est renversé sur ma robe.

— Ça se voit à peine, lui assura Jennifer. Coco, laisse-moi juste te remercier. Tu ne peux pas savoir combien c'était important pour Ryan de pouvoir te parler et que tu entendes ce qu'il avait à te dire.

Une sensation de légèreté s'empara de Coco.

— J'étais fin prête à lui donner la leçon de sa vie.

— Il le méritait. J'espère que tu as vu combien il était vraiment désolé.

Même si Coco aurait préféré penser que Ryan avait joué la comédie, elle savait au fond d'elle que ce n'était pas le cas. Il transpirait de regrets et de sincérité.

Dès qu'elle eut fini de détacher sa robe, elle la sécha sous le séchoir à main et retourna à la fête. Elle chercha d'abord son invité mystère puis, comme elle ne le trouvait pas, elle se mit en recherche de Katie.

Celle-ci lui lança un regard et prit de ses nouvelles.

— Je me sens hyper bien, déclara Coco.

Et cela grâce non seulement à son court échange avec Ryan, mais aussi à la conversation avec ce mystérieux garçon. Un sentiment de légèreté, de libération et même de joie, l'avait envahie et la submergeait presque.

— Je t'ai vue parler avec Ryan et le top model.

— Ils sont mariés, et elle m'a l'air très sympa. Je pourrais même m'en faire une amie, je crois.

Coco sourit en voyant la mine stupéfaite de Katie.

— Et Ryan ?

— Il m'a laissée sans voix. Il serait venu à la réunion des anciens dans le seul but de me présenter ses excuses.

— Sans rire ? Ouah, c'est super.

— Je ne m'y attendais vraiment pas.

Tout en parlant, elle passait la pièce au radar à la recherche de l'homme sur qui elle était tombée… dans tous les sens du terme.

— Je sais que ça a l'air fou, mais je lui ai pardonné. On est en bons termes, Ryan et moi. Ce qui est bizarre, c'est que c'est moi qui me sens libérée. J'ai porté en moi le poids de cette haine toutes ces années, mais je crois qu'après cette soirée, je vais peut-être pouvoir tourner la page.

Avoir pensé que la seule manière de se libérer de Ryan était de décharger sa haine, de se venger... Coco comprenait désormais que cracher sa colère n'aurait eu comme effet que de resserrer les chaînes dont elle était prisonnière. En venant à cette réunion, elle avait espéré se sentir libérée, en insultant Ryan et en le ridiculisant devant ses pairs. Peut-être aurait-elle été soulagée un moment, mais la douleur n'aurait pas disparu et son esprit en souffrirait encore.

Et avoir rencontré quelqu'un qui l'avait de toute évidence adorée à l'époque ne lui avait pas échappé. Et si elle n'avait pas rêvé l'admiration qu'elle avait lue dans ses yeux, il l'aimait encore.

— Et toi ? demanda-t-elle à Katie. James est arrivé ?

Katie secoua la tête.

— Non… Je perds espoir. Angie m'a assuré qu'il avait payé d'avance son inscription à tous les événements, mais il n'est pas là.

— Il va venir.

— J'envie ton optimisme, mais la soirée est à moitié entamée et il n'a donné aucun signe de vie. J'ai bien peur que… je pense qu'il a changé d'avis quand il a appris que j'avais prévu de venir.

— Tu auras ta chance, Katie. Tu dois y croire et avoir confiance. Vous allez réussir tous les deux à mettre cette histoire au clair une fois pour toutes.

— J'essaie.

Coco aurait voulu pouvoir transmettre sa légèreté à Katie. Si ça avait été possible, elle aurait même aimé la mettre sous verre.

— Tu survivras sans moi un moment ? Il faut que je retrouve un type, dit-elle à Katie.

— Quel type ? demanda Katie en essayant de scruter dans la même direction que Coco.

— Un type avec qui j'ai discuté tout à l'heure.

Coco balaya la foule du regard. Elle ne le vit nulle part et fut déçue. Cependant, maintenant qu'ils s'étaient parlés, elle devait découvrir son identité.

CHAPITRE 17

KATIE NE VIT PAS JAMES ARRIVER, mais elle perçut sa présence à la minute où il entra dans la pièce. Tout son être le ressentit.

Pour la première fois sans doute de la soirée, Katie tournait le dos à l'entrée. Elle parlait avec une autre fille, Jules Benedict, qui avait fait partie de l'équipe de natation. Quand une sensation de picotement l'envahit. Peut-être avait-elle entendu sa voix dans le vacarme de la pièce, mais ce n'était guère probable. Avec le recul, ce devait être lié au fait d'avoir été dans l'expectative toute la soirée, d'avoir attendu de le voir, de lui parler. Peu importait la raison : elle savait que James était arrivé.

— John et moi, on a pensé à devenir famille d'accueil, disait Jules. Je trouve ça super que tu sois assistante sociale et que tu trouves des familles adoptives aux enfants. Un bon foyer…

Un frisson descendit le long de la colonne vertébrale de Katie et son cœur se mit à marteler dans sa poitrine tel un Chinois sur l'un de ces gongs géants. Elle eut soudain la gorge sèche.

— Tu veux bien m'excuser ?

— Oh, bien sûr, répondit Jules, l'air surprise.

Katie attrapa son verre et en prit une grosse gorgée. Elle aperçut James à la table où l'on distribuait les badges. Dieu merci, il était venu seul. Après avoir signé le registre de présence, il entra dans la pièce.

Il ne mit pas longtemps à la repérer. Leurs regards se croisèrent l'espace d'un instant, puis il détourna les yeux avec détermination. Il retira la languette et colla son étiquette sur sa chemise. Ensuite, il se dirigea dans la direction opposée à celle de Katie.

Il n'était plus l'adolescent qu'elle avait en mémoire : il semblait un peu plus grand, avait les épaules plus larges et avait forci à d'autres endroits. Il avait les cheveux plus courts, aussi. Il était beau, mais ce n'était pas frappant. Personne ne lui demanderait de poser pour un calendrier. Cependant, aux yeux de Katie, il était comme dans son souvenir, voire mieux.

Dix ans avaient passé et son attirance pour lui n'avait pas faibli d'un iota. Elle n'avait jamais aimé quelqu'un davantage qu'elle ne l'avait aimé, lui.

Il allait sans dire qu'il ne viendrait pas la voir de son plein gré. Si elle voulait avoir une chance de lui parler, elle allait devoir en prendre l'initiative. Katie avait déjà les nerfs à vif quand elle s'approcha de lui. James discutait avec Bill Watson, l'un de ses amis. Lorsqu'elle arriva près de lui, James l'ignora.

Bill jeta un œil dans sa direction et sourit.

— Katie, content de te revoir.

— Moi aussi.

Elle concentrait son attention sur James qui continuait de faire comme si elle était invisible. Heureusement, Bill ne tarda pas à déceler la tension tacite qui circulait entre elle et James.

— Ça m'a fait plaisir, James, conclut Bill. On se voit plus tard.

Il lança un très rapide regard à Katie. On aurait dit qu'il lui souhaitait bonne chance en silence.

Bill les laissa, mais quelques secondes de malaise s'écoulèrent encore avant que James ne considère l'existence de Katie.

— Bonjour, James, dit-elle doucement.

Ce ne fut qu'à ce moment-là qu'il lui prêta attention.

— Katie.

Sa salutation était aussi dure que de la pierre. Il se tenait droit comme un piquet, la main crispée sur une bouteille de bière.

— Je suis contente de te voir.

Il concentra son attention de l'autre côté de la pièce et ne répondit pas.

— Tu as changé, dit-elle.

Il lui était très douloureux de voir et de sentir sa froideur. Elle voulut croire qu'il ne s'agissait que d'une contenance.

— On a tous changé, Katie. Ça fait dix ans. Ainsi va la vie.

Il avait raison, bien sûr.

— Je voulais te parler, m'expliquer.

— Ce que tu peux dire n'a pas d'importance.

— Ça en a pour moi. J'ai essayé de te joindre, mais tu m'en as empêchée.

— J'espérais que tu avais compris le message. Ça ne m'intéresse pas de reprendre contact.

— Que tu le veuilles ou non, j'ai besoin de te parler.

— Pourquoi ?

— Parce que je sais que je t'ai fait du mal, et j'en suis tellement désolée. Je voudrais m'expliquer.

Il arqua les sourcils.

— J'ai failli en mourir, de te quitter comme je l'ai fait, mais c'était la seule option viable à l'époque. Je…

James avait l'air de passablement s'ennuyer.

— Écoute, Katie, si c'est mon pardon que tu cherches, je te le donne. Voilà. Je suis passé à autre chose il y a longtemps, alors tu n'as pas à t'inquiéter. Ce qui est fait est fait, alors restons-en là, d'accord ?

— Je ne pense pas en être capable, dit Katie. J'ai besoin que tu écoutes ce que j'ai à te dire.

— Je méritais une explication, il y a dix ans. Tout ce que tu peux me dire aujourd'hui est inutile.

— Il faut que tu comprennes que je ne pouvais rien te dire à l'époque, se dépêcha-t-elle d'ajouter.

— Tu ne m'écoutes pas, Katie. Tout ça n'a plus d'importance maintenant.

Il regarda au loin, l'air plus blasé que jamais.

— Ta mère…

— Katie, arrête, la coupa-t-il en se tournant vers elle, le regard hostile. Je ne veux rien entendre. Tout ce que je sais, c'est que tu as décidé de me larguer alors que j'étais prêt à sacrifier mon avenir pour toi.

— C'était justement le problème. Je ne pouvais pas te laisser faire ça.

— Cette décision m'appartenait. Ce n'était pas à toi de la prendre. Tu me l'as volée. C'est du passé désormais. Laissons-y cette histoire. C'est sa place.

Ne sachant plus quoi dire, Katie baissa la tête et plaça la main sur sa poitrine.

— Alors, dis-moi pourquoi mon cœur souffre autant ? Pourquoi je n'arrive pas à lâcher prise et à tourner la page aussi facilement que toi ? lui demanda-t-elle dans un murmure.

Il regardait derrière elle, comme s'il avait hâte de partir, comme s'il désirait à tout prix s'échapper.

— Je suppose que tu te sens coupable, mais vraiment, tu n'as aucune culpabilité à avoir : je te l'ai dit, je suis passé à autre chose depuis longtemps. Je suis sincère, Katie. Je te souhaite une bonne continuation.

— C'est tout ?

Elle ne put cacher son désarroi. Sa plus grande peur se concrétisait. Elle avait accepté le fait que James ne puisse plus l'aimer autant que dix ans auparavant, mais elle avait pensé qu'il la laisserait au moins s'expliquer.

— C'est tout ce que tu as à me dire ? demanda-t-elle dans l'espoir qu'il reste encore quelques minutes de plus avec elle.

— Quoi d'autre ?

— J'espérais… Je voulais…

— C'est tout, en ce qui me concerne.

Puis, pour une raison inconnue et juste l'espace d'un instant, son regard s'adoucit.

— Tu as belle allure, Katie.

— Merci… Toi aussi.

— Tout ce qu'il faut retenir, c'est que j'ai fait ma vie de mon côté et toi, du tien. Je te le répète, si c'est mon pardon que tu veux, tu l'as. Ressasser le passé ne changera rien. Maintenant, si tu veux bien m'excuser.

Voyant que rien de ce qu'elle dirait n'aurait le moindre poids, Katie s'écarta pour le laisser passer et James s'éloigna.

Elle ne ressentait plus rien. Elle avait passé des mois à imaginer leurs retrouvailles, à espérer, à rêver, à prier pour régler cette histoire. Il lui restait encore à dire tant de choses qu'elle avait sur le cœur. Mais James n'avait aucune envie de l'entendre. Aucune envie d'avoir encore affaire à elle.

Elle resta figée, incapable de bouger. Le regret et l'abattement qui la submergeaient rendaient sa respiration difficile.

— Katie ?

Coco se tenait près d'elle et la prit avec douceur par le coude.

— Viens, on va trouver un coin tranquille.

Katie réussit à répondre d'un hochement de tête. Coco l'entraîna vers une table libre, tira une chaise pour son amie puis une autre pour elle.

— Je t'ai vue parler avec James.

Katie acquiesça de nouveau.

— Je t'avais dit qu'il viendrait.

Katie s'efforça de sourire.

— Tu as pu lui expliquer ce qui s'était passé ?

— Un peu. Il n'a pas voulu m'écouter.

Coco caressa la main de Katie.

— Tu t'attendais à quoi ?

— Je… je ne sais pas. Pas à… tant de froideur… cette indifférence totale.

— Il savait que tu comptais venir à la réunion des anciens ? Je veux dire, ça a été un choc pour lui de te voir ? Parce que ça pourrait expliquer sa réaction.

— Je… ne sais pas s'il le savait ou non. Il ne me l'a pas dit.

— Donne-lui une chance, insista Coco. Même s'il savait que tu avais prévu de venir, je suis sûre que ça lui a fait un sacré coup de te voir.

— Je ne suis pas parvenue à l'atteindre. Je ne crois même pas qu'il m'ait écoutée. Il a dit qu'il était passé à autre chose depuis longtemps.

— Ça fait dix ans, lui rappela Coco tout en douceur.

— Je ne suis pas passée à autre chose.

— Ça viendra, Katie.

— Je n'arrive pas à croire combien il s'est montré froid…

James avait raison, ils avaient tous les deux changé. Il n'avait plus rien à voir avec le garçon dont elle se souvenait.

— Katie…

— Je veux partir, dit-elle en coupant la parole à Coco.

— Partir ? Partir où ?

— Partir d'ici… Rentrer à la maison d'hôtes.

— OK, mais je voudrais bien dire au revoir à quelques personnes, avant.

Apparemment, Coco n'avait pas compris.

— Je ne veux pas que tu t'en ailles, toi… Reste ici. Je rentrerai à pied. Ce n'est pas loin et l'air frais me fera du bien. J'ai besoin de réfléchir.

Coco fronça les sourcils.

— Je ne sais pas si c'est une bonne idée.

— Arrête de t'inquiéter. Tu as raison. J'ai été injuste avec James. On a tous les deux besoin de temps pour assimiler le fait de s'être revus.

Sans laisser à Coco une chance de répondre, Katie quitta la pièce. Une fois au rez-de-chaussée, elle vit qu'il y avait du monde au bar et dans le restaurant. Toutes les tables étaient prises désormais. La salle résonnait des bavardages et de la musique provenant d'un jukebox situé au fond, près du billard.

La soirée était fraîche et Katie était contente d'avoir emporté son gilet. Le crépuscule tombait sur le front de mer et l'attirait dans sa direction. Elle traversa Harbor Street et marcha quelques centaines de mètres jusqu'à la marina. Elle passa devant la bibliothèque et arriva au mât totémique.

Katie s'était promenée un nombre incalculable de fois le long de ce trottoir, main dans la main avec James, blottis l'un contre l'autre. Les ombres roses du soleil couchant se reflétaient sur la surface lisse de l'eau. Pas la moindre vague en vue. Elle trouvait stupéfiant que la baie puisse être si calme quand son cœur se trouvait dans un tel émoi.

Coco avait raison, évidemment. Ses attentes avaient été irréalistes. Dans sa tête, Katie avait imaginé que James écouterait ses explications avec enthousiasme, ou qu'il serait au moins ouvert à l'idée de les entendre. Il était important qu'il sache qu'elle avait mis un terme à leur relation parce qu'elle l'aimait et qu'elle souhaitait le meilleur pour son avenir, même aux dépens du sien.

À l'époque, il ne l'avait pas crue. Il ne l'avait pas prise au mot quand elle lui avait dit qu'elle ne voulait pas être attachée à un seul garçon. Voilà pourquoi il lui avait écrit ces lettres. Ce qu'il ne savait pas, c'est que les recevoir avait failli la tuer. Il avait envoyé des e-mails aussi, et en nombre, mais les lettres avaient été plus régulières des mois durant, jusqu'à ce qu'elle finisse par lui demander de ne plus lui écrire.

Malgré toutes les preuves du contraire, elle n'arrivait pas à croire que les sentiments de James à son égard avaient changé. Ce qu'ils avaient partagé était trop fort, trop réel, trop profond pour s'évanouir avec les années, peu importe combien.

Mais apparemment, elle avait tort. De toute évidence, il était trop tard.

CHAPITRE 18

En entrant dans le salon, je découvris que Coco était rentrée de sa fête. Elle faisait les cent pas devant la cheminée. Ses mouvements étaient rapides et agités.

— Oh bonsoir, dis-je, surprise de la voir. Je ne savais pas que vous étiez rentrée.

À l'instant où elle me vit, elle me lança :

— Vous avez vu Katie ?

— Non. Tout va bien ?

Coco semblait plus qu'inquiète.

— Je ne sais pas.

Elle se frotta les mains comme si elle voulait se tenir chaud.

— Elle est partie avant moi. Et puis je me suis dit qu'il ne fallait pas que je la laisse toute seule, alors j'ai décidé de rentrer aussi. Mais elle n'est pas là.

— Elle vous a dit qu'elle rentrait à la maison d'hôtes ?

— Oui.

Coco continua ses allées et venues, en s'arrêtant à intervalles réguliers pour regarder par la fenêtre.

— Vous avez essayé de l'appeler ?

— Je lui ai envoyé deux textos et je l'ai appelée aussi, elle ne répond pas.

— Je suis sûre qu'il n'y a pas lieu de s'inquiéter, lui dis-je en toute honnêteté. C'est une si belle soirée, je suppose qu'elle a décidé de se promener sur le front de mer. Je le fais souvent, moi.

Coco n'avait pas l'air rassurée.

— Et si je nous préparais du thé ? Si elle n'est toujours pas arrivée quand on a fini notre tasse, on partira à sa recherche toutes les deux.

Coco hésita avant d'acquiescer.

— OK, bonne idée. Un thé m'aidera peut-être à me calmer.

J'allai dans la cuisine et mis l'eau à bouillir. Je venais de passer du temps dans mon bureau à chercher des cours de vélo en salle sur Internet. Si je voulais élargir mes horizons et me faire de nouveaux amis, c'était un bon début. Pour l'instant, il m'était plus facile de me concentrer sur l'aspect technique de cette nouvelle page de ma vie.

L'eau venait tout juste de commencer à bouillir quand j'entendis la porte d'entrée s'ouvrir.

— Katie, tu étais où ? entendis-je Coco lui demander.

De toute évidence, elle était soulagée.

— Je marchais.

— Tu es partie il y a quarante minutes. J'étais inquiète. J'ai essayé de t'appeler et j'ai flippé quand tu n'as pas répondu.

— Ça va. Je vais bien… vraiment. Mon portable ne rentrait pas dans ma pochette, alors je l'ai laissé dans ma chambre.

Elle n'avait pas l'air d'aller bien. Je mis les feuilles de thé dans une théière que je posai sur un plateau avec deux tasses, et j'apportai le tout dans le salon.

— Ça vous dit un bon thé chaud ? leur demandai-je en posant le plateau sur la table basse.

— Avec plaisir.

Katie s'assit sur le canapé à côté de son amie.

— Asseyez-vous avec nous, me proposa-t-elle.

Je pensais qu'elles préféraient rester entre elles et je ne voulais pas m'imposer. Je les regardai l'une après l'autre pour m'assurer que leur invitation n'était pas juste une marque de politesse. Apparemment, ça n'en était pas. Alors, j'acceptai. Après la journée bouleversante que je venais de passer, je n'étais pas contre un peu de compagnie et de conversation. Mark était parti depuis à peine vingt-quatre heures et il me manquait déjà.

Rover se traîna du bureau où il s'était endormi jusque dans le salon. Il se mit en boule devant la cheminée, le museau posé sur ses pattes.

J'allai chercher une autre tasse dans la cuisine et m'assis sur le fauteuil en face du canapé.

— Alors comment se passent ces retrouvailles pour l'instant ? demandai-je.

La mine de Katie suggérait qu'elles ne se passaient pas si bien que ça.

Coco regarda Katie, puis elle prit la parole.

— J'ai eu un vrai choc, dit-elle. Je suis venue dans l'intention de me confronter à un garçon qui m'avait brisé le cœur et humiliée. J'étais sur le point de le traiter de tous les noms, mais il m'a présenté ses excuses avant même que je n'aie ouvert la bouche.

— On dirait bien qu'il a acquis une certaine maturité, répliquai-je en me penchant en avant pour attraper la théière.

Je remplis chacune de nos tasses. De la fumée émanait de l'infusion.

— J'ai méprisé Ryan pendant tant d'années et maintenant je dois apprendre à ne plus le détester.

Elle sembla trouver cette situation amusante et se mit à rire.

— En fait, j'étais presque un peu déçue, vous voyez ? J'avais tout un monologue de prévu sur le bout de la langue. J'étais prête à le rabaisser plus bas que terre et là il me coupe l'herbe sous le pied.

— Ce n'est pas une bonne chose ? demandai-je.

— Si, mais il faut juste que je m'habitue. En réalité, je suis heureuse. Je sais que ça peut paraître étrange, mais j'ai l'impression d'avoir un poids en moins sur les épaules. J'ai passé des années à nourrir cette haine à l'égard de Ryan et maintenant… maintenant, je n'ai plus à le faire.

Elle rit un peu comme pour signifier qu'elle était à court d'explications quant à cette métamorphose.

— Je n'étais pas prête à accepter ses excuses, mais je voyais bien qu'il était sincère. Je me suis rendu compte que ça n'avait pas dû être facile pour lui de me parler. Mais après coup, on s'est tous les deux sentis mieux. En tout cas, *moi* oui. Ça vous paraît logique ?

— Oui, lui assura Katie.

— Je suis d'accord, ajoutai-je.

Je goûtai le thé qui avait infusé à merveille. C'était l'un de mes préférés, un mélange nommé Market Spice en écho au marché de Pike Place, le coin de Seattle où il était vendu.

— Et pour vous, Katie ? demandai-je en portant la tasse à mes lèvres et en soufflant sur le liquide bouillant pour le rafraîchir avant de prendre ma première gorgée.

— La fête ne s'est pas aussi bien passée pour moi que pour Coco, déclara-t-elle en tenant sa tasse des deux mains.

Elle avait le regard perdu dans les profondeurs de l'infusion, comme si elle y cherchait une prédiction quelconque.

— J'ai revu un ancien petit ami et j'espérais qu'on puisse renouer un lien. Mais, malheureusement, ça ne va pas être possible.

— Laisse-lui du temps, insista Coco.

— À quoi bon ? murmura Katie.

Elle s'adossa contre le canapé, sa tasse dans les mains.

— James supportait à peine de me regarder.

— N'en sois pas si sûre, rétorqua Coco. Quand tu es partie, je l'ai bien observé.

Katie leva la tête.

— Et ?

— Il te cherchait.

— Mais non, la contredit Katie.

— OK, d'accord, je n'en suis pas certaine. Mais à plusieurs reprises, je l'ai vu scruter la pièce. Je pense vraiment qu'il espérait te voir. Ne te méprends pas, je ne te dis pas que c'était flagrant. Mais moi j'ai l'impression que tu ne lui es pas aussi indifférente que tu le crois.

Les épaules de Katie s'affaissèrent de désespoir.

— J'en doute.

— Depuis quand es-tu devenue aussi défaitiste ? demanda Coco.

Le sourire de Katie était dénué de tout amusement.

— Depuis ce soir.

Je m'adossai à ma chaise à mon tour.

— J'ai eu une journée bien pourrie, moi aussi, leur avouai-je, espérant qu'il serait réconfortant de partager mes malheurs.

Katie et Coco concentrèrent toutes deux leur attention sur moi.

— J'ai perdu un ami aujourd'hui, développai-je.

— Perdu ? Vous voulez dire qu'il est mort ? demanda Katie, la voix douce et pleine de compassion.

Je sentis la sincérité de sa bienveillance : elle devait être une excellente assistante sociale.

— Non, il n'est pas mort. Mark était mon employé et mon ami. Ces dernières années, nous sommes devenus proches… mais il n'y avait rien de romantique là-dedans. Enfin, jusque récemment.

— Il y a eu un malentendu entre vous ? demanda Coco. Je ne veux pas être indiscrète, si vous préférez ne pas en parler.

— En fait, je ne sais pas pourquoi je vous raconte ça, mais c'est agréable de se confier un peu.

— Allez-y, insista Katie. Écouter vos problèmes m'évitera de penser aux miens.

Je m'accrochai à ma tasse et plongeai le regard dans le liquide ambré.

— Mon mari est mort en Afghanistan il y a presque deux ans, et Mark et moi sommes devenus amis, de bons amis. Puis, alors que je ne m'y attendais pas, il y a environ un mois, il m'a annoncé être tombé amoureux de moi.

— Vous saviez qu'il avait des sentiments pour vous ?

— Non, même si *a posteriori* j'aurais pu voir des signes. Mais j'étais happée par mon deuil et inconsciente de son affection. Le plus étrange reste à venir. Juste après sa déclaration d'amour, il m'a dit qu'il quittait Cedar Cove.

— Qu'il déménageait ? précisa Katie.

Je hochai la tête.

— Il vous a dit pourquoi ?

— Absolument pas. C'est très bizarre.

— Et il est parti aujourd'hui ? voulut savoir Coco.

Un profond sentiment d'abandon s'empara de moi.

— Cet après-midi. Il ne m'a donné aucune indication sur sa destination ni sur la raison qui le poussait à partir.

— Qu'est-ce qu'il vous a dit au moment de partir ?

J'étouffai un son qui tenait à la fois du sanglot et du rire.

— Tout ce qu'il m'a dit, c'est « Au revoir ».

— Il doit cacher quelque chose, supposa Katie en fronçant les sourcils.

— Tu crois ? marmonna Coco d'un ton sarcastique.

Elles élaborèrent quelques scénarios qui m'étaient déjà tous passés par la tête.

— Tout ce que j'ai pu découvrir, c'est qu'il n'a pas de problèmes avec la loi ni quoi que ce soit de ce genre.

— Ce serait un espion ? plaisanta Coco.

J'éclatai de rire.

— Peu probable. Mark est un original, grincheux la plupart du temps, et pourtant l'un des hommes les plus généreux que j'aie jamais connus. Il aime travailler le bois et il fabrique souvent des meubles magnifiques et très élaborés. Il n'y a pas si longtemps, il a fait don d'un berceau qu'il avait construit à un couple qu'il connaissait à peine, parce qu'ils attendaient leur troisième enfant.

Elle était encore énervée à l'idée qu'il n'ait pas demandé à être payé pour ce berceau. Il avait sculpté avec minutie des paysages de forêt sur la tête de lit. Il s'agissait sans conteste d'une œuvre d'art.

— Vous savez où il est allé ? demanda Katie.

— Je n'en ai pas la moindre idée.

— Il est juste parti comme ça ? répéta Coco comme si elle avait autant de mal à comprendre Mark que moi.

Je n'eus d'autre choix que d'acquiescer.

Les deux femmes semblaient trouver la situation aussi déconcertante que moi.

— Il serait même parti plus tôt si je ne l'avais pas convaincu de terminer la construction du kiosque.

— C'est lui qui l'a construite ? demanda Katie, l'air admiratif.

Je hochai la tête.

— Ouah, il est doué.

Peinée, je lâchai un long soupir.

— Il va tellement me manquer.

— Vous croyez... que vous êtes amoureuse de lui, vous aussi ?

Je me posais la même question depuis trois semaines et elle me hantait. Ce que j'éprouvais pour Mark différait complètement de ce que j'avais ressenti quand j'étais tombée amoureuse de Paul. Avec mon mari, l'attirance avait été immédiate et explosive. Ce fut le coup de foudre dès le premier jour, ou presque. Nous nous étions mariés dans l'excitation et à peine quelques semaines plus tard, Paul avait embarqué pour l'Afghanistan. La première année de notre mariage, il s'était fait tuer.

Je n'étais toujours pas certaine de mes sentiments pour Mark. Je redoutais de tomber à nouveau amoureuse, de mettre mon cœur en danger. Mais après l'annonce du départ de Mark, répondre à cette question était encore plus compliqué.

Cet après-midi, jusqu'à ce que j'entende sa conversation avec Bob Beldon, je croyais que Mark avait l'intention de revenir plus tard. Mais il avait bien dit que tel n'était pas son projet.

Coco avait l'air aussi perplexe que moi.

— Mais il vous a dit qu'il était amoureux de vous et ensuite il a quitté la ville ?

Je haussai les épaules. Quels que soient les démons auxquels il voulait échapper, ils étaient plus forts que ses sentiments pour moi.

— Aussi étrange que ça puisse paraître, je crois que c'est justement pour cette raison qu'il est parti.

Katie voulait ajouter quelque chose quand la porte d'entrée s'ouvrit d'un coup. Finn et Carrie revenaient de leur dîner. Ils étaient rouges de bonheur et d'exaltation. Ils s'étaient arrêtés dans l'entrée, bras dessus bras dessous, quand ils remarquèrent que nous les observions toutes les trois, les yeux fixes.

— Oh bonsoir, lança Carrie, l'air un peu gênée. Je n'avais pas vu qu'on avait un public.

— Pas de problème, la rassurai-je. Vous avez bien dîné ?

— Merveilleusement bien.

À la manière dont elle regardait son mari, je devinai qu'elle ne parlait pas du repas.

— Où êtes-vous allés ? Je veux commander la même chose que vous, ajouta discrètement Coco.

Finn garda Carrie près de lui et répondit :

— Un restaurant juste en bas de la rue. Ça s'appelle DD's on the Cove.

— Bon choix, confirmai-je.

Finn jeta un coup d'œil plein de désir en direction de l'escalier.

— Si vous voulez bien nous excuser.

— Oh, bien sûr.

— Finn, l'avertit Carrie au moment où son mari s'apprêtait à la porter dans ses bras. Tu ne vas pas recommencer.

— Ça me fait faire de l'exercice.

— Je connais d'autres moyens de te maintenir en forme, murmura Carrie en fonçant vers l'escalier.

Elle monta à toute allure, Finn sur les talons. Leurs éclats de rire résonnèrent dans l'escalier. Leur joie était contagieuse. Un silence tomba sur le salon après leur passage.

— En lune de miel, expliquai-je, même si c'était évident. Ils sont seulement là pour la nuit. Ils repartent demain matin en Alaska.

Coco pencha la tête d'un côté et fronça les sourcils comme si elle était perdue dans ses pensées.

— J'ai lu un livre sur l'Alaska dont l'auteur se prénomme Finn. Ce n'est pas commun comme prénom… Ce n'est pas possible, je veux dire, ce serait une sacrée coïncidence, mais vous croyez que c'est lui ?

Je n'en avais pas la moindre idée. Cependant, Carrie avait précisé que son mari et elle étaient écrivains.

— Je l'ignore.

— C'était vraiment un super livre ; ça m'a donné envie de visiter l'Alaska.

— Vous avez raison, c'est plutôt rare, Finn, comme prénom.

— Ça m'étonnerait que ce soit lui, dit Katie. Dans mon souvenir, il s'agissait d'un homme un peu reclus qui ne donnait pas d'interviews et qui évitait d'être sous le feu des projecteurs.

Coco regarda sa montre.

— Tu es prête ? demanda-t-elle à Katie.

— Prête pour quoi ?

— Pour ressortir. Quelques filles de l'équipe de natation veulent qu'on les rejoigne au Pancake Palace. On a parié sur le fait que Goldie s'y trouvait encore. Elle doit avoir quatre-vingts ans bien sonnés.

Katie secoua la tête.

— Je n'ai pas très envie de bouger.

— Oh non, pas question, lança Coco avec conviction. Je ne vais pas te laisser monter dans ta chambre bouder et t'apitoyer sur ton sort. On est venues pour s'a-mu-ser.

Katie ne semblait pas prête à céder.

— Je serai un boulet. En plus, je connais à peine les autres filles.

— Faux, insista Coco. Stef m'a justement demandé de te convaincre de venir et je lui ai promis que j'y arriverai.

— D'accord, d'accord, accepta Katie à contrecœur.

— Passer du temps entre amis, c'est recommandé par le médecin, ajouta Coco avant d'éclater de rire. C'est toujours ce que ma mère disait.

Mes deux anciennes élèves du lycée quittèrent la maison d'hôtes ensemble. Il était à peine neuf heures, mais j'étais fatiguée. J'avais eu une journée chargée en émotions.

Rover se leva après moi et me suivit dans la cuisine quand j'allai rapporter le plateau. Je le laissai sortir par la porte arrière et restai debout sur la marche palière pendant qu'il faisait ses petites affaires.

La lune était pleine et projetait des ombres dorées sur mon jardin potager, celui-là même que Mark avait créé pour moi. Je dirigeai mon regard vers le kiosque en me demandant où il pouvait bien se trouver en ce moment précis, et s'il pensait à moi. J'espérais que c'était le cas.

Je fermai les yeux et lui envoyai un baiser.

CHAPITRE 19

Il était presque une heure du matin quand Coco et Katie rentrèrent à la maison d'hôtes. Katie avait fait l'effort de s'amuser. Coco avait apprécié d'évoquer des souvenirs avec leurs amies, même si ses pensées la ramenaient sans cesse vers cet homme bousculé plus tôt dans la soirée. Il avait piqué sa curiosité et elle ne pouvait s'expliquer pourquoi. Il lui semblait vaguement familier, mais elle avait beau creuser dans ses souvenirs, elle ne se souvenait pas de lui. À une ou deux reprises, il avait jeté un œil dans sa direction. Il avait soutenu son regard quelques secondes à tel point que le cœur de Coco s'était emballé. Elle était troublée : voilà longtemps qu'un homme n'avait pas suscité son intérêt à ce point. Ce qui l'embêtait le plus, c'était de ne pas comprendre pourquoi. Il ne ressemblait pas du tout au genre de citadins, de cadres raffinés avec qui elle avait l'habitude de sortir.

Les hommes la trouvaient attirante. Elle était habituée à la flatterie. Mais elle avait été frappée par sa sincérité. Et par le mot qu'il avait employé : jolie. Elle ne l'avait pas entendu depuis longtemps. Il lui donnait cette impression, d'être la plus belle fille au monde. Qui n'appréciait pas *ce genre* de sensation ?

Suivant les instructions de Jo Marie, Coco ferma la porte d'entrée à clé derrière elle à leur retour. Le calme et le silence régnaient dans la maison d'hôtes, laissant supposer que tout le monde dormait.

— C'était sympa, admit Katie tandis qu'elles se dirigeaient vers l'escalier éclairé par une douce lumière feutrée.

— Je te l'avais bien dit, lança Coco qui ne résista pas à l'envie de fanfaronner. Sortir, c'est bien plus sympa que de rester à broyer du noir le reste de la soirée tout seul dans sa chambre.

Katie marmonna quelque chose avant d'ajouter tout haut :

— Je savais que tu ne pourrais pas t'empêcher de me servir ton incontournable « Je te l'avais bien dit ».

— Ce n'est pas si souvent que j'ai raison.

— Oh à peine, répliqua Katie de bon cœur.

Elles montaient les marches en essayant de faire le moins de bruit possible. Coco saisit sa chance pour poser une question à Katie.

— Tu as vu le type avec qui je parlais à la réunion des anciens ?

Katie marqua une pause, la main sur la rampe.

— Non. J'aurais dû ?

Coco hésita. Voulait-elle vraiment raconter toute l'histoire ?

— J'ai renversé son verre et j'ai voulu lui en offrir un autre, mais il a refusé.

— C'était quoi son nom sur l'étiquette ?

— Il n'en portait pas.

— Un grand type mystérieux et ténébreux débarque à la fête. Évidemment, tu es curieuse : qui ne le serait pas ? demanda Katie dans un bâillement.

— Je n'arriverai pas à dormir tant que je n'aurai pas découvert son identité.

Juste avant de partir, Coco avait fourré l'annuaire de leur année de terminale dans son sac. Une fois dans sa chambre, elle commencerait à le feuilleter pour retrouver la photo de l'inconnu.

Comme elles atteignaient le haut de l'escalier, Katie étouffa un autre bâillement.

— Je vais direct au lit.

— Je ne vais pas tarder non plus.

— Bonne nuit, dit Katie avec un grand sourire. Ça ne se voit peut-être pas, mais je suis contente d'être venue. Merci de m'avoir empêchée de me défiler. Je suppose que c'est le moment de me dire « Je te l'avais bien dit ».

Coco tenait sa clé dans la main.

— Bonne nuit, Katie. À demain matin, et non, je ne te le dirai pas. Une fois par jour suffit.

Une fois dans sa chambre, Coco retira ses vêtements, se démaquilla et enfila son pyjama avant de se mettre au lit. Assise en tailleur, elle passa en revue toutes les pages de son annuaire de terminale, étudiant chaque visage, bien décidée à découvrir l'identité de son mystérieux inconnu.

Elle marqua plusieurs pauses à mesure qu'elle tombait sur des gens vus à la fête. Elle était surprise de voir combien les garçons avaient changé en dix ans. Hormis leur coiffure, les filles semblaient être restées plus ou moins les mêmes.

Elle était arrivée à la lettre H quand elle finit par le trouver. Dès qu'elle vit sa photo et son nom en légende, elle en eut le souffle coupé.

Hudson Hamilton.

Le mystérieux inconnu de la fête était Hudson Hamilton ?

Coco avait du mal à le croire. Ils avaient suivi deux cours ensemble le dernier semestre de terminale. Il n'avait presque jamais pris la parole en cours, mais il cartonnait à chaque contrôle et chaque examen.

Hudson était original comme intello. Il portait souvent une chemise à carreaux avec des bretelles comme les vieux. Il était en tous points imperméable à la mode.

On ne pouvait pas dire qu'il était bizarre, juste différent. Elle se souvenait à quel point il était timide. À chaque fois qu'il lui parlait, il semblait incapable d'articuler deux mots d'affilée. C'en était presque douloureux à voir.

Il l'avait invitée au bal de promo. Il s'était tortillé de nervosité, il avait piétiné sur place et mis un temps infini à en venir aux faits.

Avec le recul, Coco donnerait tout pour y être allée avec lui. Si elle l'avait fait, toute cette sale histoire avec Ryan ne se serait jamais produite.

Peu de temps avant, elle avait donné un conseil à la fille adolescente d'un de ses collègues et amis :

— Porte de l'intérêt aux plus intelligents, pas aux plus beaux. Les plus intelligents font de meilleurs maris.

Sa phrase résonnait désormais comme une prophétie, même si elle ne savait pas où Hudson en était de sa vie ni ce qu'il était devenu depuis la remise des diplômes.

Elle se souvenait de son invitation au bal de promo comme si c'était hier. Hudson l'avait abordée après un cours de littérature anglaise. Elle était déjà prête à sortir de la classe quand il s'était adressé à elle.

— Coco.

— Oui, répliqua-t-elle, pressée.

Elle devait aller à son entraînement et ne voulait pas être en retard.

— Il y a un bal.

Il scrutait le carrelage à motifs comme s'il s'agissait d'une carte au trésor.

— Un bal ? Tu veux dire le bal de promo ? demanda-t-elle pour l'inciter à passer la seconde.

— Oui. Ce bal-là. J'aimerais beaucoup… Ce serait un honneur… Enfin, qu'en penses-tu si… Je sais que…

— Hudson, lâcha-t-elle avec impatience. Si tu es en train de m'inviter au bal de promo, je…

— C'est ça, la coupa-t-il en relevant la tête, les yeux pleins d'espoir.

Coco ne concevait pas se rendre à un événement public en compagnie de Hudson. Avec tout le monde, mais pas Hudson.

— J'y vais avec des amis. Mais merci.

Elle n'avait pas voulu être impolie, mais elle s'était sans doute montrée sèche et dédaigneuse. Il n'avait vraiment pas choisi le bon moment. Elle risquait d'être en retard pour l'entraînement. Ça la peina d'admettre qu'elle le classait, à l'époque, dans un rang inférieur dans l'échelle sociale.

Hudson avait acquiescé comme si ce refus ne le surprenait pas le moins du monde.

— Amuse-toi bien.

Elle l'avait remercié d'avoir pensé à elle, histoire de se sentir un peu moins coupable d'avoir refusé, avant de disparaître. Coco s'adossa contre la tête de lit et ferma les yeux. Elle avait laissé les rideaux de ses fenêtres ouverts. Le clair de lune se reflétait sur la surface de la baie.

Après l'humiliation totale du bal de promo, il lui avait fallu un courage monstrueux pour retourner au lycée. La plupart des gens l'évitaient, ce qui arrangeait bien Coco. Il n'y avait que Katie avec qui elle se sentait à l'aise.

Selon toute apparence, Hudson n'avait pas compris le message. Un après-midi, il l'aborda de nouveau à la fin d'un cours.

Elle prétendit d'abord ne pas l'avoir entendu et se dirigea vers la porte pour tenter de s'échapper en se frayant un chemin parmi les autres élèves. Ça ne servit à rien. Hudson la rattrapa dans le couloir.

— Coco... Attends, lui demanda-t-il en arrivant à toute vitesse.

Elle lâcha un soupir exaspéré avant de s'arrêter, mais elle refusa de le regarder.

— Je voulais te dire... Ryan est un idiot... Je suis désolé.

Coco n'espérait qu'une chose : prendre la fuite. Elle n'avait pas besoin que Hudson lui rappelle l'humiliation qu'elle avait subie, surtout devant leurs camarades de classe, au milieu d'un couloir plein à craquer.

— Hudson, dit-elle d'un ton fatigué. J'apprécie ton intention. Mais tu ne pourrais pas essayer de finir une phrase comme tout le monde ? Et surtout, pourquoi tu ne me laisses pas tranquille ?

Après quoi, elle était sortie du lycée à toutes jambes.

Si ses souvenirs étaient exacts, Hudson ne lui avait plus jamais adressé la parole ensuite.

Katie frappa doucement à la porte de la chambre de Coco. Elle s'extirpa de ses pensées et se redressa avant de lancer :

— C'est ouvert.

En robe de chambre molletonnée et pantoufles, Katie entra dans la chambre de Coco.

— J'ai vu que ta lumière était allumée. Tu n'arrives pas à dormir non plus ? lui demanda-t-elle.

— Je voulais trouver l'identité de l'homme mystère.

Elle referma leur annuaire de terminale et le mit de côté.

— Alors, c'est qui ? demanda Katie en s'asseyant sur le rebord du lit.

— Hudson Hamilton. Tu te souviens de lui ?

Katie secoua la tête.

— Jusqu'à ce week-end, je ne crois pas avoir pensé à lui une seule fois depuis que nous avons quitté le lycée. Je ne l'ai pas reconnu.

— Il a tant changé que ça ?

— Il n'a rien à voir avec mes souvenirs, ça c'est sûr, mais bon, on a tous changé, pas vrai ? dit-elle plutôt que de répondre à la question.

Coco était déçue de ne pas avoir pu lui parler plus longtemps. Depuis leur rencontre, il hantait son esprit et elle voulait en savoir plus sur lui.

Il semblait être venu seul. Il se pouvait qu'il soit marié et que sa femme ait préféré rester à la maison. Coco ne croyait pas à cette idée. Elle avait eu l'impression que Hudson n'était ni marié ni en couple.

— Pourquoi il attise tant ta curiosité ? lui demanda Katie en attrapant l'annuaire.

Elle tourna les pages jusqu'à ce qu'elle trouve la fameuse photo. Elle releva la tête et fronça les sourcils.

— C'est lui ? Il était dans notre classe ? Je ne m'en souviens pas.

Hudson n'était pas l'un de ces garçons dont les filles se souvenaient.

— Il avait un faible pour moi et je l'ai mal traité, avoua Coco, honteuse et envahie par le regret. Je me suis montrée malpolie et sans cœur avec lui.

La moindre des choses aurait été de s'excuser. Et ça constituait un prétexte pour lui reparler. Elle avait besoin de comprendre ce qui l'attirait tellement en lui aujourd'hui, alors qu'elle n'avait jamais eu une minute à lui accorder dix ans auparavant.

— Coco, tu n'as jamais été insensible, la contredit Katie.

— J'étais une vraie mégère. Je le considérais indigne de moi. Jamais je ne serais allée au bal de promo avec lui, ni même au cinéma, d'ailleurs. Je suis mortifiée de la manière dont je l'ai traité.

— Tu n'as jamais été méchante à ce point-là, déclara Katie en secouant la tête.

Admettre la vérité la submergea de scrupules.

— Je l'ai été avec Hudson.

— Tu étais jeune ; on a tous fait des trucs stupides, lui dit Katie.

— Arrête de minimiser ce que j'ai fait, Katie.

Coco se pencha et prit l'annuaire des mains de son amie.

— En fait, je ne vaux pas mieux que Ryan. J'ai embarrassé Hudson devant tout le monde quand il a essayé de me dire que Ryan était un pauvre type. Il voulait juste que je sache combien il était désolé de ce qui m'était arrivé. Je l'ai envoyé balader parce que je ne voulais pas qu'on me rappelle quoi que ce soit en rapport avec cette soirée. Je vais lui présenter toutes mes excuses.

C'est en prononçant ces mots à voix haute que Coco prit conscience qu'elle avait envie de mieux le connaître.

— Tu le reverras, lui assura Katie.

— J'espère qu'il compte venir au dîner et au bal, dit-elle.

— On ne devrait pas avoir trop de mal à en savoir plus demain après-midi, lui rappela Katie. Angie a toutes les informations et elle aidera à décorer le gymnase.

— C'est vrai. Alors qu'est-ce qui t'empêche de dormir, toi ? Tu penses encore à James ?

— Je n'arrête pas de penser à lui. Tu crois vraiment qu'il me cherchait quand je suis partie ?

Coco ne voulait pas induire son amie en erreur ou lui donner de faux espoirs alors que rien n'était garanti.

— Je ne peux pas en mettre ma main à couper, mais je l'ai vu balayer la pièce du regard. Je suis sûre que ça lui a fait quelque chose de te revoir.

Il y avait tellement d'attente et d'espoir dans les yeux de son amie.

— C'était encore plus dur que ce que j'avais imaginé.

— Alors, ça a dû l'être tout autant pour James, tu ne crois pas ?

— Non. Ses mots comme son langage corporel m'envoyaient le même message : il ne veut plus rien avoir à faire avec moi.

Afin d'éloigner James des pensées de Katie, Coco aborda un sujet de conversation totalement différent.

— C'était intéressant ce que nous a raconté Jo Marie sur son ami, hein ?

— Bizarre d'être parti comme ça.

Katie semblait soulagée de parler d'autre chose, elle aussi.

— Super bizarre, confirma Coco. Elle en bave, ça se voit.

En général, Katie avait le nez fin pour deviner les sentiments des autres, mais Jo Marie cachait bien les siens à l'égard de Mark. Leur hôte n'admettait peut-être pas ce qu'elle ressentait pour son employé, mais il était évident pour Coco que cette femme était tombée amoureuse de lui. Elle espérait que la situation finirait par s'arranger.

Katie bâilla. Coco était fatiguée, elle aussi. Elle avait l'impression d'avoir vécu une vie entière en seulement quelques heures. Elle s'était confrontée à Ryan qui l'avait stupéfaite en implorant son pardon. Puis elle était tombée sur Hudson.

Même si elle ne s'était pas montrée aussi cruelle envers Hudson que Ryan l'avait été avec elle, Coco avait besoin de faire amende honorable. La prochaine fois qu'elle le verrait, elle s'excuserait platement pour son comportement de l'époque.

Après avoir souhaité bonne nuit à Coco, Katie retourna dans sa chambre.

Coco éteignit la lampe sur la table de chevet, se blottit sous les draps, releva la couverture jusqu'à ses épaules et ferma les yeux.

Elle rêva de Hudson. Un rêve merveilleux et plein de chaleur qui laissa sur son visage un sourire au petit matin.

CHAPITRE 20

MALGRÉ LA FATIGUE, j'eus du mal à m'endormir. J'entendis Coco et Katie rentrer à la maison d'hôtes vers une heure du matin, et c'est bien plus tard que je réussis à m'assoupir. À ma grande consternation, je me réveillai bien avant la sonnerie du réveil. Le manque de sommeil me piquait les yeux et j'avais le cœur lourd. Il ne me fallut pas longtemps pour comprendre le problème.

Mark.

J'étais décidée à l'oublier, mais il occupait chacune de mes pensées. Le point positif était que son départ et la conversation avec ma mère m'avaient suffisamment secouée pour me faire sortir de ma léthargie. Il était temps d'aller vers les autres, de tendre les bras, d'évoluer, de se faire de nouveaux amis. De faire des rencontres.

Des rencontres ?

Je me souvins alors que j'avais *déjà* un rendez-vous de prévu le soir même. Un sentiment de panique m'engloutit. J'avais apprécié ma petite conversation avec Rich Marlow, et après avoir vérifié sa photo sur Facebook, je découvris même qu'il n'était pas si mal. Heureusement, c'était une sortie à quatre, donc je ne serais pas seule avec Rich. Apprendre à le connaître se ferait de manière un peu plus naturelle, plus décontractée.

Je préparai le café et mis la table pour le petit déjeuner. Rover n'avait pas envie de bouger de son panier et resta couché jusqu'à ce qu'il m'entende remplir sa gamelle. Je savais que mes hôtes étaient rentrés tard à la maison. Et il était peu probable que les Dalton se lèvent si tôt. J'attendis donc d'entendre bouger à l'étage pour commencer à préparer le petit déjeuner.

Coco fut la première à descendre. Elle dégringola les escaliers avec un grand sourire. De toute évidence, elle était du matin. C'était un vrai rayon de soleil face à mon humeur maussade.

Nous nous saluâmes puis je déposai le café et le jus d'orange devant elle sur la table.

Katie ne tarda pas à la rejoindre. Elle s'empara tout de suite de sa tasse de café. Elle n'avait pas l'air d'avoir bien dormi, ce qui nous faisait un point commun.

— J'espère que vos lits étaient confortables.

— J'ai dormi comme une princesse de contes de fées, répondit Coco.

— Pas moi, confessa Katie en finissant de bâiller.

Elle se couvrit la bouche et bâilla une seconde fois.

— J'ai plutôt dormi comme un troll sous un pont.

— Alors, t'as intérêt à faire une petite sieste pour récupérer, lui conseilla Coco, parce que la journée va être longue, surtout avec le dîner de ce soir.

— Je crois que je ne vais pas…

— N'y pense même pas, meuf, dit Coco en menaçant Katie du doigt. Je t'interdis même d'envisager une seule seconde rater le dîner et le bal de ce soir. Je sais que tu n'as pas le moral à cause de James, mais fais-moi confiance, ça va marcher comme sur des roulettes.

Je voyais bien que les mots de Coco n'avaient guère encouragé Katie. Je ne comprenais que trop bien la réticence de Katie à faire face à cette journée. J'avais mes propres doutes à gérer.

Je finis de préparer les œufs. J'apportai le plat à la table avec le bacon, les saucisses et les muffins aux myrtilles fraîches. C'était les muffins préférés de Mark et… stop !

Je refusai tout net de le laisser envahir mes pensées. C'était fini, terminé, du passé et voilà tout.

— On a rendez-vous avec Steph ce matin, dans quarante minutes, dit Coco en prenant un muffin.

— Ah bon ? Si tôt ?

Les mots de Katie traduisaient son désintérêt.

— Oui. Steph veut qu'on passe chez elle. Ensuite on déjeunera toutes les trois avant d'aller au lycée décorer le gymnase pour ce soir.

— Ah oui, j'avais oublié la décoration du gymnase, rajouta Katie sans même essayer de cacher son manque d'enthousiasme.

— Il paraît aussi qu'il y a des soldes chez Mercedes, dit Coco en brandissant un demi-toast à son amie. On devrait y aller. Qui sait, je pourrais trouver quelque chose d'irrésistible pour ce soir.

— Tu veux faire du shopping ? demanda Katie comme si cette simple suggestion la choquait. Je croyais que tu avais déjà choisi ta tenue pour ce soir.

— Oui, mais quel individu sain d'esprit peut résister à des soldes ? Steph m'a dit que tous les accessoires étaient à cinquante pour cent, et aussi certaines robes.

Pour la première fois de la matinée, Katie sourit.

— Résister à des soldes ? Pas toi.

Elles prirent leur petit déjeuner, puis retournèrent dans leur chambre pour se préparer à sortir. À dix heures et demie, elles étaient parties. Je ne pensais les revoir que tard dans l'après-midi.

J'avais bien noté qu'il y avait des soldes chez Mercedes. Je n'avais rien acheté de neuf depuis très longtemps (je portais des jeans la plupart du temps) et je ne me souvenais pas de la dernière fois où j'avais montré mes jambes. Comme je tenais une maison d'hôtes, j'étais tout le temps en train de courir. Les jupes et les robes n'étaient pas appropriées à mes activités. Je devais peut-être aussi faire du shopping. Une nouvelle tenue m'aiderait à être dans de bonnes dispositions pour mon dîner.

Les jeunes mariés ne s'étaient pas encore montrés et je supposai qu'ils ne descendraient pas pour le petit déjeuner. J'enfilai une tenue de jardinage dans l'idée de m'attaquer à un gros sac de bulbes de tulipes que j'avais commandé et qui m'avait été envoyé par la poste de la Skagit Valley au nord de Seattle. Je voulais les planter avant l'arrivée des pluies d'octobre.

Rover me suivit à la cabane où je gardais la pelle et les autres outils de jardinage. La cabane que Mark avait construite pour moi. Le simple fait de penser à lui m'énerva tellement que j'eus envie de claquer la porte. Que tant de choses le rappellent à mon bon souvenir ne m'aidait pas du tout.

Je lus les inscriptions au dos du paquet. Des années plus tôt, j'avais entendu dire qu'il y avait plus de tulipes dans la Skagit Valley que dans toute la Hollande, mais j'ignorais si c'était vrai.

J'avais commandé des tulipes rouges et je voulais les planter à l'avant du jardin autour du poteau qui portait l'enseigne de la maison d'hôtes, LA VILLA ROSE.

Cette enseigne que Mark avait fabriquée et plantée.

Je transportai mes outils jusqu'au poteau et j'enfonçai ma pelle dans le sol. J'avais de nouveau du mal à contenir mon irritation. Heureusement que Mark n'était pas dans les parages, car vu mon état du moment, je lui aurais sans doute donné un coup de poing dans le ventre.

Le hurlement de Rover me prit de court. À croire que parfois, ce chien lisait dans mes pensées.

— Tout va bien, lui assurai-je en m'efforçant de le calmer et de refouler ma frustration.

Je fus tout d'un coup submergée par l'envie de pleurer. J'étais debout, un pied sur la pelle et l'autre planté sur le sol. Je faisais de mon mieux pour ravaler mes larmes. Cette position instable ressemblait beaucoup à ma vie. Avec des hauts et des bas, le sentiment d'être bien enracinée d'un côté, et bancale de l'autre.

— Je suis mieux sans lui, dis-je à Rover qui s'était installé à côté du poteau sur l'herbe mouillée.

Il avait posé le museau sur ses pattes et il me surveillait de près. À mon commentaire, Rover leva la tête et la tourna de côté.

— Je suis sérieuse, ajoutai-je tout en continuant à creuser autour du poteau.

Je voulais élargir cette plate-bande pour y planter mes bulbes. Mark avait fixé le poteau dans du ciment. Il ne risquait donc pas de pencher ou de basculer à cause de mon trou. Je devais bien lui accorder une chose : il s'assurait de faire du bon boulot quand il entreprenait un projet. Ce poteau tiendrait bon malgré l'explosion d'une bombe atomique.

Après avoir fait la bordure de ma plate-bande, je m'agenouillai avec la truelle et creusai de plus petits trous pour les bulbes. Rover s'approcha tout doucement et colla son petit corps contre moi pour me réconforter.

— T'inquiète pas, murmurai-je. Ça va aller. On va s'en sortir, toi et moi.

Je n'avais pas fini de prononcer ces mots que je commençai à renifler. Les larmes étaient une faiblesse qui m'exaspérait au plus haut point et voilà que je me mettais à chialer.

Assise sur mes talons, j'enlevai mes gants pour prendre un Kleenex dans la poche de ma veste et me moucher.

— Mon Dieu, faut que j'arrête de côtoyer des hommes qui ont perdu la raison. Bon débarras, non ?

J'avais planté presque la moitié des bulbes quand j'entendis la porte de la maison d'hôtes s'ouvrir.

Finn Dalton apparut avec deux sacs de voyage et se dirigea vers le parking.

Mes jeunes mariés étaient levés. Une fois debout, j'époussetai mes genoux avant de me diriger vers la maison.

— Il y a du café, du jus de fruits et des muffins à disposition, annonçai-je à Finn.

— Oui, merci, on s'est déjà servis.

Il me tint la porte et je le suivis à l'intérieur.

Carrie était plantée en bas de l'escalier avec son sac en bandoulière.

— On s'est réveillés plus tard que prévu. Désolée de partir si vite mais on doit se dépêcher pour ne pas rater notre avion.

— Pas de problème, lui assurai-je. C'était un plaisir de vous accueillir.

— On reviendra, promit Carrie. On a passé un merveilleux moment à Cedar Cove. Vraiment magnifique.

Elle échangea un regard avec son mari et je constatai l'intensité de l'amour qui les unissait. Ce spectacle déclencha en moi une douleur qui m'obligea à baisser les yeux. Je voulais éviter que mes émotions me submergent et m'accablent d'embarras.

Juste avant le déploiement de Paul sur la base commune de Lewis/McChord, mon mari et moi avions échangé le même genre de regard et partagé un moment d'intimité similaire. Vingt-quatre heures plus tard, il partait pour l'Afghanistan et je ne devais plus jamais le revoir de ma vie.

Après avoir fini de planter les tulipes, j'emmenai Rover faire sa promenade quotidienne. Délibérément, je n'empruntai pas notre chemin habituel qui passait devant chez Mark. Je devais me résoudre à son absence.

De retour à la maison, je rangeai la cuisine et nettoyai la chambre des Dalton. Je trimbalai les draps jusqu'à la machine et refis leur lit. Une fois la maison remise en ordre, je me douchai, m'habillai et pris la voiture pour aller à la boutique de Mercedes.

Une grande affiche indiquait les soldes en travers de la vitrine. J'avais entendu parler de ce magasin à plusieurs reprises depuis mon arrivée à Cedar Cove. Cependant, je n'avais encore jamais eu l'occasion d'acheter quelque chose de neuf.

Je reconnus Mercedes. Elle allait aux réunions de la chambre de commerce. Quand elle me vit, elle afficha un grand sourire.

— Jo Marie, dit-elle en me saluant. Ça fait plaisir de vous voir.

— J'ai un rencard ce soir, lâchai-je sans le vouloir.

Qu'est-ce qui ne tournait pas rond chez moi ? Ces temps-ci, j'étais devenue tout à fait incapable d'échanger des platitudes ou de tenir une conversation. J'avais vraiment besoin de sortir de ma bulle.

Le sourire de Mercedes s'élargit.

— Ah, donc vous cherchez une nouvelle tenue ?

— Je cherche beaucoup plus que ça, mais oui, commençons par la tenue.

— C'est pour un dîner ?

— Oui. J'ai vérifié son profil sur Facebook et il a l'air d'un type bien.

— Ambiance décontractée ?

J'acquiesçai d'un hochement de tête.

— Je viens de recevoir quelque chose, je crois que ça vous irait à ravir.

Elle m'éloigna du coin des soldes qui semblait déjà avoir été dévalisé et me guida vers le devant de la boutique.

Mercedes décrocha un débardeur blanc d'un portant de vêtements, ainsi qu'une jupe longue à motifs géométriques gris et bleu marine.

— Vous ne trouvez pas que ces deux couleurs vont très bien ensemble ?

L'étiquette pendait de la ceinture. Quand je vis le prix, les yeux me sortirent de la tête.

— Elle ira bien avec ce haut blanc et un gilet bleu turquoise, et j'ai le collier idéal pour parfaire votre tenue.

J'emportai le tout dans la cabine d'essayage. Après avoir enfilé tous les éléments, je dus admettre que Mercedes avait l'œil. Je restai longtemps dans la cabine à étudier mon reflet. Ça m'allait plutôt bien et mes TOMS à semelles compensées seraient bien assorties avec la tenue. Certes, j'avais besoin d'une coupe de cheveux et de redonner forme à mes sourcils aussi, mais dans l'ensemble j'étais satisfaite. Dans ces vêtements, je me sentais à la fois à l'aise pour une promenade sur le front de mer, et assez élégante pour un dîner dans un restaurant.

— Qu'est-ce que vous en pensez ? demanda Mercedes quand je sortis de la cabine.

— Je prends tout et le collier aussi.

— Excellent. Vous êtes vraiment jolie comme ça, Jo Marie.

— Merci.

Sur le chemin du retour, je m'arrêtai dans un salon de beauté, qui prenait sans rendez-vous, pour qu'on s'occupe de mes cheveux et de mes sourcils. J'étais fin prête pour cette soirée.

L'après-midi était bien avancé quand j'arrivai à la maison. Ça faisait si longtemps que je ne m'étais rien acheté que j'avais l'impression de renaître. L'idée de rencontrer Rich et d'avoir un rendez-vous galant commençait à m'amuser plutôt que m'angoisser. C'était un progrès. En revanche, si j'avais besoin d'une nouvelle tenue pour me mettre dans l'ambiance à chaque fois que je rencontrais quelqu'un, je serais vite ruinée.

Rover voulut sortir juste après mon retour, alors je restai sous le porche à l'attendre. Je me demandais bien ce que mon chien à l'instinct affûté allait penser de Rich Marlow. Sa réaction face à cet autre homme m'en dirait beaucoup sur lui. Si Rover aimait Rich d'emblée, alors je saurais tout ce que j'avais besoin de savoir sur le frère de Rhyder.

J'entendis un véhicule rouler dans l'allée et je reconnus tout de suite la voiture de Bob Beldon. La veille encore, il aidait Mark à vider son garage.

Il se gara sur la place que Carrie et Finn Dalton avaient libérée.

— Bonjour Bob, dis-je en croisant les bras sur ma poitrine.

Je ne me souvenais pas avoir déjà vu Bob venir à la maison d'hôtes sans Peggy. J'ignorais la raison de cette visite inattendue.

— Jo Marie.

Il retira sa casquette des Seahawks et la fit claquer sur son genou.

Je ne savais pas trop ce que ce geste signifiait, alors j'attendis qu'il m'explique. Il était resté dans l'allée, le pied appuyé sur la première marche du perron.

— Qu'est-ce que je peux faire pour toi ? demandai-je puisqu'il ne disait rien.

— Mark m'a demandé de passer.

— Mark ? répétai-je.

Le ton de ma voix était étrange. Je voulais paraître calme et posée, mais je savais que j'avais échoué.

— Il voulait que je te dise la raison de son départ.

La rage m'envahit à nouveau. Le respect que j'avais pour Mark s'évapora.

— Il ne pouvait pas me le dire lui-même ? demandai-je sans chercher à cacher mon exaspération. Il t'a demandé de jouer les émissaires ?

Bob tapa sa casquette contre son genou encore une fois.

— Je n'étais pas très chaud, moi non plus, jusqu'à ce qu'il m'explique.

— Quelle excuse il a bien pu trouver ? prononçai-je en tremblant de colère.

Bob soutint mon regard.

— Il t'aime.

— Il a une drôle de façon de me montrer ses sentiments.

Si c'était sa manière de me prouver son amour, alors ce n'était pas une grosse perte. Note pour plus tard : *Arrêter de côtoyer des hommes qui ont perdu la raison !*

Bob ignora ma réplique acerbe et secoua la tête.

— Mark savait que s'il t'expliquait ses intentions, tu essaierais de l'en dissuader. Et comme il t'aime, il avait peur que tu réussisses à le convaincre de rester. Il m'a dit qu'il ne pouvait pas prendre ce risque.

— Pourquoi ?

— On devrait peut-être rentrer pour parler, Jo Marie. Je crois que tu ferais mieux d'être assise pour entendre ce que j'ai à te dire.

CHAPITRE 21

La matinée était passée à toute vitesse, et Coco fut surprise de découvrir qu'il était temps d'aller au lycée pour les préparatifs de la soirée. Chez Steph, elle avait renoué avec plusieurs anciens élèves à qui elle n'avait pas parlé depuis des années. Elle prit grand plaisir à revoir des camarades de classe perdus de vue depuis la fin du lycée. Forcément, l'heure était aux ragots. Tom Peters serait arrivé au volant d'une Porsche qui valait soi-disant un nombre à six chiffres alors qu'un type avait découvert qu'il s'agissait d'une location. Hailey Gentry était en plein divorce, et c'était son deuxième mariage. Elles avaient appris et partagé beaucoup de choses.

Katie était restée silencieuse pendant la majeure partie du déjeuner. Coco savait qu'elle ruminait sa conversation avec James. Elle avait tellement espéré de cette première rencontre.

Katie avait toujours été trop sensible. Ce n'était pas forcément une mauvaise chose. C'était même la raison pour laquelle son amie était une excellente assistante sociale. Coco sut immédiatement que Katie était une fille généreuse. Elle soutenait toujours les plus faibles et faisait de son mieux pour remédier aux mauvaises actions des autres. Elle était très attentionnée : voilà pourquoi on la chérissait.

Coco espérait vraiment qu'après une nuit de réflexion, James s'apercevrait que Katie ne blesserait jamais personne intentionnellement, surtout quelqu'un qu'elle aimait. Et qu'il serait plus réceptif, ce soir-là.

Arrivée au gymnase, Coco se dirigea vers Angie Palmer. Elle avait espéré lui parler pendant le déjeuner, mais elle s'était assise trois chaises plus loin et il aurait été impossible d'entretenir avec elle une conversation discrète.

— Eh, Angie, tu as une minute ? demanda Coco, une fois que l'organisatrice de la réunion eut dispatché les tâches de chacun quant aux préparatifs du soir.

— Bien sûr. De quoi tu as besoin ? Et merci, au fait.

— Pardon ?

— Pour ton aide avec les décorations.

— Pas de problème, dit Coco.

— Je voulais te poser une question sur Hudson Hamilton.

— Sur qui ? demanda Angie, les sourcils froncés.

— Hudson Hamilton.

— Je sais qu'il était dans notre classe, répondit Angie d'un air pensif. Je ne me trompe pas ?

— Non. Si je me souviens bien, il est sorti major de notre promotion.

Comment pouvait-on oublier ça ?

— Ah oui, Hudson : les cheveux châtains en bataille, style intello ? J'ai tellement de choses dans la tête, désolée. Qu'est-ce que tu voulais savoir ?

— Est-ce qu'il va venir aider à décorer ?

Angie secoua la tête tout de suite.

— Pas Hudson. Je n'aurais jamais demandé à Hudson.

— Pourquoi pas ?

— Enfin, Coco, tu n'es pas sérieuse ? Je me souviens à peine de lui.

Coco ne plaisantait pas, mais il valait mieux laisser tomber. Elle aurait voulu le revoir le plus vite possible et espérait en avoir l'occasion plus tard au dîner.

— Il vient bien ce soir ?

— Je crois.

— Tu peux vérifier ?

L'air agacé, Angie jeta un œil sur son équipe de décorateurs.

— Je peux te dire ça plus tard ? On a beaucoup à faire ici, Coco. Pourquoi cet intérêt soudain pour Hudson, de toute façon ?

— Je suis tombée sur lui hier. Littéralement.

— Et alors, il a changé ? C'est devenu un beau mec ou quoi ?

— Non… enfin, si. Je ne l'ai pas reconnu, mais c'est de ma faute, pas de la sienne. Il est resté le même, sauf qu'il s'habille beaucoup mieux, je dirais. On a tous changé, pas vrai ?

— Pas Donny Applegate, cria Lily Franklin.

Ça s'agitait autour d'elles. De grandes échelles étaient posées près des paniers de basket, et des pancartes accrochées dans toute la salle. Sur les murs, on avait collé des affiches avec des photos qui symbolisaient leurs jours de gloire au lycée de Cedar Cove.

— C'est qui déjà, Donny Applegate ? demanda Coco à Angie.

— Il tenait le rôle principal de la pièce de théâtre en terminale. Il jouait Atticus Finch dans *Ne tirez pas sur l'oiseau moqueur*. Tu te souviens ?

Ça ne lui rappela rien. En voyant le regard perdu de Coco, Angie gloussa.

— Je ne suis pas la seule à avoir oublié certains de nos camarades de classe.

— C'est quoi l'histoire avec ce Donny ? intervint Katie en rejoignant Coco. Qu'est-ce qui le rend si spécial ?

— Rien de particulier, admit Angie. Enfin, sauf qu'il est toujours acteur. Ashley Lambert dit qu'elle l'a vu dans une publicité à la télé.

— Ah oui ?

Angie haussa les épaules.

— Je ne sais pas. Il n'a pas rempli la fiche d'informations.

— Alors il ne participe pas au week-end de retrouvailles ?

— Je ne pense pas, mais Ashley dit qu'elle l'a tout de suite reconnu. Elle doit savoir ce qu'elle dit puisqu'elle est allée au bal de fin d'année avec lui quand ils étaient en seconde.

— Vous imaginez, Donny qui a un rôle à la télé nationale !

— Non, pas nationale, corrigea Lily. C'était la télé locale. Pour Flush King, le magasin de plomberie.

Coco roula les yeux. De toute évidence, il ne fallait pas grand-chose pour impressionner ses camarades de classe.

— OK, Coco, tu es prête à donner un coup de main maintenant ?

— Prête, volontaire et apte. Dis-moi juste ce que je dois faire.

On lui confia la décoration des tables. Angie avait loué des nappes aux couleurs de l'école, bordeaux et doré. Avec l'aide de Katie, Coco déposa sur chaque table de nombreux souvenirs de leur dernière année de lycée : pochettes de CD, vieux magazines, photos de classe et autres choses de la sorte.

Quand Lily remarqua son travail, elle s'exclama :

— Eh Coco, c'est super cool.

Katie l'aida aussi à agencer tous les centres de table. Les décorations étaient bon marché et clinquantes, mais une fois terminé, Coco dut admettre que les tables avaient belle allure.

Ils avaient fini de tout préparer à seize heures, ce qui laissait deux heures au groupe pour aller se changer en vue des festivités du soir.

Angie aborda Coco comme elle s'apprêtait à partir.

— Tu voulais des infos sur Hudson ?

Elle opina sans même chercher à cacher son enthousiasme.

— Tu sais s'il a payé pour ce soir ?

Angie posa son ordinateur portable sur la table et l'ouvrit. Elle le mit en équilibre sur son bras tout en tapotant sur les touches.

— Voyons. Hudson Hamilton. Je suis la seule à trouver que Hudson est un drôle de nom ? marmonna-t-elle en vérifiant ses dossiers.

— Ça doit venir d'un nom de famille, supposa Katie.

— Quel horrible prénom à donner à un enfant, dit Lily, en arrivant derrière Angie.

— Ça le rend original, clama Coco sans savoir pourquoi elle se sentait obligée de le défendre. En plus, il paraît que c'est un nom à la mode.

— Hudson ?

— En fait, intervint Katie, il y a un missionnaire chrétien très connu nommé Hudson Taylor qui travaillait en Chine.

— Vraiment ? Comment tu sais ça ?

— Je l'ai lu quelque part.

— Tu as toujours aimé lire, pas vrai ? dit Lily en scrutant Katie.

— Le voilà, mais il n'a pas rempli le questionnaire, je ne peux rien te dire d'autre, dit-elle en levant les yeux.

— Ah, dit Coco qui peinait à cacher sa déception.

— Tu pourrais vérifier encore une fois que James Harper vient bien au dîner, s'il te plaît ? demanda Katie.

— Évidemment qu'il y va.

Coco en était convaincue.

Angie regarda à nouveau son écran.

— Je viens de fermer le logiciel. Vous ne pouvez pas attendre ce soir pour retrouver vos vieux copains, toutes les deux ?

— S'il le faut, lâcha Katie à regret.

— OK, c'est bon, marmonna Angie en relançant le programme. James a payé, lui aussi. Je ne te l'avais pas déjà dit ?

Katie ne répondit même pas.

Elles sortirent du gymnase. Angie et Lily restèrent sur place pour accueillir le groupe qui s'occupait de la restauration pendant que Coco et Katie se dirigeaient vers le parking.

Alors qu'elles s'approchaient de la voiture de Coco, Katie ralentit.

— J'aurais dû lui demander s'il avait payé pour une ou deux personnes.

— Pourquoi tu ne l'as pas fait ? demanda Coco avant de déverrouiller la voiture.

— J'ai eu peur. Si James est accompagné, s'il a une copine, je ne pense pas que j'arriverai à le supporter.

— Katie…

— Je sais. Je sais. Faut que je lâche l'affaire, l'interrompit-elle. Ce soir, j'aurai une réponse définitive et je l'accepterai. Je n'aurai pas d'autre choix.

Coco ne se sentait pas en position de faire la leçon à son amie sur ses amours. Grâce à sa personnalité et sa nature sociable, elle n'avait jamais eu de problèmes pour rencontrer des hommes. Cependant, à chaque fois qu'elle se rapprochait trop de quelqu'un et que leur relation commençait à devenir sérieuse, elle trouvait une excuse pour se défiler. Elle avait un problème de confiance. Elle aurait bien voulu en tenir Ryan pour responsable, mais elle savait depuis longtemps que le problème venait d'elle. Plusieurs hommes merveilleux étaient passés dans sa vie, et elle les avait laissé partir, par peur.

— Je me demande, dit Coco en choisissant ses mots avec prudence, si tu n'as pas trop idéalisé James dans ta tête. C'était ton héros, ton premier amour.

Et avec les années, tu en as fait une sorte de chevalier ou de prince. À tes yeux, il est parfait ; mais en réalité, il est comme nous tous : il a des défauts.

— Bien sûr qu'il en a. On en a tous. Tout ce que je demande, c'est une autre chance avec lui. C'est si inconcevable ?

Coco ouvrit la portière de sa voiture et secoua la tête.

— Tu mets trop de pression sur ses épaules et sur les tiennes aussi, Katie. Tu ne peux pas espérer rattraper dix ans en un seul week-end.

Ce que son amie disait était vrai. Malgré tout, Katie ne pouvait s'empêcher d'espérer.

— Laisse les choses se faire d'elles-mêmes, reprit Coco. Maintenant qu'il a eu l'occasion de te voir et de savoir que tu voulais lui parler, James a besoin de temps pour l'assimiler, accepter de t'écouter et t'ouvrir son cœur. Je crois qu'il le fera, mais si ce n'est pas le cas, alors tant pis pour lui. Et, hésita-t-elle, il finira par le regretter.

Katie acquiesça et sembla touchée par la sagesse des mots de Coco.

Elles rentrèrent en silence à la maison d'hôtes. Katie se dirigea directement vers sa chambre.

— Je vais prendre une douche et me changer pour ce soir.

— Oui, moi aussi.

Coco traversa le couloir, mais dès qu'elle fut dans sa chambre, elle changea d'avis. Sa curiosité vis-à-vis de Hudson avait redoublé.

Assise sur son lit, les jambes croisées, elle alluma son ordinateur et entra le nom de Hudson Hamilton sur Google. Elle en trouva trois.

Trois Hudson Hamilton. Et à part ça, ce n'était pas *commun* comme prénom.

L'un d'eux avait l'air d'un cas psychiatrique. Selon toute apparence, ce n'était pas le garçon qui était allé au lycée de Cedar Cove. La deuxième bio attira tout de suite son attention. Elle fit défiler la page et trouva une photo qui confirma qu'il s'agissait de lui.

— Hudson, répéta-t-elle, le cœur battant. Vraiment ?

Bon sang, elle se demanda si un seul de ses camarades de classe avait la moindre idée de ce qu'il était devenu. Il n'avait rien à voir avec celui qu'il était au lycée. Elle se souvenait de Hudson comme d'un garçon mal à l'aise en société. À chaque fois qu'il lui avait adressé la parole, sa langue avait fourché et les mots articulés n'avaient aucun sens.

Elle prit son ordinateur, sauta du lit, traversa le couloir à toute vitesse et frappa à la porte de Katie.

— C'est ouvert, cria son amie, de l'autre côté de la porte.

Dans son ardeur à partager ce qu'elle avait découvert, Coco faillit trébucher.

— Tu ne vas pas le croire, dit-elle en s'asseyant sur le lit de Katie d'un bond.

Son amie resta plantée les yeux grands ouverts avec une serviette autour de la tête et une autre autour de la poitrine.

— Quoi donc ?

— Hudson !

— Tu vas me dire, à la fin, pourquoi tu es obsédée par ce type ?

— Je ne sais pas ; en fait, j'essaie justement de le comprendre, moi aussi. C'est peut-être parce que je l'ai rejeté quand on était au lycée.

Et peut-être parce qu'elle se sentait soudain liée à lui. Quelle qu'en fût la raison, il l'avait captivée. C'était son mystérieux séducteur. Au lieu d'inventer une excuse, elle tourna l'écran de son ordinateur pour le montrer à Katie.

— Il travaille à l'université de Washington. Il fait de la recherche médicale de pointe.

Katie resta impassible et effectua un geste de la main qui signifiait « Et alors ? ».

— Ça te surprend ?

— Oui… Enfin, je veux dire qu'il est brillant, très brillant. On le savait déjà au lycée. J'admire le fait qu'il fasse quelque chose d'important dans la vie.

— Toi aussi, tu es brillante.

— Oh pas vraiment, mais je suis douée dans mon domaine, développer des applis.

Elle n'avait pas voulu dénigrer ses compétences. Elle aimait son boulot, mais le travail de Hudson était capital, lui : il pouvait changer la vie des gens.

Quand il l'avait invitée au bal de promo, tant d'années auparavant, elle l'avait rejeté. Elle le regrettait désormais et elle espérait rectifier les choses. Elle allait renverser les rôles et l'inviter à danser.

CHAPITRE 22

IMMOBILE ET AU BORD DU MALAISE, je restai quelques instants à fixer Bob ; puis je me dirigeai vers la maison. Je l'invitai à entrer. Mon cœur battait la chamade. Je mourais d'envie d'entendre ce qu'il avait à me dire, et en même temps, je redoutais de connaître enfin la vérité sur Mark.

Bob me suivit et Rover trotta à ses côtés avant de passer en tête pour monter les marches du porche. On aurait dit qu'il avait aussi hâte que moi d'entendre ce que Bob était venu raconter.

Je proposai de préparer du thé car je savais que ce serait idéal pour amortir le choc. Ma mère préparait toujours une théière quand elle voulait avoir une conversation sérieuse ou quand elle avait besoin de me réconforter. Dans les semaines qui avaient suivi l'annonce de la mort de Paul, nous en avions bu tellement que nous aurions pu investir en Bourse sur plusieurs marques.

Bob accepta. Il se dirigea vers le salon et s'assit juste au bord du canapé pendant que j'allais dans la cuisine. Il avait de nouveau sa casquette dans les mains et, les yeux rivés sur l'objet, il la faisait tourner lentement comme s'il cherchait à y lire une inscription sur le bord intérieur.

Mes mains tremblaient en versant l'eau bouillante sur les feuilles de thé dans la théière en céramique. Je n'étais pas sûre de pouvoir porter un plateau. J'avais peur de le faire tomber dans mon état.

— On va le laisser infuser, dis-je en rejoignant Bob.

Je m'assis sur la chaise en face de lui et je posai les mains sur mes genoux comme pour prier. Rover s'assit sur le tapis à mes pieds, le museau posé sur mon pied droit. On aurait dit qu'il voulait s'assurer que je reste en place. Je retins mon souffle et j'attendis.

Bob leva la tête et soutint mon regard pendant un très long moment avant de parler.

— Mark a emménagé à Cedar Cove quelques années avant toi. Deux ans, je crois. Il était plutôt discret. Il prenait des petits boulots. On le voyait peu, Peggy et moi, jusqu'à ce que tu arrives en ville. Il n'y a pas longtemps, j'ai discuté avec Peggy de l'effet de ton arrivée sur lui.

— Quel effet ?

C'était la première fois qu'elle en entendait parler.

— C'est tout à l'honneur de Peggy parce que c'est elle qui a remarqué que Mark était sorti de sa coquille. D'abord, il a commencé à venir au marché des fermiers le samedi matin, puis Peggy et moi, on a commencé à le voir plus souvent en ville. Il faisait son travail. Il allait chercher ses chèques. Tu dois admettre qu'il est doué comme artisan. Mais il ne faisait pas beaucoup d'efforts pour se faire des amis. Enfin, jusqu'à ton arrivée.

— Qu'est-ce que mon arrivée a à voir avec ces changements ?

Je n'étais pas certaine de suivre le raisonnement de Bob.

— Peggy dit que Mark était tombé amoureux de toi. Je ne sais pas grand-chose de ces choses-là. Je laisse ça à ma femme. Peggy pense que Mark attendait que tu te remettes de la mort de ton mari avant de se déclarer. Ça me paraît logique. C'était plutôt intelligent de sa part de ne pas te bousculer ou de ne pas te faire d'avances tant que tu étais vulnérable et en plein deuil.

En repensant à l'année passée, je me rendais compte que Peggy avait sans doute vu juste. J'avais été aveugle sur ses sentiments, mais rien de tout ça n'avait plus d'importance.

— Je veux savoir pourquoi Mark est parti.

— J'y arrive.

Bob mit sa casquette de côté et se frotta lentement les mains, comme pour les réchauffer.

— Il y a quelques semaines, Peggy m'a dit que tu lui avais posé des questions sur Mark. Comment je l'avais rencontré et tout le reste.

— Je sais qu'il a un très lourd secret et je voulais découvrir ce que c'était, admis-je avec une pointe de honte.

— Quand Peggy m'en a parlé, je lui ai dit qu'il savait sans doute parler allemand.

— Oui, répondis-je vivement. Peggy m'en a touché deux mots.

— En l'occurrence, Mark est doué pour les langues. Je crois qu'il en parle au moins six. Et couramment. L'allemand, l'espagnol, l'italien, le chinois et l'arabe.

— Mark ? L'arabe ? répétai-je. Vraiment ?

Bob regarda le tapis et hocha la tête.

— Oui. Avant de partir, il m'a raconté son histoire. Pour le comprendre, il faut que tu saches qu'il y a une forte tradition militaire dans sa famille. Son père et son grand-père étaient des militaires de carrière. Son grand-père était un héros de la Seconde Guerre mondiale et son père a reçu la Croix de la Vaillance au Viêtnam. C'était normal que Mark aille sous les drapeaux. Après ses études, il s'est enrôlé dans l'armée comme son père et son grand-père.

— Son vrai nom, c'est Jeremy, murmurai-je. Mark, c'était le nom de son père.

Ça, il avait bien voulu me le dire.

— Je me doutais qu'il t'en avait parlé. Mais pour moi, ce sera toujours Mark.

— Pour moi aussi.

Je l'avais toujours connu sous ce nom-là, et Jeremy me semblait étranger.

— Son père est mort juste avant qu'il ne vienne s'installer ici.

J'étais blessée que Mark ait partagé cette information avec Bob et qu'il m'ait laissée dans l'ignorance la plus totale. Tout cela devait être lié aux raisons de son départ, mais ça me faisait quand même de la peine qu'il ne m'en ait pas parlé de lui-même.

— Sa sœur est morte quand elle avait une vingtaine d'années. D'un cancer, je crois. Sa mère ne s'en est pas remise. Elle est décédée peu après. Et puis, quelques années plus tard, son père est tombé malade et il a succombé. Ils sont tous morts en très peu de temps.

— Alors Mark n'a plus de famille ?

— Plus personne, confirma Bob. Il était surtout proche de son père.

Ça, je le savais. La seule et unique fois où Mark avait mentionné son père devant moi, j'avais décelé, dans ses mots et sa voix, la profondeur de son amour et de sa fierté pour cet homme.

— Mark a effectué trois missions en Irak.

— Comme traducteur ?

Puisqu'il maîtrisait plusieurs langues, ça me paraissait logique.

— Je ne suis pas tout à fait sûr du rôle qu'il avait. Il travaillait pour les renseignements, en tout cas. Je ne sais pas si tu connais bien le monde des militaires.

— Juste ce que j'ai appris quand j'étais mariée à Paul.

Et ça avait duré si peu de temps que mon expérience n'était rien par rapport à celle d'autres épouses.

— Moi, j'étais au Viêtnam et c'était l'enfer. Et je te parie que l'Irak n'était pas une promenade de santé, non plus.

— J'imagine bien, dis-je.

Bob recommença à faire tournoyer sa casquette et se pencha en avant.

— Mark travaillait avec un jeune Irakien qui s'était souvent mis en danger, ainsi que sa famille, pour fournir Mark en renseignements. Ils sont devenus comme des frères, tous les deux. Quand Ibrahim s'est marié, Mark a assisté à la cérémonie, et quand sa femme a accouché, Ibrahim a donné à son fils un nom qui ressemble beaucoup à Jeremy.

J'étais tendue. J'avais peur de ce que Bob allait m'annoncer.

— Ibrahim et sa femme ont ensuite eu une fille. Mark adorait ces deux enfants. Il a fêté leur naissance avec leur père qui était devenu sa famille la plus proche.

— Et… ?

Je sentais ma gorge se serrer.

— Vers la fin de sa troisième mission, l'unité de Mark a reçu l'ordre de quitter l'Irak. Il n'a pas eu le droit de révéler à Ibrahim ce qui se passait. La base militaire américaine a disparu du jour au lendemain.

Je me raidis. Si Mark n'avait pas pu dire à son ami qu'il partait, ni pourquoi…

— Qu'est-il arrivé à Ibrahim et sa famille ?

Bob détourna le regard sans répondre, comme s'il pesait ses mots avec attention.

— Mark avait reçu des ordres précis. Il ne devait rien dire à Ibrahim. Moins il en savait, mieux il s'en sortirait plus tard en cas d'arrestation et d'interrogatoire. Il avait accompli sa tâche et il ne leur était plus utile. Je sais que ça paraît dur, mais les militaires trouvaient que l'armée irakïenne avait reçu un entraînement suffisant et qu'il était temps de partir.

— Tu veux dire que Mark a reçu l'ordre d'abandonner son ami et sa famille ?

L'armée devait bien se douter des conséquences pour Ibrahim, sa femme et ses enfants si le pays passait aux mains des… C'était d'ailleurs ce qui semblait se produire actuellement. Toute personne ayant eu des contacts avec des Américains était dans leur ligne de mire.

— Oui, les militaires savaient bien ce que ça signifiait et Mark aussi. Le pire, c'est qu'Ibrahim avait apporté toute son aide aux Américains, pris d'immenses risques, et qu'ils le laissaient désormais à la merci de ceux qui menaçaient de prendre le pouvoir dans le pays.

Je sentis ma colonne vertébrale se glacer.

— Je te passe les détails sur les atrocités infligées aux hommes qui ont collaboré avec les forces armées américaines, et à leur famille.

Je portai la main à ma bouche. Mark m'avait dit qu'il se considérait comme un lâche et qu'il sortait d'un trou noir. C'était donc de l'abandon d'Ibrahim qu'il parlait. Mais il n'avait pas eu le choix. Pas d'autre option que d'obéir aux ordres et de laisser derrière lui cet homme qu'il considérait comme sa famille.

— Il a abandonné son ami, et maintenant son ami est mort, affirmai-je.

— Attends, j'y arrive dans une minute.

— OK.

J'étais assise au bord de mon siège.

— Malgré tout ce que lui dictait sa conscience, Mark a obéi aux ordres. Il n'était pas d'accord ; il l'a fait savoir et il a failli passer en cour martiale pour insubordination. Tu te rappelles quand je t'ai dit qu'il venait d'une longue lignée de militaires ?

Eh bien, Mark a dû choisir entre entacher son nom de famille et obéir aux ordres.

— Il a obéi aux ordres.

Ça allait sans dire, mais je répondis quand même.

— Et il s'est fait horreur, ajoutai-je.

— Comme tu peux l'imaginer, ça l'a anéanti. Quand on lui a demandé de rempiler, tout le monde a été surpris de le voir quitter l'armée, surtout que son père et son grand-père y avaient fait carrière. On s'attendait à ce que Mark en fasse autant, et ça aurait sans doute été le cas s'il n'y avait pas eu l'histoire avec Ibrahim.

— C'est à peu près à la même époque qu'il a aussi perdu sa famille, n'est-ce pas ?

Tout ce que Bob me disait commençait à avoir du sens. La dépression, le sentiment de culpabilité, de ne pas être à la hauteur de ceux qu'il aimait.

— Tu as été son salut, Jo Marie. Tu es arrivée en ville, perdue et en deuil, tu étais exactement ce dont Mark avait besoin. Tomber amoureux de toi lui a redonné une raison de vivre. Ça lui a pris tout ce temps pour accepter ce qu'il avait à faire.

Je croisai les bras sur mon ventre, et les serrai fort, comme pour m'empêcher de me désagréger en attendant la suite.

— Tu vas m'annoncer que Mark a décidé de retourner en Irak, c'est ça ?

— C'est ce qu'il a fait, Jo Marie. Il a appris par un ancien camarade de l'armée qu'Ibrahim et sa famille avaient besoin de son aide. Ils sont dans une situation désespérée. J'ai essayé de l'en dissuader, en vain.

— Et il y est allé tout seul, bien sûr.

Ce n'était pas vraiment une question car je connaissais déjà la réponse.

Le visage de Bob était blême, sans couleurs.

— Il est parti sans l'aval du gouvernement, sans appui politique ni contacts. En fait, il est vraiment tout seul.

— Ibrahim est vivant ?

— Oui, aux dernières nouvelles qu'il a reçues. Mark ne sait pas pour combien de temps encore.

— Mark y retourne donc pour son ami Ibrahim et sa famille ?

Bob baissa à nouveau les yeux. Il n'avait pas besoin d'en dire davantage pour que je comprenne l'extrême dangerosité de la situation.

Il devait y avoir une raison qui expliquait ce départ soudain. Une preuve qu'il l'avait poussé à agir.

— Est-ce qu'on lui a communiqué de nouvelles informations sur ce qui se passe là-bas ?

— Non, Mark ne sait rien de plus.

— Mais il doit avoir une idée de l'endroit où vit Ibrahim et sa famille et… savoir s'il peut les retrouver ou non. Comment Mark peut-il aider Ibrahim aujourd'hui ? Des années ont passé.

— Oui, presque cinq ans. Tu émets les mêmes questions, les mêmes doutes, les mêmes objections que moi. Personne ne sait vraiment si Ibrahim est toujours vivant. Mark n'est même pas sûr de l'endroit où il se trouve.

Mon cœur battait à un rythme critique.

— Mais il y a des régions en Irak qui sont sous le contrôle des radicaux.

Je ne disais rien à Bob qu'il ne savait déjà. Les infos étaient truffées d'histoires d'assassinat, surtout quand les gens avaient eu des rapports avec les Américains. Ma tête refusait de penser à ce qui arriverait à Mark si l'on apprenait qu'il avait fait partie de l'armée américaine et qu'il était capturé. La peur me coupait le souffle.

— Jo Marie, Mark m'a demandé de t'expliquer tout ça. Il voulait que tu comprennes la situation au cas où il ne rentrerait pas…

— Il est parti en sachant qu'il risquait de mourir là-bas.

Je ne comprenais pas sa façon de penser. Les larmes troublèrent mon regard, mais je clignai des yeux pour les empêcher de couler. Voilà qui expliquait la conversation que j'avais entendue par hasard quand Mark donnait ses outils de menuiserie à Bob.

Bob continuait à soutenir mon regard.

— Il faut aussi que tu saches que tu es la bénéficiaire de son assurance vie.

J'en eus le souffle coupé. Je secouai la tête plusieurs fois. Que Mark puisse penser que j'accepterais son argent était au-delà de l'entendement. J'avais déjà été la bénéficiaire de l'assurance de Paul. Mark devait bien savoir à quel point il me serait pénible de toucher la sienne.

— Il a aussi voulu que tu sois l'exécutrice testamentaire de la vente de la maison. Il voudrait que la somme récoltée revienne aux organisations caritatives de ton choix et que ce soit fait au nom de son père.

La boule que j'avais dans la gorge m'empêchait d'avaler ou de parler.

— Je suis désolée, Jo Marie, je sais que c'est dur à entendre.

Je ne fus capable d'articuler qu'une seule syllabe.

— Mais… ?

Le visage de Bob se brouilla de douleur.

— J'avais les mêmes questions. C'est très risqué, mais rien de ce que j'ai dit ne l'a fait changer d'avis. Il allait retourner en Irak et faire tout ce qu'il était humainement possible de faire pour aider son ami.

— Pourquoi… ?

Le mot s'étrangla dans ma gorge. C'est tout ce que je réussis à prononcer.

— Jo Marie, il l'a fait pour toi.

— Pour moi ?

Ça n'avait aucun sens. S'il voulait faire quelque chose pour moi, il aurait dû rester ici même à Cedar Cove et m'aimer. Nous étions les meilleurs amis du monde. Avec le temps, nous aurions pu construire plus. Le potentiel était là, et Mark venait de tout jeter en l'air, et dans quel but ? Je ne voulais pas d'un héros.

— Mark pensait qu'il ne te méritait pas, ajouta Bob.

Je poussai un cri de stupéfaction.

— Mark se considérait comme un lâche qui avait agi contre sa conscience en suivant des ordres qu'il savait mauvais en son for intérieur.

— Il n'avait pas le choix.

— Il croit le contraire. Il n'abandonnera pas tant qu'il n'aura pas découvert ce qu'il est advenu d'Ibrahim et de sa famille. Et en toute franchise, dans le chaos où se trouve l'Irak, je ne sais pas si c'est possible. Tu ferais mieux de ne plus penser à lui. Il ne reviendra probablement pas, Jo Marie. Accepte-le et reprends le cours de ta vie.

Je le regardais choquée, incrédule.

— C'est ce que Mark voulait que je te dise. Il ne pouvait pas le faire lui-même.

— C'est son dernier message pour moi ?

— Non, insista Bob. Son dernier message, c'est qu'il t'aime et qu'il t'est reconnaissant de lui avoir donné le courage de faire ce qu'il pense être juste.

CHAPITRE 23

— JE SUIS PRÊTE, ANNONÇA KATIE, une bonne trentaine de minutes avant l'heure prévue du départ à la soirée.

Elle était anxieuse, plus qu'anxieuse. Ce soir, c'était le moment fatidique. Sa dernière chance avec James.

— Il est un peu tôt, non ? protesta Coco.

Katie savait que son amie avait souvent tendance à arriver en retard pour faire bonne impression, mais elle vit que Coco était habillée et aussi prête qu'elle. Elle était splendide, mais elle l'était toujours. Elle portait une chemise blanche sans manches toute simple, une jupe évasée bleue et blanche ainsi qu'un gilet vert émeraude.

— Tu es magnifique, dit Katie, assez impressionnée par le look naturel de son amie.

— Toi aussi, insista Coco.

— Tu trouves ?

Katie avait aussi choisi sa tenue avec attention. Toutefois, la seule personne qu'elle voulait impressionner était James. Si ce soir, il lui disait encore que leur couple n'avait plus aucun avenir, alors elle accepterait sa décision. De toute son âme, elle espérait que ce ne serait pas le cas. Son seul espoir était qu'il veuille bien l'écouter, comprendre pourquoi elle avait fait ce qu'elle avait fait, et qu'il accepte de leur donner une nouvelle chance.

— Je veux vraiment y aller tôt, dit Katie, sa pochette contre son ventre.

Elle faisait les cent pas dans le couloir devant la chambre de Coco.

— Je veux être là-bas quand James arrivera, comme ça il ne pourra pas m'ignorer.

— Compris. Pas de problème, dit Coco en serrant le bras de Katie pour la rassurer. On fait comme ça.

Katie fut surprise de voir Coco accepter sans protester.

— Ça ne te dérange pas ? Je sais que d'habitude tu n'aimes pas arriver tôt. Si tu préfères, tu peux juste me déposer.

— Non, ça ne me dérange pas, dit Coco en attrapant sa pochette. J'ai mes raisons d'y aller tôt, moi aussi.

Elle afficha un large sourire.

Les deux femmes descendirent ensemble les escaliers. Jo Marie n'était pas dans les parages. Pourtant, elle leur avait vaguement parlé de prendre une photo d'elles avant leur départ pour la poster sur la page Facebook de la maison d'hôtes. En fait, Katie était contente de ne pas être retardée. Elle avait tellement hâte de pouvoir parler à James dès son arrivée.

Comme il fallait s'y attendre, elles furent les premières sur place. Le gymnase du lycée leur donna l'impression d'avoir fait un retour en arrière de dix ans. Des posters étaient affichés sur les murs avec des photos de leurs années d'école. Il y avait aussi des objets-souvenir des films et des musiques de l'époque. Katie espérait que tous ces détails toucheraient le cœur de James et lui rappelleraient ces moments si précieux, tout comme l'amour qu'ils avaient partagé.

Coco laissa Katie près de la porte. Elle avait beau paraître calme, son cœur battait fort. Vu la façon dont elle s'agrippait à sa pochette, il tenait du miracle qu'elle reste intacte.

Plusieurs de leurs camarades de classe arrivèrent vers dix-huit heures. Katie avait l'impression de faire partie du comité d'accueil : elle envoyait les nouveaux venus voir Angie et Lily, qui leur indiquaient leur table.

Il était environ dix-huit heures dix quand elle aperçut James. Son pouls s'accéléra sur-le-champ.

Il avait dû la voir également, car il hésita quelques instants et ralentit comme s'il craignait une nouvelle confrontation. Elle lui offrit l'esquisse d'un sourire, à laquelle il ne répondit pas.

Vu l'endroit où elle se tenait, il ne pouvait pas vraiment l'éviter.

— J'espérais qu'on puisse parler quelques minutes, dit-elle quand il s'approcha.

Il la regarda d'un air furieux.

— Katie, on a déjà eu cette conversation hier. En ce qui me concerne, il n'y a rien à ajouter.

— Tu as tort, le défia-t-elle.

Elle était contente que sa voix reste ferme et calme alors que toutes les autres parties de son corps tremblaient.

— Je ne veux plus rien avoir à faire avec toi, Katie. Tu n'as plus d'importance pour moi et depuis très longtemps.

Elle choisit d'ignorer ses mots, aussi douloureux fussent-ils.

— Je comprends pourquoi tu préfères m'éviter, lui dit-elle, en faisant de son mieux pour que l'émotion ne transparaisse pas dans sa voix.

— Ah oui ?

— Tu m'en veux pour la façon dont je t'ai traité.

Il secoua la tête pour signifier son mépris, comme s'il avait pitié d'elle.

— Ce qui s'est passé entre nous remonte à longtemps. C'est fini.

— Non, ce n'est pas fini, James, et ça ne le sera pas tant que tu ne m'auras pas écoutée.

— J'ai entendu tout ce que je voulais entendre, dit-il d'un ton sibérien.

Il la contourna. Elle tendit le bras et posa la main sur le sien.

— Trois minutes, implora-t-elle. Tout ce que je te demande, c'est de me laisser trois minutes.

D'autres couples arrivaient et passaient à côté d'eux. Ce n'était sans doute pas la meilleure idée du monde de poursuivre cette conversation devant l'entrée. James avait toujours l'air sceptique.

— C'est trop te demander, trois minutes ? dit-elle doucement. Et si ce que j'ai à te dire ne te plaît pas, on se séparera sans rancune.

Il soupira et croisa les bras.

— À une condition.

— Ce que tu veux.

— Je te donne trois minutes de mon temps, et toi, tu me laisses tranquille le reste de la soirée. Je veux profiter de cette fête sans avoir à m'inquiéter qu'on vienne la gâcher. Je n'ai pas envie d'être méchant ou cruel avec toi, Katie. Mais je t'en prie, accepte le fait que ce soit fini entre nous.

Les yeux de Katie s'écarquillèrent au fur et à mesure que James prononçait ces mots.

— C'est d'accord ? demanda-t-il.

Elle mit quelques instants à acquiescer, puis elle sourit. James voulait certes lui faire croire qu'il lui était insensible, mais sa demande prouvait justement le contraire, ce qui lui remonta le moral.

— D'accord, répondit-elle quand elle comprit qu'il attendait sa réponse.

Il n'avait pas fini.

— Et ensuite, tu me promets de ne plus jamais me recontacter après cette soirée.

— Jamais ?

Elle ravala sa salive.

— Jamais, confirma-il avec force. Je te l'ai déjà dit, je ne veux plus rien avoir à faire avec toi. Tu ne fais plus partie de ma vie, en aucune manière. Tu ne me mets pas sur ta liste de gens à qui envoyer des cartes de Noël. Tu ne me demandes pas comme ami sur Facebook ou tout autre réseau social.

— J'ai déjà essayé, ça. Tu n'as pas voulu m'accepter.

— Et j'avais pensé que tu aurais compris le message, murmura-t-il dans sa barbe.

Katie savait depuis longtemps que la frontière entre l'amour et la haine était très mince. Qu'il souhaite la voir disparaître de sa vie avec autant d'ardeur prouvait bien qu'il refusait d'admettre à quel point elle comptait encore pour lui. Elle reprit espoir et s'y accrocha à pleines mains.

— Compris ? Tu acceptes mes conditions ? demanda-t-il avec impatience.

Cette conversation avait beau l'angoisser, l'autoritarisme de James la fit sourire. Il y allait un peu trop fort avec ses protestations. Elle espérait avoir raison, en tout cas. Katie s'éloigna de l'entrée et le guida de l'autre côté du gymnase, où ils prirent place sous le panier de basket.

Quand il la rejoignit, il regarda sa montre. On aurait vraiment dit qu'il venait de lancer son chronomètre. Elle était certaine d'entendre retentir un signal sonore trois minutes après. Elle respira à fond et se lança dans son discours.

— J'ai failli en mourir de rompre avec toi, James, aussi incroyable que ça puisse te paraître. Tu voulais que je vienne avec toi en Californie et je ne souhaitais rien de plus au monde que de t'y accompagner, mais je devais m'assurer que tu avais le soutien de ta famille. J'ai parlé avec ta mère, et elle m'a dit que tout le monde était contre ce projet. Tes grands-parents étaient catégoriques, ils pensaient que ça te serait néfaste, et tes parents aussi. Tu ne m'avais pas dit ça. Tu m'as laissé croire que rien de tout ça n'avait d'importance, mais ça en avait. C'est là que j'ai compris que si on se mariait ou si on vivait ensemble comme tu le désirais, ça ne t'aurait causé que des problèmes avec ta famille. On aurait été tous les deux d'un côté, contre tes parents et tes grands-parents, de l'autre. Ils t'aimaient et ils nous souhaitaient le meilleur. Mais à ce moment-là de ta vie, la meilleure chose à faire n'était pas de t'engager de manière sérieuse envers moi. Je n'avais pas de famille et j'ai refusé de détruire les relations que tu avais avec la tienne par égoïsme.

— Deux minutes et trente-trois secondes, dit-il en regardant le cadran de sa montre.

— À l'époque, tu m'aimais plus qu'on ne m'avait jamais aimée. Plus que mes parents, plus que ma famille… Enfin, sauf ma grand-mère, mais elle était déjà morte. J'étais seule.

— Est-ce que tu cherches à m'apitoyer, *moi* ? demanda-t-il comme si notre conversation l'ennuyait.

— Non, je ne veux pas de ta pitié, je veux que tu comprennes.

— Katie, c'est fini. Je ne sais pas ce que tu veux de plus de moi.

— Mais je te l'ai déjà dit, l'implora-t-elle.

Katie voulait qu'il oublie son amertume et qu'il voie les choses de son point de vue à elle. Le mur qu'il avait érigé entre eux était plus dur que du béton et tout aussi difficile à fissurer.

— Ça n'a pas été une période facile pour moi, non plus.

Son visage vira au rouge.

— J'étais loin de chez moi pour la première fois de ma vie. Ma famille me manquait, mais toi, surtout, tu me manquais. Ça m'a rendu fou que tu puisses rompre avec moi comme si ce que nous avions partagé ne comptait pas. Tu as coupé les ponts sans me donner de véritable explication. Tu voulais sortir avec d'autres mecs ?

Son rire était dénué d'humour.

— Du jour au lendemain, tu as changé du tout au tout. Je devenais fou, je voulais savoir ce qui se passait. Tu m'as complétement rejeté. Je ne savais pas ce que j'avais fait de mal à part t'aimer.

— Il fallait que je coupe tous les liens qui nous unissaient, dit-elle en baissant les yeux. Je n'aurais pas réussi, sinon.

— Tu aurais pu me parler, me raconter la conversation que t'avais eue avec ma mère et me proposer d'attendre. Oui, je sais que mes grands-parents étaient contre nous, mais avec le temps ils auraient changé d'avis. Ma grand-mère était encore adolescente quand ils se sont mariés. Elle a su très jeune ce que c'était de trouver l'amour. Ce que tu as fait était horrible à tellement de points de vue, Katie, et maintenant tu voudrais que je passe outre. Tu n'as aucune idée de l'enfer que j'ai vécu à cause de toi.

Elle ferma les yeux. Elle avait traversé l'enfer, elle aussi, mais elle l'avait fait pour lui.

— Tu as attendu que je parte à l'université pour me lancer cette bombe en pleine figure et aujourd'hui, je suis censé oublier ce qui s'est passé, continua-t-il, la voix tendue par la colère. Désolé, mais ce n'est pas possible.

Elle effectua une nouvelle tentative, plus désespérée.

— Ça aurait été trop dur de vivre une relation à distance. Ta mère m'avait prévenue… Elle m'a dit que si on continuait, tu serais moins concentré… Que tu t'inquiéterais pour moi et que tes études en souffriraient.

— Parce que tu crois que j'ai mieux vécu ta manière de faire les choses ? Est-ce que tu es consciente de l'insensibilité et de la cruauté dont tu as fait preuve ?

Sa voix gagna en intensité et attira le regard de plusieurs personnes dans la salle. James dut s'en rendre compte car il baissa la voix.

— Et maintenant, tu sembles penser que quelques mots d'explication et des excuses suffiraient pour tout changer comme si de rien n'était ? C'est une blague, c'est ça ?

— J'espérais…

— Alors tu vis dans un conte de fées. Je suis content que tu aies fait ce que tu as fait.

— Content ?

Elle ne pouvait en croire ses oreilles.

— Tu m'en as appris beaucoup sur moi-même. Heureusement qu'on ne s'est jamais mariés, parce que je suis presque sûr qu'on aurait fini par se détester.

Katie en eut le souffle coupé, incapable de supporter le choc.

— Ton temps est écoulé.

Quelque part derrière Katie, une voix de femme les interpella :

— Ah, te voilà James.

La femme les rejoignit et prit James sous le bras en lui souriant.

— Je croyais que tu m'avais dit que tu m'attendrais près de la porte, dit-elle. J'aurais dû me douter qu'on t'avait distrait. Ça se passe toujours comme ça dans les réunions des anciens élèves, non ?

Katie fixait la petite femme aux cheveux auburn qui observait James, les yeux pleins d'amour.

— C'est une de tes camarades de classe ? reprit-elle puisque ni James ni Katie n'avaient répondu.

Elle tendit la main à Katie.

— Emily Gaffney, dit-elle.

Katie n'aurait pas réussi à articuler un mot, même si sa vie en avait dépendu.

— Voici Katie Gilroy.

James avait brisé le silence et faisait les présentations.

— Bonjour, Katie, dit Emily, un sourire chaleureux et sincère aux lèvres.

— Emily est ma fiancée, expliqua James.

Le regard de Katie passa de James à l'autre femme. Bien que sous le choc, elle se débrouilla pour surmonter ses émotions et tendre la main.

— Ravie de faire ta connaissance.

— Alors vous étiez amis au lycée, James et toi ? dit Emily en demandant confirmation à James du regard.

Elle avait dû sentir la tension qui régnait entre eux, car son sourire s'évanouit. Elle était jolie, exactement le genre de femme que James aimerait épouser. Rien d'étonnant à ce qu'il ait tant insisté pour faire comprendre à Katie qu'il était trop tard. En effet, il était passé à autre chose.

— Oui, oui, réussit à dire Katie quand elle se rendit compte qu'Emily attendait sa réponse. James et moi avons terminé le lycée en même temps. Il t'a peut-être parlé de moi, suggéra-t-elle en se demandant s'il avait raconté leur histoire à Emily.

— Je crois qu'il est temps d'aller nous mêler aux autres, dit James d'un ton plein de sous-entendus.

Il mit son bras autour de la taille d'Emily.

Katie était trop abasourdie pour répondre.

— Ça m'a fait plaisir de te voir, Katie, dit-il avec un sourire forcé. On se reverra à la prochaine réunion de classe… Disons, dans dix ans ?

Ils s'éloignèrent tous les deux et Katie resta plantée sous le panneau de basket, figée, à peine capable de reprendre son souffle.

Elle ne sut combien de temps elle resta là.

— Katie, qu'est-ce qui se passe ? demanda Coco en mettant son bras autour de ses épaules et en la dirigeant vers la première chaise disponible. Elles s'assirent en face l'une de l'autre, si près que leurs genoux se touchaient.

— Qui est cette femme avec James ? demanda Coco.

— Sa fiancée.

— Il est fiancé ?

Coco semblait aussi choquée que Katie.

— Je lui ai seulement demandé quelques minutes pour m'expliquer. Je pensais que s'il m'écoutait, il changerait peut-être d'avis. Au contraire, il m'a fait promettre de ne plus jamais rien faire pour le voir ou lui parler.

— Oh Katie…

— L'espace d'un instant, j'ai cru, tu sais, que je comptais encore pour lui… qu'il n'avait jamais cessé de m'aimer, mais je me trompais.

— Personne n'oublie son premier amour, Katie. James t'aime à sa façon, autrement.

— Il aime Emily. Il peut à peine supporter de me voir.

— Je n'en suis pas si sûre.

Katie ne voulait pas en discuter. Elle avait eu sa réponse. Elle avait prié et espéré de tout son cœur avoir une deuxième chance avec James, mais ça n'allait pas se produire.

— Tu l'as vue, cette Emily ? demanda Coco, extirpant Katie de ses pensées.

— Oui, bien sûr. Elle était juste devant moi.

— Et tu n'as rien remarqué de particulier chez elle ?

— Elle est très jolie.

Katie ne savait pas du tout où Coco voulait en venir.

— Oh Katie, regarde-la bien, s'il te plaît.

Katie chercha James et Emily du regard. Elle les aperçut au milieu de la salle en train de parler avec des amis à lui. Il lui tournait le dos et elle était convaincue qu'il l'avait fait exprès.

— Tu as vu ? demanda Coco.

Katie se tourna vers son amie, l'air déconcerté.

— Je ne sais pas ce que je suis censée remarquer.

— Emily, la femme à qui James est fiancé.

Le simple fait d'entendre ces mots était comme un coup de poignard dans le cœur.

— Katie, elle te ressemble comme deux gouttes d'eau ! James est avec elle parce qu'il n'a jamais pu t'oublier.

CHAPITRE 24

Je m'assis au bord du lit, le regard perdu dans le vide. Il était vraiment temps que je me change et me prépare pour mon rendez-vous. Cependant, j'étais presque incapable de bouger. Mon cerveau continuait à ruminer la nouvelle que Bob Beldon m'avait annoncée.

J'entendis Coco et Katie partir pour leur soirée de retrouvailles. Je voulais les prendre en photo pour la page Facebook de la maison d'hôtes, mais je n'étais pas en état de le faire. Je ne pensais qu'à une chose : pour la seconde fois de ma vie, j'allais perdre l'homme que j'aimais dans des circonstances très similaires à la première.

Mark était retourné en Irak et estimait lui-même avoir peu de chances de rentrer vivant aux États-Unis… mais il était parti quand même et m'avait abandonnée, malgré son amour pour moi. Je repensai au précieux berceau qu'il avait construit et me demandai s'il avait vraiment songé à avoir un enfant.

Notre bébé. J'avais trouvé choquant de le voir s'en débarrasser. Je me rendais compte à présent que cet épisode correspondait à la période où il avait décidé de retourner en Irak.

Mon portable me signala un texto de Gina.

On descend du ferry. Arrivée dans 25 minutes.

Au-delà des efforts déjà fournis (cheveux, ongles et nouvelle tenue) pour ce rendez-vous, je devais finir de me préparer. Je ne savais pas du tout comment j'allais survivre à cette soirée.

Le message de Gina me secoua. Je me changeai et me convainquis devant la glace de remettre à plus tard le tri de mes émotions, doutes, peurs et espoirs suite à l'annonce de Bob.

Rich semblait être un type bien qui voulait faire bonne impression. C'était le futur beau-frère d'une de mes meilleures amies. De plus, je connaissais bien Rhyder. Je devais pouvoir y arriver.

La colère et la tristesse que j'avais éprouvées plus tôt par rapport à Mark s'étaient évanouies. Tout ce que je ressentais maintenant... Non, je ne pouvais pas m'offrir le luxe de m'étendre là-dessus. Pas le temps.

Je chaussai mes TOMS et trouvai étrange d'être en jupe. Ça me rappelait l'époque où je travaillais à la banque. Je n'avais quitté le monde de l'entreprise que depuis deux ans, mais j'avais l'impression qu'il s'agissait déjà d'une autre vie.

Rover aboya pour m'indiquer que mes invités étaient arrivés. Je respirai à fond, serrai les poings, redressai les épaules et me dirigeai vers la porte.

Gina était déjà au milieu de l'allée, les deux frères sur les talons. Elle affichait un grand sourire. Ses yeux brillaient d'impatience et de joie. Je n'avais jamais encore vu mon amie amoureuse, et je dus admettre que ça lui allait bien.

— Bienvenue, bienvenue !

J'espérais que mon manque d'enthousiasme ne s'entendait pas dans mon accueil.

Gina m'embrassa, puis se retourna pour me présenter Rich.

— Mon futur beau-frère, Rich, dit-elle avec un grand geste de la main. Et bien sûr, tu te souviens de Rhyder.

— Bonjour, Rich, dis-je en m'efforçant d'afficher un sourire sincère.

Rover aboya comme s'il demandait à être présenté.

— Voici Rover.

Rich s'avança et tendit la main.

— Jo Marie.

Il a de beaux yeux, rêvassai-je. Des yeux tendres, sympathiques, chaleureux et d'un brun foncé, comme du chocolat. Rich avait deux centimètres de moins que son frère, mais il était plus costaud et avait les épaules larges. Rien qu'en le voyant, je devinai qu'il avait joué au football américain à un moment donné de sa vie.

Rich se baissa pour caresser Rover qui le regarda avec suspicion.

— C'est un ami, murmurai-je à mon compagnon à quatre pattes.

Cependant, Rover resta collé à moi et ne quitta pas Rich des yeux. Mon rendez-vous galant dut remarquer l'attention particulière que Rover lui portait car il garda lui aussi un œil avisé sur mon chien.

Les présentations faites, j'invitai tout le monde à entrer dans la maison. J'offris un petit tour des lieux à mes trois hôtes avant de les guider dans le salon. Plus tôt dans l'après-midi, j'avais préparé une assiette de fromage et des crackers.

Rhyder et Gina prirent place sur le canapé, Rich s'assit dans l'un des fauteuils et j'allai chercher l'apéritif. J'apportai de quoi grignoter sur un plateau ainsi qu'une bouteille de vin et quatre verres. Quand j'entrai dans le salon, Rich se leva et me débarrassa les mains. Ensuite, il ouvrit la bouteille et servit le vin.

Rover continuait à observer Rich de près. Il suivait chacun de ses mouvements et prit position entre les deux fauteuils comme pour me protéger. Gare à Rich si jamais il faisait un faux pas. Je trouvais étrange l'attitude de Rover.

Une fois que tout le monde eut un verre à la main, une petite assiette de fromage et une serviette, je m'assis.

— La rencontre avec les parents de Rhyder s'est bien passée, dit Gina pour entamer la conversation.

— Nos parents étaient si contents d'avoir trouvé une femme qui veuille bien épouser Rhyder qu'ils étaient prêts à faire des pirouettes, répliqua Rich pour taquiner son frère.

Rhyder lui répondit d'un froncement de sourcils avant de sourire. Il leva son verre de vin pour proposer un toast.

— À l'amour et au mariage.

— Tchin-tchin, ajouta Gina.

On trinqua tous ensemble.

Après avoir un peu conversé et consommé vin et fromage, on se mit en route pour le restaurant. Comme je savais que Gina aimait la cuisine thaïe, je proposai un endroit conseillé par mes clients et qui avait reçu de très bons commentaires en ligne. J'avais voulu l'essayer sans trouver l'occasion.

Mark aimait bien la cuisine thaïe. J'avais découvert ça par hasard un jour où j'étais tombée sur une recette de soupe de Tom Yum dans une revue. Mark était passé vers l'heure du dîner. C'était devenu une habitude chez lui. Quand je lui annonçai ce que j'avais l'intention de cuisiner, il trouva sur Internet la recette d'une soupe semblable du nom de Tom Kha, faite à base de lait de coco. Il affirma que c'était l'une de ses préférées.

Sur le moment, ça m'avait énervée. J'avais déjà décidé du dîner que je voulais préparer et il avait fait tout son possible pour me persuader de cuisiner autre chose. Ouverte d'esprit, j'avais accepté. Maintenant, j'en étais à me demander s'il avait passé du temps en Thaïlande, que ce soit avec son père comme fils de militaire, ou plus tard au cours de sa propre carrière dans l'armée.

On nous plaça sans tarder et la serveuse nous tendit les menus. Rich s'assit à côté de moi, jeta un coup d'œil au menu et le mit de côté.

— Tu sais ce que tu vas prendre ? demandai-je en attente de conseils.

Je savais que le Pad thaï était un plat populaire, mais j'avais envie d'être un peu plus aventureuse. En fin de compte, le nom officiel du plat que je choisis échappa à ma mémoire. En tout cas, je le trouvai vraiment délicieux, sans doute parce qu'il était recouvert de sauce à la cacahouète. Hélas, je n'avais pas beaucoup d'appétit et je ne réussis à en avaler que quelques bouchées. La serveuse sembla s'en inquiéter. Aussi, lui assurai-je que c'était excellent et que je rapporterais les restes chez moi pour en profiter plus tard.

Heureusement, Gina et Rhyder entretinrent la conversation en fournissant plein d'informations sur leur projet de mariage. Gina voulait que je sois l'une des demoiselles d'honneur. Rhyder avait choisi Rich comme garçon d'honneur. Nous passâmes une bonne partie de la soirée à discuter des avantages et des inconvénients d'un petit mariage privé. Rhyder avait envie d'une destination exotique pour leur lune de miel. Ils se demandaient s'ils devaient ou non renoncer à un grand mariage avec lune de miel pour pouvoir acheter une maison.

— Le truc, dit Gina en haussant la voix pour se faire entendre des deux hommes, c'est que je ne compte me marier qu'une seule fois dans ma vie, alors je veux un beau mariage.

— C'est ce que je pensais aussi, intervint Rich avec sarcasme, qui mentionnait son mariage raté pour la première fois. Je croyais que c'était ce que Melissa voulait aussi, mais j'ai eu tort.

Gina me regarda.

— Vous n'aviez fait qu'une petite cérémonie quand tu as épousé Paul ?

Elle n'attendit pas que je réponde.

— Tu ne regrettes pas de ne pas avoir organisé le grand mariage de tes rêves ?

Je n'eus pas besoin de réfléchir à la question.

— Je ne regrette rien avec Paul. Chaque minute passée ensemble était précieuse, un cadeau dont je n'ai apprécié toute la valeur que trop tard. Avec Mark, c'est différent. J'aurais dû prendre conscience plus tôt de tellement de choses. Comment ai-je pu être aussi bête et aveugle alors que tout était là devant moi ?

À la fin de ma tirade, mes trois compagnons de table me regardaient comme si je venais de débarquer d'une soucoupe volante.

— Mark ? répéta Gina, déconcertée. C'est qui, Mark ?

À l'évidence, j'étais plus secouée par l'annonce de Bob que ce que je pensais.

— Un… un ami.

Rich se tourna vers moi en fronçant les sourcils.

— J'ai l'impression que c'est plus qu'un ami.

Son regard passa de moi à Gina, comme s'il attendait une explication.

— Mark était le menuisier et le bricoleur du coin, me lançai-je en espérant ne pas m'enfoncer davantage. Il a construit le kiosque, l'enseigne de la maison d'hôtes et bien d'autres choses pour moi.

— Était ? demanda Rhyder. Il ne l'est plus ?

— Il est parti, dis-je simplement, pour ne pas avoir à rentrer dans les détails.

— Tu veux dire qu'il ne travaille plus pour toi ? demanda Gina.

— Non, il est parti, dans le sens, il a déménagé.

— Il est parti où ?

Je ne savais pas quoi répondre, ni même si je le devais.

— À la guerre, murmurai-je. Il est parti à la guerre.

— Tu veux dire qu'il s'est engagé dans l'armée ? questionna Rhyder.

— Non, il était déjà dans l'armée. À une époque, en tout cas. Il y est retourné… de son plein gré, pour aider un ami.

Selon toute apparence, je n'allais pas satisfaire leur curiosité avec des bribes d'information, alors je racontai toute l'histoire.

— Tu es amoureuse de lui, n'est-ce pas ? intervint Rich.

Il s'agissait davantage d'une affirmation que d'une question. Je ravalai ma salive.

— J'ai bien peur que oui. Je sais qu'il m'aime… mais pas assez pour rester.

Je me rappelai soudain quelque chose que Bob m'avait dit. Je lui avais à peu de choses près servi les mêmes mots : Mark ne m'aimait pas assez. Bob avait tout de suite réfuté cette idée et m'avait assuré que l'amour que Mark me portait était plus fort que je ne pouvais l'imaginer, ni même l'accepter. Et que c'était la raison pour laquelle il avait décidé de repartir en Irak.

— Je viens de le découvrir cet après-midi, murmurai-je d'une voix qui, malgré tous mes efforts, se brisa. Il refusait de me dire pourquoi il partait et où il avait l'intention d'aller.

— C'est dur, dit Rich. Si j'avais su, j'aurais proposé qu'on reporte ce dîner. C'est dommage que tu n'aies pas été plus honnête avec moi, vu que tu es amoureuse d'un autre gars.

— Arrête, lui dit Gina d'un ton sec.

Je trouvai que Rich méritait une réponse, alors je lui en donnai une.

— Je viens de te le dire, je n'ai pris connaissance des raisons du départ de Mark qu'après notre conversation. La vérité, c'est que j'avais décidé de dîner avec toi parce que j'étais en colère et que je croyais vouloir passer à autre chose. Je n'avais pas encore parlé à Bob…

— C'est qui, Bob ?

— Oh pardon, un ami. Il est venu en fin d'après-midi pour m'annoncer pourquoi Mark était parti. Jusque-là, je ne le savais pas. Tout ce que Mark avait bien voulu me dire, c'était qu'il devait partir.

— Mark et maintenant Bob ? marmonna Rich dans sa barbe.

Il leva le bras pour attirer l'attention de la serveuse, puis l'appela assez fort pour que tout le restaurant l'entende.

— L'addition, s'il vous plaît.

— Grandis un peu ! lui lança Gina.

— Gina, dit Rhyder en posant doucement sa main sur la sienne. Je crois qu'il est temps de partir.

— Je suis désolée, assurai-je à Rich. Je te dois vraiment des excuses. Je n'aurais pas dû venir… Laisse-moi payer le repas. C'est le moins que je puisse faire.

— Pas question, protesta Gina. On partage.

Rich croisa les bras et fit la moue pendant que Rhyder et moi partagions l'addition.

— Tu te fiches de moi ? Tu vas vraiment laisser Jo Marie payer ton repas ? demanda-t-elle à Rich, outrée pour moi.

— C'est bon, la rassurai-je pour ne pas faire d'histoires. La situation est gênante, et c'est ma faute.

La serveuse nous laissa plusieurs minutes en plein malaise avant de revenir avec nos reçus de carte bancaire. Personne ne semblait avoir envie de s'éterniser, alors nous quittâmes le Thaï Palace sans prendre ni thé ni café. Le retour se fit dans un silence pesant.

— Merci, lançai-je au moment où Rhyder se gara devant la maison d'hôtes.

— Écoute, Jo Marie, dit Rich. Excuse-moi pour mon comportement tout à l'heure. J'espérais… Enfin, tu sais.

— Sans rancune, répondis-je en ouvrant la portière.

Je pressai l'épaule de Gina avant de descendre de la voiture.

— Je t'appelle, lui promis-je.

— Oui, s'il te plaît, répondit Gina.

— Bonne chance avec Mark… ou bien Bob ? ajouta Rich.

Je souris tristement en fermant la portière, puis j'observai Rhyder reculer dans l'allée. Rover était derrière la porte quand j'entrai dans la maison d'hôtes. Je me mis à genoux sur le parquet et le serrai dans mes bras. Je me sentais à fleur de peau.

Ma première tentative pour passer à autre chose se résumait à un échec total. Même si Mark n'était pas parti juste avant cette soirée, je n'étais pas sûre d'être prête. Je m'étais à peine remise de la mort de mon mari, et je me retrouvais désormais ébranlée par l'entêtement de Mark à vouloir se faire tuer.

J'aurais donné tout l'or du monde pour pouvoir lui parler. Je savais exactement ce que je lui dirais.

Je lui dirais presque la même chose que j'avais dit à Paul avant qu'il ne parte pour l'Afghanistan.

Vis. Fais tout ton possible pour rester en vie. Je t'attendrai, en priant, fidèle. Vis, c'est tout.

Mes paroles, mes prières, n'avaient eu aucune incidence sur l'avenir de Paul. Il ne me restait plus qu'à espérer qu'elles en auraient sur celui de Mark.

CHAPITRE 25

Coco avait attendu cette soirée toute la journée, impatiente de revoir Hudson. Elle avait attendu cette soirée pendant dix ans, à méditer et préparer sa revanche contre Ryan, or la situation s'était retournée en quelques minutes. En lui pardonnant, c'était comme si une énorme digue avait lâché. En l'espace de vingt-quatre heures, sa vision du monde avait changé.

Dans le même temps, elle avait beaucoup repensé à Ryan, ainsi qu'à Hudson, bizarrement. Ça faisait des années qu'elle gardait ses distances avec tous les hommes qu'elle rencontrait, qu'elle ne laissait aucune histoire durer, qu'elle ne leur faisait pas confiance, qu'elle craignait de donner son cœur. À présent, elle avait envie d'aventure, besoin de s'échapper de ce cocon protecteur, de déployer ses ailes et de s'envoler.

La première personne avec laquelle elle désirait tester ces nouvelles sensations était Hudson. Il avait eu le béguin pour elle à une certaine époque. Elle pensait à lui tout le temps et elle venait de comprendre pourquoi. À chaque fois qu'il débarquait dans ses pensées, un sentiment de bonheur la submergeait. Il était calme, sincère, intelligent, et différent de tous les hommes avec qui elle était sortie. Elle avait tout de suite su que c'était le genre d'homme à qui elle pouvait faire confiance, le genre d'homme qui la chérirait si elle lui en laissait l'occasion. Et pour la première fois de sa vie, elle n'avait pas peur de laisser tomber sa garde et d'ouvrir son cœur.

Hudson arriva au dîner une trentaine de minutes après Coco, et elle remarqua qu'une fois encore, il était venu seul. Après avoir salué plusieurs personnes, il fit le tour de la salle et prit place à une table du fond. Coco se dirigea vers lui en se frayant un chemin entre les tables, les chaises et différents obstacles. Elle était déterminée à rejoindre Hudson, mais plusieurs camarades de classe avec qui elle n'avait pas encore parlé ralentirent sa course. Elle eut l'impression de mettre un temps infini pour arriver à l'endroit où elle l'avait vu, et elle découvrit qu'il n'était plus là.

Inquiète, elle le chercha du regard. Elle ne tarda pas à le repérer. Hudson se trouvait avec deux types qui faisaient partie du club de sciences au lycée. Coco se souvint qu'on les surnommait souvent « la brigade des geeks ».

Ils formaient tous les trois un groupe très lié. Hudson en était le président à l'époque. Ce fait avait complètement échappé à Coco. Elle l'ignorait même avant de feuilleter l'annuaire de leur classe la veille au soir. En fait, elle avait appris beaucoup de choses sur lui dans ces pages.

Coco commanda un verre et rejoignit le groupe des trois hommes. Elle les salua en s'insérant dans le cercle. Elle regarda Hudson et lui adressa un sourire chaleureux. La conversation des garçons s'arrêta net. On aurait dit qu'elle avait interrompu une réunion confidentielle.

— Coco Crenshaw, vous vous souvenez de moi ? reprit-elle, vu le silence gêné qui s'ensuivit.

— Je crois qu'on se souvient tous de toi, répliqua Hudson quand personne d'autre ne répondit.

— Surtout Hudson, ajouta l'un d'eux.

Ils la regardaient tous froidement.

— Tu ne faisais pas partie du club de sciences, si ? demanda le type dont le badge indiquait Willard.

Coco ne se rappelait pas de lui.

— Pas moi, non, lança-t-elle à la légère comme si ce n'était qu'un détail. Je vous ai interrompus peut-être ?

— Oui, j'en ai peur, répondit Hudson.

— Ah, d'accord, mais quand tu pourras, Hudson, j'aimerais bien te parler.

Elle avait fait exprès de prononcer son nom pour qu'il sache qu'elle se souvenait bien de lui, maintenant.

— En privé, ajouta-t-elle.

Elle voulait s'assurer qu'il avait bien compris le caractère intime de cette conversation.

Les autres la regardèrent d'un air ébahi. Elle les laissa et mit en pratique son talent pour les relations publiques tout en retournant vers la table où Hudson s'était d'abord assis. Elle discuta avec Katie et plusieurs autres personnes, mais elle garda un œil sur lui. À la fin de sa conversation avec ses amis du club de sciences, il commença à s'éloigner.

Coco le suivit et l'interpella.

Il regarda les doigts qu'elle venait de poser sur son avant-bras. Quand il releva la tête, il avait l'air méfiant.

— C'est une blague, Coco ?

— Une blague ? répéta-t-elle.

Puis elle secoua lentement la tête avant de sourire.

— Non, je veux vraiment te parler. Ce ne sera pas long, je te promets.

— Pourquoi ?

Sa question était lourde d'hésitations. Coco ne lui jetait pas la pierre. Elle avait peur qu'il lui en veuille comme elle en avait voulu à Ryan.

— J'ai dû me creuser la tête pour savoir qui tu étais, commença-t-elle. Tu aurais pu me rappeler ton nom, vendredi.

— Je ne m'attendais pas vraiment à ce que tu te souviennes de moi. Y avait pas de raison, dit-il en soutenant son regard.

— On avait deux cours en commun et tu m'as invitée au bal de promo.

— J'aurais préféré que tu oublies ce détail, marmonna-t-il en fronçant les sourcils.

— J'ai refusé, dit-elle avec regret, et de façon pas très classe, en plus. Tu m'en vois désolée, Hudson. Je regrette de ne pas y être allée avec toi.

— À cause de ce qui s'est passé ce soir-là…

— Ça n'a rien à voir avec Ryan. Mais par rapport à nous deux. J'ai été désagréable et je voulais m'excuser.

La surprise se lut dans ses yeux.

— Ne t'inquiète pas, dit-il en balayant ses excuses. C'était il y a longtemps, je m'en suis remis.

Il se retourna pour s'en aller, mais elle l'arrêta.

— Hudson, l'implora-t-elle, je suis vraiment désolée.

Il sourit comme pour la remercier.

— On a tous les deux dix ans de plus. Avec un peu de chance, on a gagné en sagesse.

— Merci, murmura-t-elle.

Il hocha la tête et voulut repartir.

— Il y a un bal plus tard ce soir… après le dîner, lâcha-t-elle, en l'empêchant une fois de plus de s'échapper.

Il soutint son regard sans rien dire, comme s'il ne comprenait pas ce qu'elle sous-entendait.

— Tu voudras bien m'accorder une danse ?

Il hésita.

— Une seule ? insista-t-elle.

— À dire vrai, Coco, tu m'as rendu un fier service en refusant de m'accompagner au bal de promo. J'étais un piètre danseur à l'époque, et je suis loin de m'être amélioré depuis. C'est gentil de ta part, mais ce n'est pas une bonne idée.

— Je me moque de ton manque de coordination sur la piste de danse, j'aimerais quand même danser avec toi.

Il écarquilla les yeux, comme choqué par son insistance.

— Je nous mettrais tous les deux dans l'embarras.

Elle décida de tenter le tout pour le tout.

— Si tu refuses, je vais penser que tu ne veux pas passer l'éponge.

— Ça n'a rien à voir. Je nous évite une humiliation commune.

— *Au contraire*[*].

Son sourire était sincère.

— Je suis content de voir que tu n'as pas oublié ce qu'on a appris en français, la première année.

— Tu étais avec moi en cours de français ?

Comment avait-elle pu l'ignorer à ce point ? Elle n'avait aucun souvenir de lui avant leur dernière année de lycée.

Son sourire s'évanouit.

— J'étais tellement fou de toi que je me suis inscrit à ce cours.

Elle se sentit bête.

— Vraiment ? Oh Hudson, comment j'ai pu être aussi aveugle ?

— Je te l'ai déjà dit, c'était il y a longtemps.

Elle voulait continuer à lui parler, mais il s'excusa et partit. Coco resta là, toute seule un long moment, s'efforçant d'assimiler ce qui venait de se passer. Hudson avait accepté ses excuses et même s'il prétendait ne plus lui en vouloir, elle soupçonnait le contraire. Sa réaction l'indiquait.

Coco n'avait jamais été du genre à abandonner facilement. Elle se demanda comment réussir à atteindre Hudson et se mit en recherche de son ami Willard. Elle l'aperçut parmi les gens qui attendaient pour se servir au buffet.

Willard se trouvait dans la queue qui serpentait sur le parquet ciré du gymnase et bavardait avec ceux qui l'entouraient. Au moment où elle le

---

* En français dans le texte.

rejoignit, il était sur le point de prendre une assiette et des couverts.

— Salut Willard…

— C'est Will, maintenant, dit-il dans une grimace. J'ai demandé à Angela de changer l'étiquette, mais il paraît qu'elle ne peut pas en réimprimer.

— D'accord, Will, dit-elle en insistant sur son prénom avec un grand sourire. Tu es l'un des bons amis de Hudson, pas vrai ?

— Et alors ?

— Si je comprends bien, il en pinçait pour moi au lycée.

Will pouffa de rire.

— Il t'avait dans la peau, ouais. Il t'aimait comme un fou.

— Vraiment ? ajouta-t-elle, ne pouvant réprimer un sourire. Je ne savais pas que…

— Tu ne pensais qu'à Ryan Temple et tu ne t'intéressais pas à Hudd. Il avait mis une bonne semaine à rassembler son courage pour t'inviter au bal de promo. Il avait tout appris par cœur. Il n'a pas voulu nous raconter comment ça s'était passé et je n'aurais pas donné cher de la peau du type qui aurait osé lui poser la question. Et après le bal, quand les rumeurs ont commencé à circuler sur Ryan et toi, Hudd était livide.

Coco sentit son visage rougir de honte et ravala sa salive.

— Oui, les rumeurs.

— Hudd voulait lui casser la figure pour toi. Il t'aimait à ce point-là. Mais Gilbert Reynolds et moi, on lui a dit que c'était suicidaire de se battre avec Ryan. Il avait des muscles, tu sais, et des amis avec des biceps encore plus gros. Ça aurait été un carnage. Ryan aurait démoli Hudd en quelques secondes.

Will n'était plus loin du buffet maintenant et semblait avoir davantage envie de remplir son assiette que de continuer à discuter avec elle.

— Tu as tout gâché, conclut Will en se servant une grosse cuillerée de coleslaw. Hudd aurait fait n'importe quoi pour toi.

Il hésita quelques secondes avant d'ajouter :

— Et je dis bien n'importe quoi, si tu vois ce que je veux dire.

À ces mots, Coco sentit ses poils se hérisser sur sa nuque. Il fallait qu'elle comprenne ce que Will sous-entendait en prononçant cette phrase de manière si lente et si posée. Soudain, elle percuta. C'était sans doute Hudson qui avait crevé les pneus de Ryan. Voilà comment il l'avait défendue. Ryan avait cru Coco coupable.

Sous le choc, elle se retourna et scruta la salle à la recherche de Hudson. Elle le trouva près d'une table à bavarder avec l'un de leurs plus vieux professeurs, M. Bellerman. Il enseignait la chimie et avait pris sa retraite juste après leur dernière année de lycée, si les souvenirs de Coco étaient exacts. Sans réfléchir à ce qu'elle allait dire, Coco se précipita de l'autre côté de la salle.

Quand il la vit approcher, Hudson s'arrêta de parler, l'air interloqué. Vu la détermination avec laquelle elle avançait vers lui, il se sentit obligé de redresser les épaules comme pour se préparer à une attaque.

— Bonjour, monsieur Bellerman, dit Coco en regardant le vieil homme. Vous voulez bien nous excuser quelques minutes, Hudson et moi ?

— Oh, mais bien sûr, jeunes gens. Vous devriez faire la queue pour le buffet.

Heureusement qu'ils se trouvaient près d'une des sorties du gymnase car, de toute évidence, Hudson n'avait pas apprécié la façon dont elle avait interrompu sa conversation.

— Qu'est-ce que tu veux encore ? demanda-t-il en la guidant dans le couloir à l'extérieur du gymnase.

Pendant un long moment, Coco resta simplement là à le regarder, des larmes dans les yeux.

— Coco ? insista-t-il en fronçant les sourcils.

Elle porta la main à sa bouche. Elle était gênée d'être encore si émue par un événement qui s'était produit il y a tant d'années.

— Merci, murmura-t-elle.

— Merci ? Pour quoi ?

— C'est tout ce que j'ai à dire.

Elle aurait volontiers rejoint la fête, mais elle se sentirait mortifiée si l'on remarquait ses yeux noyés par les larmes, prêtes à couler sur ses joues.

La cafétéria était de l'autre côté du couloir. Elle marcha jusqu'à l'une des tables qui s'y trouvaient et s'effondra sur une chaise en plastique moulé. Elle avait sa pochette sur ses genoux et la fouilla à la recherche désespérée d'un mouchoir.

Hudson s'approcha et arriva derrière elle.

Elle pouvait sentir sa présence, sa chaleur si proche, le bruit presque imperceptible de sa respiration.

Après un long moment, il demanda :

— Tu n'as pas répondu à ma question. Qu'est-ce qui ne va pas ? Pourquoi tu me remercies ?

Malgré les émotions qui lui embrouillaient autant la tête que le cœur, Coco sourit.

— Tu sais pourquoi, Hudson. On sait tous les deux pourquoi. C'était toi, n'est-ce pas ? C'est toi qui as crevé les pneus de Ryan.

Il n'affirma ni ne réfuta son allégation. D'ailleurs, elle ne s'attendait pas à ce qu'il le fasse. Il posa la main sur son épaule avec tant de légèreté que l'espace d'un instant elle crut l'avoir rêvé.

— Quand tu es partie de la soirée vendredi, j'ai proposé à Ryan d'arranger les choses. Je lui ai dit que je le rembourserai pour ce que j'avais fait à l'époque.

Coco se retourna et leva la tête vers Hudson. Elle était presque aveuglée par ses larmes.

— Qu'est-ce que Ryan a dit ?

— Pas ce à quoi je m'attendais, répondit Hudson en haussant les épaules. Il a dit qu'il méritait ce qui lui était arrivé et qu'il n'accepterait pas mon argent.

Coco se mordit la lèvre inférieure pour contrôler ses tremblements.

— Je le détestais de toutes mes forces et j'espérais profiter de ce week-end de retrouvailles pour me venger. Mais avant que je ne puisse sortir un seul mot, il m'a présenté ses excuses.

— À moi aussi, dit Hudson.

— À toi ?

Il secoua la tête comme s'il regrettait ce qu'il venait de dire.

— Non, oublie.

Coco se demandait bien ce que Ryan avait fait à Hudson et pourquoi il lui devait des excuses. Peut-être qu'un jour, il le lui dirait.

— Tu me détestes ? demanda-t-elle.

Sa voix n'était plus qu'un murmure. Il essayait de se montrer indifférent, mais elle espérait de tout cœur que ce n'était qu'une façade.

— Te détester ? répéta-t-il, l'air pensif, avant de secouer la tête. Non. Je pensais ne plus éprouver aucun sentiment à ton égard, mais maintenant... je n'en suis plus si sûr.

Sa réponse la fit sourire.

Il s'agita soudain.

— On ferait mieux d'y retourner.

Elle acquiesça. Après avoir reniflé, elle se leva et suivit Hudson dans le gymnase. Presque tout le monde s'était servi et attablé. Le DJ était arrivé et on n'allait pas tarder à danser. Coco avait jeté un coup d'œil à la sélection de chansons choisies par le comité des retrouvailles et elle savait déjà qu'ils allaient tous replonger dans leurs années lycée.

Elle chercha immédiatement Katie et aperçut son amie assise à une table, la tête baissée. Elle n'avait pas l'air d'être déjà passée au buffet. Hudson se dirigea vers ses amis, mais Coco murmura son nom. Il regarda par-dessus son épaule.

— Tu n'oublies pas qu'on doit danser ensemble tout à l'heure.

— Coco, je t'en prie, ce n'est pas utile. Je ne danse pas.

— Une seule danse. C'est tout ce que je demande.

Il semblait sur le point de refuser une fois de plus, mais elle insista.

— Je ne connais pas les pas, protesta-t-il.

— Pas besoin de pas.

Il hésita. Elle leva un doigt.

— Juste une ?

Elle sourit. Le regard de Hudson s'adoucit.

— C'est difficile de te dire non…

Elle afficha un grand sourire plein de chaleur.

— Merci, murmura-t-elle.

CHAPITRE 26

KATIE ET COCO FAISAIENT LA QUEUE au buffet quand Katie leva les yeux. Elle remarqua que James et Emily se trouvaient non loin, assis à une table avec des amis du lycée. Leurs têtes étaient collées et ils riaient ensemble à une plaisanterie quelconque. Les voir tous les deux l'un sur l'autre provoqua en elle une douleur physique aiguë, et Katie dut se forcer à détourner les yeux.

Coco surprit Katie en train de les regarder.

— N'oublie pas ce que je t'ai dit. James voit en elle un substitut de toi.

Katie n'y croyait pas. Elle était réaliste. Elle ne protesta pas, mais elle savait que son amie se trompait. Katie avait fini par avoir plus de preuves que nécessaire pour attester du contraire.

— Ne me dis pas que ça ne te saute pas aux yeux ? insista Coco. Vous faites presque la même taille, vous avez la même couleur de cheveux. En plus, elle a la même coiffure que toi au lycée.

Coco voyait peut-être entre elles des similitudes, mais pas Katie. Et vraiment, ça ne prouvait rien, même si Coco avait raison. La femme que James avait choisi d'épouser, c'était Emily. Pour passer à autre chose, elle devait accepter d'avoir perdu James. Et à partir de là, il n'y avait plus de retour en arrière possible.

Toutes deux se servirent en salade, côte de bœuf et gratin de pommes de terre, avant de retourner à leur table.

— Je t'ai vue parler à Hudson, dit Katie, une fois qu'elles furent assises.

Elle voulait à tout prix détourner le sujet de conversation.

— Comment ça s'est passé ?

— Étonnamment bien, répondit Coco entre deux bouchées de côte de bœuf. Il est très différent de l'image que j'avais gardée de lui.

— Ah bon ?

Katie trouvait qu'il ressemblait beaucoup à la photo que Coco lui avait montrée dans leur album de classe. Il s'était certes un peu étoffé, et s'habillait de façon moins excentrique. Cela dit, il faisait en effet plus vieux que son âge sur sa photo de promo.

— Je vais danser avec lui tout à l'heure, dit Coco, les yeux brillants. Il n'a pas encore vraiment dit oui, mais je réussirai à le convaincre.

Malgré sa tristesse, Katie sourit. Coco était vite passée d'une petite obsession pour Ryan à une petite obsession pour Hudson. Elle était comme ça. Elle savait être persuasive, c'était indéniable, et Katie était certaine que Coco aurait sa danse. Son regard se posa sur James, et à sa grande surprise, croisa le sien. Ils se fixèrent pendant une seconde avant qu'il ne détourne les yeux avec détermination. Katie porta son attention sur Emily Gaffney, sa fiancée. Elle aurait aimé croire que James avait choisi d'épouser cette autre femme à cause de leur ressemblance, mais en toute honnêteté, Katie ne la voyait pas. D'accord, peut-être les cheveux. Emily avait des cheveux roux et bouclés aussi, mais c'était tout.

Coco avait fini de manger et était prête à aller sur la piste de danse. Katie, qui n'avait grignoté que quelques petites bouchées, sentit son estomac se nouer.

Ils avaient mis de la musique et deux ou trois couples avaient déjà rejoint la piste. James se leva et tendit la main à Emily. Les regarder danser ensemble serait beaucoup trop douloureux : Katie ne pouvait pas le supporter. N'ayant d'autre endroit où aller, elle dit à Coco qu'elle se rendait aux toilettes. Cette dernière ne l'en empêcha pas, elle devinait ce que son amie ressentait.

En sortant du gymnase, Katie descendit ce couloir qui lui était si familier. La cafétéria de l'école était adjacente au gymnase. Elle en fit le tour jusqu'à trouver la table où elle s'asseyait jadis en face de James, quand il lui donnait des cours d'algèbre.

Elle caressa le dossier de l'une des chaises et sourit. Les souvenirs resurgirent comme si ça s'était passé la veille : le premier jour où James s'était assis à côté d'elle et pas en face ; leur premier baiser à la sortie de la piscine après cette course de natation désastreuse.

La main sur le dos de la chaise, Katie ferma les yeux et laissa défiler dans sa tête les meilleurs moments de leur histoire. Il avait tourné la page et il était temps pour elle désormais d'en faire autant.

— C'est toi, n'est-ce pas ?

Cette voix désincarnée venait de nulle part. Katie rouvrit les yeux et se retourna lentement. La fiancée de James se tenait juste à quelques mètres. La bouche de Katie devint sèche et elle fixa l'autre femme.

— Pardon ? dit-elle en faisant semblant de ne pas comprendre.

— C'est toi ? répéta Emily. C'est bien toi la femme que James aimait, avant.

Aimait, avant.

Emily avança de quelques pas.

— Il m'a parlé de toi, mais il ne m'a pas dit ton nom.

— Je m'appelle Katie... On s'est rencontrées tout à l'heure.

Emily serra les bras comme si elle avait froid.

— Je sais. J'aurais dû le deviner quand je vous ai surpris en pleine conversation. C'était intense.

Katie ne savait ni quoi répondre ni même si elle devait dire quelque chose. Elle décida que la meilleure chose à faire était de rassurer cette femme.

— Ne t'inquiète pas, tu n'as rien à craindre de moi. Ce qui s'est passé entre James et moi, c'était il y a longtemps.

— Tu lui as brisé le cœur.

— Oui, répondit Katie tristement.

Emily se rapprocha un peu plus.

— J'ai dit à James que j'allais chercher les toilettes.

— C'est par là, dit Katie en lui indiquant la direction. Juste au coin.

— Je lui ai menti. Je t'ai vue partir et je suis venue te trouver.

Emily baissa les yeux et se tordit les mains.

— J'ai vu le regard que vous avez échangé tous les deux, il y a quelques minutes. Le désir et la douleur dans tes yeux m'ont frappée en plein cœur.

Elle plaça son poing sur sa poitrine.

— Tu l'aimes encore, pas vrai ?

Emily était trop futée, elle avait vu clair dans le jeu de Katie.

— Oui, j'étais venue à la réunion des anciens en espérant que… Et puis je t'ai rencontrée, et j'ai vu qu'il était trop tard.

Emily ne dit rien pendant un long moment, comme si elle assimilait les paroles de Katie. À pas lents, elle se dirigea vers la table où James et Katie étudiaient ensemble, avant.

— Il ne m'a pas dit grand-chose sur vous deux, mais je me souviens qu'il m'a parlé des cours qu'il te donnait en algèbre. C'est là que vous aviez l'habitude de vous asseoir ?

— C'est la même table, ajouta Katie.

— Comment tu le sais ? demanda Emily en soutenant son regard.

Katie passa le doigt sur un léger creux, comme un petit trou sur le bord. Quand James avait commencé à lui donner des cours, elle baissait toujours la tête et se concentrait sur cette petite imperfection. À ce moment-là, elle se sentait submergée. Elle était convaincue qu'elle ne comprendrait jamais ces concepts mathématiques. James aurait pu renoncer, mais il ne l'avait pas fait. Pendant des semaines, il s'était présenté aux cours avec assiduité jusqu'à ce qu'elle commence à comprendre.

— Il était patient avec moi, et gentil. Au bout d'un moment, ça ne l'embêtait plus d'avoir à m'aider.

— Et toi, tu as été sans cœur.

La voix d'Emily était dure et pleine de colère. Katie fut surprise de l'émotion ressentie par cette femme.

— Pas sans cœur. J'avais mes raisons.

Emily eut un petit rire moqueur. Sans tout à fait savoir pourquoi ni comment, Katie venait de comprendre quelque chose, alors elle regarda Emily et déclara :

— Quelqu'un que tu as aimé t'a profondément blessé, n'est-ce pas ?

Tout s'expliquait, à présent. L'attirance entre James et Emily n'avait rien à voir avec les ressemblances physiques entre les deux femmes. Leur point commun, c'était d'avoir perdu quelqu'un. Elles avaient toutes les deux dû se séparer d'un être cher. Katie sut qu'elle avait vu juste parce qu'Emily écarquilla les yeux en secouant la tête. Elle avait beau vouloir le nier, elle n'y arrivait pas.

— C'était il y a des années et c'est oublié depuis longtemps.

— Lycée, fac ?

— Fac.

Katie voyait bien qu'Emily s'efforçait de cacher la vérité et qu'elle n'était pas d'humeur à raconter son histoire. L'autre femme avait la gorge serrée et du mal à ravaler sa peine.

— Ce n'est pas facile à oublier, hein ? demanda Katie, sa voix comme un murmure.

— Je te l'ai dit, c'était il y a longtemps.

— Le temps, c'est relatif.

Les épaules d'Emily se raidirent et quand elle se remit à parler, ce fut avec conviction et détermination.

— Je vais épouser James.

— Oui, bien sûr. Je… suis sûre que vous serez heureux ensemble.

Emily eut l'air étonné, et Katie comprit la réaction de cette femme.

— Tu n'as rien à craindre de moi. James a fait son choix.

Emily soutint son regard pendant un long moment, puis à la grande surprise de Katie, elle tira la chaise et s'assit à la table avant de faire signe à Katie de l'imiter. Quand elle s'exécuta, Emily mit ses mains sur ses genoux et articula :

— J'ai besoin de savoir pourquoi tu lui as fait du mal.

— Ce n'est pas nécessaire…

— S'il te plaît.

Katie déglutit et résista.

— C'est du passé. Ça n'a plus d'importance.

Quelle conversation étrange et inattendue…

— C'est important pour moi. J'ai besoin de savoir.

Alors Katie lui raconta, en faisant de son mieux pour être brève et expliquer les choses comme elle le pouvait. Il lui était difficile de regarder Emily, alors elle se concentra à nouveau sur le petit défaut de la table, comme elle le faisait dix ans plus tôt.

Emily écouta et ne l'interrompit qu'une seule fois pour lui poser une question. Quand Katie eut fini, l'autre femme resta silencieuse.

— Et toi ? demanda Katie.

— Moi ?

— Qui t'a brisé le cœur ?

— Ça n'a pas d'importance ; on n'arrête pas de le répéter, c'est arrivé il y a longtemps.

— Ce n'est pas juste, protesta Katie. Je t'ai raconté mon histoire ; le moins que tu puisses faire, c'est de me raconter la tienne.

Emily baissa la tête et se frotta les mains à plusieurs reprises.

— Les parents de Jayson ne m'aimaient pas beaucoup. Je n'avais pas été élevée dans la foi comme lui et c'est sa mère, surtout, qui insistait pour que Jayson se marie à l'église. Ça a été une décision difficile à prendre pour lui parce qu'il m'aimait vraiment, je crois. Il a fini par faire ce qu'il fallait.

— Ce qu'il fallait pour qui ?

— Pour sa famille et pour lui. Il est marié maintenant à une femme aussi croyante que lui. L'année dernière, il m'a envoyé une carte d'anniversaire et m'a annoncé que sa femme attendait un enfant.

— Ça manquait un peu de délicatesse, tu ne trouves pas ? demanda Katie.

Emily nia d'un mouvement de tête.

— J'étais contente pour lui. Il se sentait mal par rapport à ce qui s'était passé entre nous, et sa décision de rompre avec moi. Il espérait entendre que j'étais heureuse, moi aussi, pour avoir meilleure conscience. Je lui ai fait savoir que j'étais tombée amoureuse et que j'étais sur le point de me marier.

Katie sourit, mais ses yeux se remplirent de larmes. Emily se pencha en avant. Elle posa la main sur le bras de Katie.

— Je suis désolée… Qu'est-ce que j'ai dit ?

— Non, ça va… C'est moi qui devrais m'excuser.

Gênée, Katie essuya les larmes sur sa joue.

— C'est juste que je te comprends, tu vois. Je te comprends trop bien. Tu l'aimais assez, ton Jayson, pour vouloir son bonheur. Tu t'es aperçue qu'il ne serait jamais heureux avec toi parce qu'il aurait toujours été tiraillé entre sa foi, sa famille et son amour pour toi.

— Oui, je veux qu'il soit heureux, ajouta Emily en se mordant la lèvre inférieure.

Katie lui prit la main.

— Tu comprends maintenant ? Voilà pourquoi je te promets que tu n'as rien à craindre de moi. Je l'aime assez pour vouloir son bonheur, moi aussi. Rends-le heureux, Emily. Aime-le pour moi.

Des larmes brillèrent dans les yeux d'Emily. Elle prit Katie dans ses bras et la serra fort contre elle. Des bruits de pas résonnèrent derrière elles. Katie et Emily restèrent accrochées l'une à l'autre. Leurs cœurs étaient liés : elles se comprenaient et avaient toutes deux perdu l'être aimé.

— Qu'est-ce qui se passe, ici ?

Katie n'avait pas besoin de se retourner pour savoir que James venait de prononcer ces mots.

CHAPITRE 27

À LA MINUTE OÙ LES PREMIÈRES NOTES se firent entendre, Coco commença à se déhancher. La chanson de Britney Spears *Do Somethin'* la replongea tout de suite dans ses dix-huit ans. Elle se mit très vite en quête de Hudson.

Elle voulait le trouver avant que son courage ne l'abandonne. Il était attablé avec Willard (*Will*, se rappela-t-elle !) et deux autres anciens membres du club de sciences, accompagnés de leurs copines.

Hudson l'aperçut au moment où elle s'approcha. Il n'eut pas le temps de cacher l'admiration et le désir dans ses yeux. Le cœur de Coco s'emballa en le voyant.

— J'aimerais beaucoup danser avec toi.

Il remonta ses lunettes sur son nez et soupira, comme si refuser sa demande était au-dessus de ses forces.

— Je t'aurai prévenue.

— Oui, je m'en souviendrai, acquiesça-t-elle, mais son prétexte n'avait pas suffi à la dissuader.

— Tu veux bien danser avec elle, bon sang ? intervint Will en donnant un coup de coude à son ami. Il y a quelques années, tu aurais vendu ton âme pour en avoir l'occasion.

Hudson lui jeta un regard noir.

— Allez Hudson, montre-moi ce que tu as dans le ventre, le défia Coco en lui tendant la main.

Il affichait presque un sourire de petit garçon quand il se leva et lui attrapa les doigts.

Le temps de rejoindre la piste, un slow avait fait place à la chanson de Britney Spears.

— Il ne manquait plus que ça, marmonna Hudson en la prenant dans ses bras.

Coco se cala bien contre lui et le regarda en souriant.

— Ce n'est pas si désagréable que ça, si ?

Il sourit et posa le menton sur le dessus de la tête de Coco. Il la garda dans ses bras en ne remuant guère les pieds, mais ça lui suffisait. Il lui caressa le dos, et elle leva juste assez la tête pour l'embrasser dans le cou. Hudson vacilla et faillit perdre l'équilibre alors qu'ils bougeaient à peine.

— Désolée.

— C'est moi, parvint-il à répondre en s'éclaircissant la gorge.

Coco pencha la tête en arrière et lui sourit.

— Je passe un bon moment, et tu ne veux peut-être pas l'admettre, mais toi aussi.

Les yeux fermés, il hocha la tête.

— Je rêvais de danser avec toi, avant.

Au moment où il prononça ces mots, il lui marcha par inadvertance sur le pied.

Coco ne put s'empêcher de grimacer.

Hudson jura à voix basse.

— Il vaut peut-être mieux qu'on évite de parler…

— Je confirme.

Ils dansèrent à un rythme très lent et tanguèrent en douceur sur les Black Eyed Peas. Au bout d'un moment, Coco ferma les yeux et savoura la sensation des bras de Hudson autour d'elle. Il la serrait de près et elle passa ses bras autour de son cou. Elle était surprise de se sentir aussi à l'aise.

Quand elle rouvrit les yeux, elle remarqua qu'il était très concentré et qu'il regardait ses pieds.

Coco plaqua la tête contre son épaule. Une autre chanson passa, encore un slow, et ils ne changèrent presque pas de position. La musique était apaisante et romantique. Coco avait les yeux fermés quand Hudson lui marcha de nouveau sur le pied.

Elle laissa un cri s'échapper, sans le vouloir. Ça tenait de l'exploit de réussir à lui marcher dessus alors que leurs pieds ne se déplaçaient que de quelques centimètres. Elle aurait pu penser qu'il l'avait fait exprès si elle n'avait pas vu combien il était agacé.

— C'est bon, dit Hudson en baissant les bras. Je t'avais bien dit que je n'étais pas doué.

— Tu n'aimes pas danser avec moi ? murmura-t-elle, peu désireuse de s'éloigner de lui.

— Si, j'aime bien. Trop même, si tu tiens à le savoir. Mais je ne veux pas que tu repartes d'ici sur des béquilles.

Son *trop* la fit sourire.

— Il fait chaud ici ou c'est moi ? demanda-t-elle en s'éventant le visage avec la main.

Hudson la regarda.

— Tu ne veux pas sortir prendre un peu l'air ? proposa-t-elle.

Il ne répondit pas mais continua à la regarder.

— C'est vrai qu'il fait chaud, concéda-t-il avant de lui prendre la main.

Il la guida d'une main ferme hors de la piste de danse pour sortir du gymnase.

Sur le chemin, Coco attrapa sa pochette. Hudson contourna le bâtiment et se dirigea vers le terrain de football, puis dans les gradins. Il s'assit sur le béton du troisième rang. Coco le suivit et s'assit à ses côtés.

Elle se mit contre lui, posa la tête sur son épaule et regarda le ciel étoilé. C'était dégagé et la pleine lune projetait une lumière dorée sur l'épais gazon du terrain de football. Coco n'aurait pas pu imaginer un décor plus romantique. Il y avait la lune, les étoiles et, à travers Hudson, l'incarnation de l'une des plus grandes surprises de l'année tout près d'elle.

— C'est parfait, murmura-t-elle.

Hudson était toujours aussi rigide à ses côtés. On aurait dit qu'il ne croyait pas à ce qui se passait. Peut-être allait-elle trop vite : Coco n'en savait rien. Mais elle n'aurait rien voulu changer à cette soirée, à ce moment qu'ils étaient en train de vivre.

— Tu peux mettre ton bras sur mes épaules, si tu veux, dit-elle en attente d'un contact physique.

— Si tu as froid, tu peux mettre ton gilet.

— Je n'ai pas froid.

Hudson se tourna vers elle et la regarda de près. Le doute se lisait sur son visage.

— Tu sais qu'il n'y a pas plus différent que toi et moi comme individus.

— Tu n'as jamais entendu dire que les opposés s'attirent ? Et je peux te rappeler que je te plaisais à une époque ? Je te trouve juste très attirant et j'espérais que tu ressentirais la même chose.

Hudson sembla capituler et l'enveloppa de son bras. Elle se blottit contre lui de plus belle et reposa la tête sur son épaule.

Après ce qui sembla durer une longue minute, il lâcha un profond soupir qui vida l'air de ses poumons.

— Question.

— Oui, dit-elle.

— Tu me fais marcher ?

— Comment ça ?

— Ce n'est pas une blague ? Tu penses vraiment ce que tu viens de dire ?

Elle acquiesça. Puis, pour le lui prouver, elle se leva et se glissa juste devant lui. Hudson leva la tête pour la regarder, les yeux pleins d'étonnement et de curiosité.

— Qu'est-ce que tu fais ?

Un sourire aux lèvres, elle se baissa, plaça les mains sur ses épaules et posa doucement sa bouche sur la sienne. Elle l'entendit reprendre sa respiration comme il la prenait par la taille. Ce fut un long et profond baiser. Dès l'instant où leurs lèvres s'étaient touchées, Hudson avait pris les commandes en l'invitant à s'asseoir sur ses genoux. Il lui dévorait la bouche et lui vola jusqu'à son dernier souffle.

Coco avait la tête qui tournait. Ça faisait longtemps qu'on ne l'avait pas embrassée de la sorte. Il lui fallut un certain temps pour se remettre.

— C'était trop bon, murmura-t-elle d'une voix qu'elle reconnaissait à peine.

Il la serra fort et elle blottit sa tête dans son cou. Après un long silence, elle demanda :

— Hudson ?

— Oui ?

— Tu me fais marcher ?

Coco le sentit sourire. En guise de réponse, il approcha le visage de Coco vers le sien et l'embrassa à nouveau, comme s'il n'en finissait pas de vouloir la goûter. Heureusement qu'elle était assise. Sinon, ses jambes l'auraient lâchée, elle en était sûre. Les baisers de Hudson étaient puissants. Elle ressentait leur effet dans tout son corps, du haut du crâne à la plante des pieds.

Ils étaient tous les deux à bout de souffle quand il relâcha son étreinte.

— Vous n'êtes peut-être pas très bon danseur, Hudson Hamilton, mais vous avez d'autres talents.

Cet homme était plein de surprises. Elle devina qu'il souriait à nouveau. Il l'embrassa dans le cou et elle ressentit des frissons jusque dans les bras. À cet instant précis, Coco aurait voulu que cette nuit ne se termine jamais.

— J'adorais ton tempérament, murmura Hudson. Tu as toujours été originale et tu l'es encore. Tu travailles dans la mode ?

— Non.

— Ah bon ?

— J'ai commencé dans la mode, mais après mes études, le seul boulot que j'ai trouvé, c'était un mi-temps au Fifth Avenue Theater de Seattle. Je créais des costumes. Mais le mi-temps, ça ne paie pas les factures.

— Et maintenant ?

— Je suis associée dans une société qui développe des applis pour téléphones et tablettes.

— Des applis pour téléphone ?

Il n'essaya même pas de cacher sa surprise.

— Arrête de me poser tant de questions et embrasse-moi encore, tu veux ?

Il ne se fit pas prier et s'exécuta jusqu'à ce que leurs deux corps soient en parfaite harmonie.

— Il y a une question que tu ne m'as pas posée.

— Je l'évite, parvint-il à articuler.

— Pourquoi ?

— J'ai peut-être peur de la réponse.

— Pose-la, l'encouragea Coco en lui déposant un baiser sur le sommet du crâne.

— Bon, d'accord. Tu es avec quelqu'un en ce moment ?

Elle le laissa souffrir, mais seulement quelques secondes.

— Il se trouve que… non.

— Mais tu l'étais ?

Il imaginait qu'elle venait de rompre et qu'elle était sous le coup d'une déception sentimentale.

Elle hésita sur la manière de lui raconter. Elle cherchait à le rassurer et à trouver la meilleure manière de lui décrire ces dix dernières années. En vérité, elle avait éprouvé le besoin de se protéger depuis le lycée, de ne pas être vulnérable. Son instinct lui disait qu'elle pouvait faire confiance à Hudson.

— Après Ryan, j'ai connu un petit problème de confiance avec les hommes.

Elle le sentit se détendre.

— Donc tu es célibataire ?

— Ouaip. Et toi, alors ? Il y a quelqu'un d'important dans ta vie ?

— Plusieurs personnes, en fait.

— Plusieurs ?

— Mon frère et sa femme ont deux filles dont je suis fou amoureux.

Coco lui donna une petite tape sur l'épaule pour plaisanter.

— C'était méchant, dit-elle avant de s'empresser de lui donner un autre baiser. D'autres relations dont je devrais avoir connaissance ?

— Non.

— Bonne nouvelle.

Hudson Hamilton et elle ? Coco ne pouvait plus s'empêcher de sourire. Elle respira à fond pour retrouver ses esprits avant de reprendre :

— OK, tu sais où j'en suis et que je travaille dans les applis. C'est à ton tour.

Elle replaça sa tête dans sa position initiale, collée dans le cou de Hudson, et elle se blottit de nouveau dans ses bras.

— Qu'est-ce que tu veux savoir ? Il n'y a vraiment pas grand-chose à dire. En fait, j'ai une vie plutôt ennuyeuse.

— Je veux tout savoir.

Son oreille était juste sous le nez de Coco. Incapable de résister, elle en attrapa le lobe entre ses dents et le suça en douceur. La réaction de Hudson fut instantanée, et elle sentit des frissons traverser son corps.

— Coco !

— Désolée.

Elle ne l'était pas vraiment : le taquiner l'amusait.

— Peut-être qu'on ferait mieux de rentrer.

— Non, protesta-t-elle tout de suite. Tu allais me raconter ce que tu avais fait depuis le lycée.

— OK. Je travaille pour l'université de Washington dans le labo de biotechnique. En ce moment, mon groupe développe des technologies de pointe pour perfectionner la détection des protéines dans le séquençage des acides nucléiques en étudiant au second plan le criblage d'activité à haut débit.

Il continua de décrire son travail avec entrain pendant quelques minutes, tout excité par les recherches qu'il menait. Coco avait du mal à suivre, mais on voyait à quel point ça le passionnait.

Il s'interrompit pour lui demander s'il n'avait pas trop parlé.

— Non, répondit-elle en toute honnêteté. C'est remarquable, ce que tu fais. Ça peut sauver des vies, pas vrai ?

— C'est trop tôt pour le dire, mais oui, j'espère. Je trouve mon travail exaltant.

— J'adore l'enthousiasme que tu dégages.

Elle n'aurait peut-être pas dû lui montrer à quel point elle aimait être avec lui, mais Coco ne put s'en empêcher.

Il se tut.

— Je suis sincère. Je te trouve vraiment merveilleux.

Coco appuya sa tête contre son épaule et regarda les étoiles qui scintillaient dans la clarté du ciel.

— C'est juste de la nostalgie, à cause de la réunion des anciens, rétorqua-t-il en refusant de la croire.

— Non, c'est toi, le contredit-elle. Et le fait que tu étais prêt à risquer ta vie pour me défendre contre Ryan... Tu es un ami sur qui on peut compter et tu es honnête. Tu n'étais pas obligé d'avouer à Ryan que tu avais crevé ses pneus. Tout ce que j'ai appris sur toi ces dernières vingt-quatre heures me plaît.

Ils restèrent assis en silence un long moment, juste heureux d'être ensemble.

— On devrait y retourner, suggéra Hudson après avoir jeté un coup d'œil à sa montre.

S'il n'en avait tenu qu'à Coco, ils auraient passé le reste de la soirée à la même place. Mais elle savait que Katie était triste, qu'elle voulait rentrer à la maison d'hôtes et qu'elle aurait besoin d'une épaule pour pleurer. Elle avait de la peine pour son amie et voulait être là pour elle.

Hudson l'aida à se lever et lui prit de nouveau la main pour retourner au lycée.

— Je te verrai demain au pique-nique ? demanda Coco.

— Non, désolé. Je rentre à Seattle demain matin.

Elle était déçue et proposa de lui donner son numéro.

— Pas besoin, dit-il.

Elle en déduisit qu'il l'avait déjà puisque les coordonnées de toute la classe avaient été mises à jour et distribuées par le comité.

— J'ai passé une soirée magique, Hudson. Merci.

— Moi aussi.

Il la regarda avec une telle intensité que Coco faillit ne pas résister à l'envie de l'embrasser à nouveau.

Une fois à l'intérieur du gymnase, il la quitta à contrecœur et rejoignit ses amis. Il la suivit du regard alors qu'elle cherchait Katie. Il souriait comme pour lui dire « Merci pour ce joli moment ». Pourtant, c'était bien elle qui avait envie de le remercier.

CHAPITRE 28

JE NE FUS PAS SURPRISE de ne pas trouver le sommeil. Je ne me souvenais plus de la dernière fois où j'avais passé une journée aussi chargée en émotions. Mark et sa détermination à sauver son ami hantaient mon esprit. À chaque fois que j'essayais de m'endormir, je sentais sa présence avec autant de force que s'il s'était trouvé dans la chambre avec moi.

Je n'oublierais jamais son regard quand il m'avait dit au revoir. Il savait déjà ce que j'ignorais : l'immense danger qu'il allait courir. Je n'avais pas su lire entre les lignes. J'étais tellement rongée par mon propre chagrin que je n'avais pas vu l'angoisse qui le dévorait. Si seulement il s'était senti assez à l'aise pour me raconter son passé au lieu d'en laisser le soin à Bob Beldon.

Avec le recul, je comprenais pourquoi il ne m'avait pas donné ses raisons, mais j'aurais aimé qu'il me fasse davantage confiance. Cependant, il me connaissait bien et il avait sans doute eu raison. J'aurais fait tout mon possible pour le persuader de ne pas quitter Cedar Cove.

Ma soirée s'était encore compliquée avec ce dîner catastrophique. J'avais fait une grosse erreur en acceptant de sortir avec le futur beau-frère de Gina. Rich était un vrai numéro. Cela dit, il devait penser la même chose de moi.

Je savais que Rich et moi ne nous reverrions jamais. Si j'avais pu annuler notre rendez-vous à la dernière minute, je l'aurais fait. J'avais été ébranlée par ce que je venais d'apprendre sur Mark.

Je n'avais pas fait exprès de parler de lui. Même si je ne regrettais pas que son nom m'ait échappé.

Il faisait encore nuit quand je renonçai à l'idée de trouver le sommeil. Mes deux hôtes devaient partir dans la matinée, et heureusement, aucun client n'était prévu avant lundi. J'allais pouvoir profiter de mon dimanche, ce qui était rare. Après le départ de Coco et Katie, je ferais le ménage dans leurs chambres et m'offrirais une sieste.

Il était à peine cinq heures et demie du matin quand Katie descendit les escaliers en peignoir. Elle avait dû sentir l'odeur du café qui filtrait car elle arriva à pas lents dans la cuisine.

— Je ne pensais pas que vous seriez levée, dit-elle, surprise de me trouver là.

— Je n'ai pas l'habitude de me réveiller si tôt, répondis-je en finissant de bâiller.

Katie attrapa une tasse et se posa devant la machine à café en attendant que ce soit prêt.

— Vous n'arriviez pas non plus à dormir ?

Je ne voulais pas être indiscrète, mais lui laisser quand même la porte ouverte si elle avait envie de parler.

— Je n'ai pas fermé l'œil.

— Je suis désolée.

Elle était toujours debout devant la machine à café et me tournait le dos. Quand elle reprit la parole, je dus tendre l'oreille tant elle parla à voix basse.

— James est fiancé. J'ai rencontré sa future femme.

La douleur dans sa voix transparaissait à chaque syllabe.

— Oh Katie, vous devez être tellement déçue.

— Elle s'appelle Emily…

J'hésitai à la réconforter, ne sachant pas si elle apprécierait le contact physique d'une étrangère ou presque.

— À vrai dire, je l'aime bien. On a discuté ensemble, juste toutes les deux, et elle m'a parlé un peu d'elle. Et puis James est arrivé.

Elle n'en dit pas plus et j'eus l'impression qu'elle s'efforçait de ravaler ses larmes. Un moment plus tard, elle reprit :

— Il ne m'a même pas regardée. Il a emmené Emily et ils sont retournés dans le gymnase. Le spectacle allait commencer… Je suis restée dans la cafétéria. Coco m'y a retrouvée et m'a demandé si je voulais rentrer. J'ai accepté. Je ne crois pas que j'aurais pu rester une minute de plus.

— Alors vous êtes toutes les deux rentrées tôt de cette soirée ?

— Oui. J'ai dit à Coco de rester, mais elle n'a pas voulu en entendre parler. Elle… elle ne voulait pas me laisser seule. C'est une amie en or.

Le café avait fini de couler. Katie s'en remplit une tasse et s'en alla dans le salon. Elle avait envie de parler, alors je me servis aussi et la suivis. Puisque Rover était déjà sorti faire ses besoins, il me talonna comme à son habitude.

Nous nous assîmes l'une à côté de l'autre dans les fauteuils devant la cheminée. Rover se roula en boule entre nous deux sur le tapis.

— Je n'ai pas passé une bonne soirée, non plus, lui avouai-je.

Comme elle s'était confiée à moi, je me sentis assez à l'aise pour en faire autant.

J'avais toute son attention. Elle souffla sur son café avant d'essayer d'en prendre une gorgée.

— J'ai eu des nouvelles assez déroutantes de mon ami Mark : l'homme dont je vous ai parlé hier. J'avais l'intention de passer à autre chose, pour me prouver… je ne sais quoi.

— Vous êtes veuve, n'est-ce pas ? demanda Katie.

Je tenais ma tasse entre mes mains et sentais sa chaleur se répandre dans mes bras. Je confirmai.

— Vous trouvez ça dur de vivre seule ?

Je n'étais pas seule. J'avais Rover et mes hôtes, mais je comprenais ce qu'elle voulait dire.

— Parfois, oui. J'avais plus de trente ans quand je me suis mariée, donc j'avais l'habitude d'être seule. L'amour m'a prise au dépourvu, et quand je suis tombée amoureuse, je n'ai pas fait semblant.

Katie semblait savourer chaque mot.

— Je me demande si ça m'arrivera un jour.

— Gardez l'œil ouvert, suggérai-je.

— Pourquoi vous ne vous êtes pas mariée plus tôt… je veux dire, vous aviez déjà été en couple avant et ça n'avait pas marché ? Excusez-moi si mes questions sont trop indiscrètes.

— Non, c'est bon ; ça ne me dérange pas. En fait, je n'avais jamais eu de longue histoire. J'aimais ma vie dans le monde des affaires, je montais les échelons de l'entreprise, j'étais indépendante et sûre de moi. Et puis, je n'avais sans doute pas rencontré la bonne personne, non plus.

Cette vie-là lui paraissait à des années lumières de l'actuelle.

Katie fixa le contenu de sa tasse.

— Je dois l'oublier.

J'avais l'impression qu'elle avait dit ces mots davantage pour s'en convaincre que pour me répondre.

— Moi aussi, murmurai-je.

— Votre mari ? demanda Katie en levant la tête vers moi.

Je préférai acquiescer plutôt que de recommencer à parler de Mark. Et puis, c'était le cas. J'avais compris cette évidence avec la mort de Paul. Mais tôt ou tard, j'allais devoir accepter que Mark risquait fort de sortir de ma vie, lui aussi.

Des bruits de pas résonnèrent dans les escaliers.

— Coucou, vous deux, vous faites la fête sans moi ? demanda Coco, dont le sourire aurait pu éclipser le soleil levant.

Elle irradiait de bonheur. Contrairement à Katie et à moi, elle semblait avoir passé une bien bonne soirée.

— Ouais, on fait la fête, la fête des lamentations ! répliqua Katie.

— Oh Katie. Tu n'as pas dormi ?

— Je n'ai même pas essayé... Je sais, je sais, il faut que j'oublie James, et j'y arriverai...

— Avec le temps, finis-je à sa place. Le temps guérit tout.

Et j'étais bien placée pour le savoir.

— Je suis contente que tu te sois bien amusée hier soir, dit Katie à son amie. J'aurais préféré que tu y retournes après m'avoir raccompagnée. Tu aurais dû.

— Tu avais besoin d'une amie.

— J'ai gâché ta soirée.

— Rien n'aurait pu me gâcher la soirée d'hier, dit Coco d'un air rêveur et heureux.

— Du café ? demandai-je, prête à aller lui en verser une tasse, quand Coco m'arrêta.

— Ne bougez pas, je m'en occupe.

Elle disparut un moment et revint quelques instants plus tard, une tasse fumante dans les mains. Elle s'assit sur le repose-pied devant Katie. Elle affichait un sourire aussi large que le Mississippi.

— Coco a renoué avec un camarade de classe, expliqua Katie.

— Qui aurait deviné que Hudson deviendrait un type aussi génial ?

— Pourtant, ce n'est pas vraiment ton genre de mec, ajouta Katie, heureuse de constater la mine réjouie de son amie.

— C'est bien vrai, mais je le trouve formidable.

— Elle est comme ça, vous savez, dit Katie pour m'expliquer l'attitude de sa copine. Elle ne fait jamais les choses à moitié.

Coco avait repris son air rêveur quand elle laissa échapper un long soupir de satisfaction.

— Il est tout simplement merveilleux, et si vous voulez le savoir, il embrasse comme un dieu.

Katie sourit pour la première fois de la matinée.

— Vous êtes sortis du gymnase à un moment donné, non ?

— On est allés s'asseoir dans les gradins et on a parlé hyper longtemps.

— Je crois qu'ils n'ont pas fait que parler, précisa Katie comme si elle faisait une confidence.

Katie m'impressionnait. Au lieu d'être déprimée et jalouse de son amie, elle paraissait se réjouir du nouvel amour de Coco. Je considérais cela comme le signe d'une force de caractère.

— Quand vas-tu le revoir ? demanda Katie.

La joie s'évanouit un peu dans le regard de Coco.

— À vrai dire, on n'a rien fixé. J'espère qu'il va m'envoyer un message ce matin, mais il est encore trop tôt, je crois.

— Un petit déjeuner, ça vous dit ? proposai-je, pensant qu'il était temps de mettre le plat de pain perdu au four.

J'avais des myrtilles fraîches. Je voulais en faire une compote en accompagnement. Je devais aussi couper la ciboulette et râper le fromage pour ma spécialité d'œufs brouillés.

— On rentrera à Seattle après le petit déjeuner, me dit Katie.

— Et le pique-nique de votre promo ?

J'avais vu l'annonce de cet événement au parc de Manchester State sur le prospectus que Coco m'avait montré.

— Hudson m'a dit hier qu'il devait rentrer à Seattle, expliqua Coco avec regret. Et c'était la seule personne que j'avais envie de voir.

— Et moi... je préfère rentrer en ville, ajouta Katie.

Je me dirigeai vers la cuisine pour préparer le petit déjeuner. Après avoir préchauffé le four et mis le plat à cuire, je me rendis dans ma chambre pour me changer. Rover me suivit et s'arrêta devant sa gamelle.

— Ne t'inquiète pas, tu auras bientôt ton petit déjeuner, toi aussi.

J'enfilai un jean et un chemisier avant de faire mon lit. J'étais en mode automatique, mais ce n'était pas un jour comme les autres et je le savais bien. Je le sentais.

Mark ne passerait pas. Il ne regarderait pas dans ma boîte à biscuits pour voir si je lui avais mis ses préférés de côté. Il ne trouverait pas non plus un prétexte pour passer le soir prendre un café et s'asseoir avec moi sous le porche à regarder le coucher du soleil.

Ça faisait des semaines maintenant qu'il ne passait plus « à l'improviste », mais depuis peu, c'était différent. Très différent. Mark était parti pour de bon et peut-être pour toujours. Je ne savais pas du tout si j'allais avoir des nouvelles de lui en Irak, ou si le message de Bob était le dernier que je recevrais.

À huit heures, le petit déjeuner était sur la table. Katie et Coco descendirent toutes deux habillées. Coco n'arrêtait pas de vérifier son portable. Soudain, une sonnerie lui indiqua la réception d'un message. Elle se saisit du téléphone, lut le contenu, parut confuse et finit par froncer les sourcils.

— J'ai pensé qu'on pourrait partir vers dix heures, dit-elle à Katie quelques minutes plus tard. Si ça te convient.

— Oui, bien sûr. C'était Hudson ? demanda-t-elle en désignant le téléphone de Coco.

Cette dernière fit un mouvement négatif de la tête, l'air contrarié.

— Envoie-lui un message, suggéra Katie.

— Non, répliqua Coco en secouant la tête avec détermination. J'ai tout donné à la soirée, hier. Je lui ai montré clairement que j'étais intéressée, mais maintenant la balle est dans son camp.

— Il était fou de toi, avant.

— Avant, répéta Coco. J'ai besoin de savoir ce qu'il ressent maintenant. Il a mes coordonnées. S'il veut me joindre, il sait comment. C'est à lui de jouer.

Katie haussa les épaules.

— Je ne crois pas que tu aies à t'inquiéter. Il ne t'a pas quittée des yeux de toute la soirée. Il est piégé dans tes filets.

Coco n'en semblait pas aussi convaincue.

Elles s'assirent pour prendre leur petit déjeuner et je vis Coco se saisir de son téléphone à chaque bip. Katie couvait son amie du regard. Je ne savais rien du type dont elle parlait, mais j'espérais qu'il allait la contacter très vite.

— Allons-y, dit Coco, une fois leur petit déjeuner terminé. Je suis fin prête à partir.

En quelques minutes, elles chargèrent leur valise dans la voiture. Elles m'avaient déjà réglé leur facture. Rover et moi sortîment sous le porche et les observèrent reculer dans l'allée.

Je les regardai partir, en essayant de comprendre comment, en l'espace de quelques jours, ma vie avait pu changer du tout au tout.

Mark était parti et j'étais dévastée.

Et la maison d'hôtes avait failli à sa tâche. Après l'avoir achetée, Paul m'avait dit dans un rêve qu'elle serait un lieu de reconstruction pour moi et pour ceux qui y viendraient.

Mais Katie l'avait quittée le cœur brisé, et Coco semblait dépitée.

La Villa Rose nous avait toutes déçues.

CHAPITRE 29

Un vendredi soir, deux semaines après la réunion des anciens, Katie rentra dans son petit appartement et retira ses chaussures. Elle travaillait dans l'adoption, et cet après-midi-là, elle se trouvait au tribunal où elle avait vu deux demi-sœurs, des fillettes âgées de trois et quatre ans, se faire recueillir par une famille adorable. De telles affaires lui procuraient un fort sentiment de joie et de travail accompli.

Par réflexe, elle alluma la télé sur une chaîne d'info et chercha un plat surgelé dans le congélateur. Elle n'avait pas encore fait son choix quand le téléphone sonna. Le numéro affiché était celui de Coco. Son amie n'avait jamais eu de nouvelles de Hudson, ce qui l'avait amèrement déçue.

Le portable contre l'oreille, Katie fouilla dans le compartiment des surgelés. Elle préférait manger quelque chose de simple et de facile à préparer après cette journée mouvementée au tribunal.

— Salut Coco, tu fais quoi ? demanda-t-elle.

— Pas grand-chose, et toi ?

Elles s'étaient envoyé des textos à plusieurs reprises depuis ce fameux week-end, mais elles ne s'étaient pas parlé de vive voix.

— Tu as prévu quelque chose, ce soir ? demanda Coco.

— Pas vraiment. Pourquoi ?

Son plat de pâtes allégé était sa meilleure option pour le dîner. Elle le sortit du congélateur et le posa sur le plan de travail de la cuisine.

— Ça te dit de sortir un peu ? demanda Coco. J'ai un ami qui fait une soirée. Il veut me caser avec quelqu'un et franchement, je ne suis pas d'humeur.

— Et pourquoi je le serais, moi ? demanda-t-elle en lisant les instructions sur le dos du paquet.

— Je me disais juste que tu étais dans le même état que moi. Que ça te ferait du bien de sortir et que ce mec n'a pas l'air d'être mon genre.

Katie sourit.

— Alors, en d'autres termes, tu veux m'utiliser comme roue de secours ?

— Tu pourrais le trouver intéressant, ce Christian, tu sais. Allez, un peu de fantaisie ne nous ferait pas de mal.

Katie rangea le plat surgelé dans le congélateur et accepta.

Coco s'étrangla de rire.

— On est pathétiques, tu le sais, ça ?

Katie rigola à son tour. Elle avait presque envie de lui demander si elle avait eu des nouvelles de Hudson, mais elle savait que Coco lui en aurait parlé si tel avait été le cas.

— Je passe te prendre dans trente minutes, dit Coco.

Katie n'avait pas de meilleur projet pour son vendredi soir et ça pouvait être sympa d'aller à une soirée. Elle n'était pas d'humeur festive, mais elle devait sortir de cette coquille dans laquelle elle s'était enfermée, et cesser de vivre dans le passé.

Quand elles arrivèrent à la fête, elle battait déjà son plein. Tout le monde connaissait Coco et elle fut accueillie par des acclamations. On ne tarda pas à tendre une bière à Katie. Elle tenta d'en boire une gorgée et se mit en retrait au moment où Coco se jeta dans la mêlée avec un abandon total. Elles n'étaient là que depuis dix minutes à peine et Coco était déjà au milieu du salon, les bras au-dessus de la tête, à danser et à flirter. Coco était au cœur de cette fête. On aurait dit que tout le monde avait attendu son arrivée avec impatience.

Même si elle ne connaissait que quelques personnes, Katie passait une bonne soirée. Elle s'assit sur le bras du canapé et regarda les autres danser et s'amuser en sirotant sa bière.

Un dénommé Christian s'approcha d'elle et se présenta. Ils trinquèrent avec leur bouteille de bière respective.

— Coco m'a conseillé de venir te voir et de me présenter.

Il n'était pas évident de l'entendre avec le bruit et la musique.

— Alors, c'est toi.

— Comment ça ? demanda-t-il, perplexe.

— Laisse tomber, dit-elle en le regardant de plus près.

Ses épais cheveux noirs et son sourire facile le rendaient plutôt attirant. Il l'invita à danser. La bière lui ayant donné du courage, elle accepta.

Les danses s'enchaînèrent tout naturellement. À la fin de la soirée, Christian et Katie avaient échangé leur numéro de téléphone. Comme la musique était forte, la conversation avait été difficile et elle n'en savait pas beaucoup sur lui, à l'exception du fait qu'il travaillait chez Boeing et qu'il était tôlier, à l'instar de son père et de son oncle.

Coco, qui s'était limitée à deux bières pendant la soirée, ramena Katie chez elle.

— Tu as passé un bon moment ?

— Oui. Christian a l'air sympa.

— Je savais qu'il te plairait.

Soudain, Katie comprit ce dont elle aurait dû se douter depuis le début.

— C'était un coup monté, pas vrai ? Tu n'as jamais été censée le rencontrer. C'est *toi* qui t'es arrangée pour que je rentre en contact avec lui.

— Plus ou moins, avoua Coco.

— C'est ça, renchérit Katie avec une grosse touche de sarcasme.

— Un jour, tu me remercieras. Christian est un type super et je trouvais qu'il était temps qu'on s'amuse un peu toutes les deux.

Son amie avait raison.

— C'était très sympa ; merci de m'avoir invitée.

— Je me suis bien amusée, aussi, dit Coco, l'air surprise.

— Tu ne pensais pas ? demanda Katie.

— Non… enfin, je ne sais pas. Je voudrais juste arrêter de penser à Hudson.

Comme Coco lui en donnait l'opportunité, Katie en profita pour poser la question qui la taraudait. Mais Coco n'avait eu aucune nouvelle.

— C'est un idiot.

— C'est son choix, j'imagine.

— Tu peux toujours l'appeler ou lui envoyer un texto, suggéra Katie, même si elle concevait très bien que son amie n'en ait pas envie.

— Non. J'ai saisi le message. Il n'est pas intéressé.

Katie ne comprenait que trop bien.

À sa grande surprise, Katie dormit mieux cette nuit-là qu'elle n'avait dormi depuis son retour de Cedar Cove. À son réveil, elle vérifia son portable et découvrit un message de Christian.

On prend un café ? Starbucks sur la 45e à 10h ?

Ça marche. À tout'

Quand Katie arriva, Christian avait déjà pris une table. Il se leva et la gratifia d'une accolade pour la saluer.

— Tu es encore plus jolie à la lumière du jour. Je t'ai commandé un latte Pumpkin Spice. J'aurais dû te demander ce que tu voulais, ça t'ira ?

— C'est parfait.

Ils discutèrent pendant une heure environ et Katie commença à se détendre. Christian était sympa et ils s'entendaient plutôt bien. Hélas, il n'y avait pas d'étincelle. Katie ne savait pas trop s'il s'en apercevait. Mais de son côté, elle ne pouvait l'ignorer.

Connaîtrait-elle de nouveau avec un autre homme la connivence qu'elle avait eue avec James ? Voilà les pensées qui la hantaient sur le chemin du retour. Elle avait beau essayer de lâcher prise, elle commençait à croire qu'elle n'arriverait peut-être jamais à tourner la page. Pour l'oublier, il lui fallait renoncer aux sentiments qu'il avait fait naître en elle, à l'amour qu'il lui avait porté. Elle ignorait si elle retrouverait un jour quelqu'un qui l'aimerait autant que James l'avait aimée.

L'avait aimée. Dans le passé. Dans le présent, il se mariait avec Emily et elle devait l'accepter.

Un jour, elle s'en fit la promesse, elle tomberait amoureuse d'un homme tout aussi merveilleux.

Une fois rentrée chez elle, Katie s'attaqua au ménage, comme à son habitude le samedi matin. Elle sortit l'aspirateur et le passa avec vigueur. Ça faisait longtemps qu'elle n'avait pas nettoyé la moquette de la chambre. Comme elle aspirait cette pièce, elle heurta avec l'appareil un objet sous son lit et une boîte apparut de l'autre côté du sommier.

Elle éteignit l'aspirateur et voulut repousser la boîte d'un coup de pied quand elle se souvint de quoi il s'agissait. Cette boîte contenait les lettres que James lui avait écrites, celles qu'il lui avait envoyées quand il était parti à l'université. Katie regarda fixement la boîte. Elle n'avait pas mis le nez dedans depuis des mois.

Elle les avait toutes gardées et elle les avait lues un nombre incalculable de fois. Elle en connaissait certaines presque par cœur. Il y en avait plusieurs où il l'implorait de lui donner des nouvelles et qui étaient tachées des larmes de Katie. Sur celles où il avait déversé sa colère, les bords étaient froissés et témoignaient de la vivacité de sa douleur. Les dernières se lisaient comme un journal intime. Il y décrivait sa vie en détail : ses cours, ses professeurs et les amis qu'il s'était faits, comme s'il essayait de rester en contact malgré son silence.

À la fin de chaque lettre, il répétait qu'il ne cesserait jamais de l'aimer, même s'il n'avait plus d'importance à ses yeux. Elle se demanda pendant combien de temps il aurait continué de lui écrire, si elle ne l'avait pas sommé d'arrêter. Elle avait failli en mourir de chagrin, mais elle avait dû y mettre fin. Tout comme il devait désormais avancer en se mariant avec Emily.

L'idée vint à son esprit qu'elle ne serait jamais tout à fait libérée de James tant qu'elle s'accrocherait à ces lettres. Il fallait qu'elle les détruise avant qu'elles ne la détruisent. Le seul endroit où elle imaginait la scène possible était le parc de Manchester State où ils s'étaient si souvent retrouvés.

Néanmoins, elle craignait de ne pas réussir à le faire toute seule. Elle n'était pas certaine d'avoir le courage de les brûler sans quelqu'un pour lui tenir la main. Seule Coco pouvait comprendre cela, alors elle la contacta.

T'as quoi de prévu aujourd'hui ?

Pourquoi ?

Besoin de ton soutien
à Cedar Cove.

À Cedar Cove ?????

Tu m'accompagnes ou pas ?

Si tu me réclames,
je suis là.

Merci.

Dès que Katie passa prendre son amie, elle lui expliqua le projet.

— Tu es sûre de vouloir faire ça ?

— Non.

Katie savait qu'elle pouvait être honnête avec Coco.

— Ça va me faire un mal de chien de brûler ces lettres, mais je sais que je ne serai jamais capable d'oublier James si je ne le fais pas.

— Pourquoi le parc de Manchester State ? demanda Coco tandis qu'elles faisaient la queue pour embarquer sur le ferry. On ne pourrait pas faire ça plus près ? Je n'ai pas un super souvenir de notre dernière visite là-bas.

— Je sais… Moi non plus. J'aurai l'impression que la boucle est bouclée, j'imagine.

Coco la comprenait. Elles ne parlèrent pas beaucoup pendant la traversée ni même sur la route qui longeait la baie. Le crachin d'automne avait commencé à tomber. Elles payèrent leur entrée dans le parc et trouvèrent un emplacement de camping avec une table de pique-nique et un brasero.

Aucune n'avait pensé à apporter de quoi faire du feu. Si la situation n'était pas si tragique, elles auraient pu en rire. Un campeur eut pitié d'elles et leur donna du petit bois.

— Tu es prête ? demanda Coco en ouvrant la boîte.

Katie déglutit tant bien que mal et acquiesça. Elle plongea la main dans la boîte et en sortit l'une des dernières lettres que James lui avait écrites et où il lui détaillait sa vie. Après une brève hésitation, elle la jeta dans le feu. L'espace d'un instant, elle regretta son geste et résista à l'envie de la sauver des flammes. Le papier se consumait vite. La fumée disparut dans l'air tout comme les reliques de son premier amour.

La gorge de Katie se serra. Elle s'était doutée qu'il lui serait difficile de brûler ces lettres, mais pas à ce point.

— Ça va ? demanda Coco en la dévisageant, l'air inquiet. Tu es toute pâle et tu trembles.

— Ah bon ? dit-elle d'une voix faible et sanglotante.

Elle ne pouvait plus faire marche arrière.

— À toi de jouer.

— Tu es sûre que tu veux que je le fasse ? demanda Coco, hésitante.

— Oui, s'il te plaît.

Il y avait trois ou quatre lettres que Katie n'était pas certaine de pouvoir brûler de ses propres mains. Coco en prit une dans la boîte.

— Pas celle-là, cria Katie en panique. Pas encore…

Coco la reposa et suggéra à son amie de décider elle-même.

Plusieurs minutes s'écoulèrent avant que Katie ne réussisse à choisir la lettre suivante. Coco la balança dans les flammes sans aucune cérémonie et Katie étouffa un cri. Son corps se mit à trembler de toutes parts et elle éprouva le besoin de s'asseoir.

Heureusement que la table de pique-nique ne se trouvait pas loin.

Coco l'étudia de près.

— Je ne crois pas que tu sois prête, Katie.

Elle n'était pas d'accord.

— Il faut que ce soit fait.

— Je sais, mais tu es vraiment obligée de tout brûler en une seule fois ?

Katie était trop traumatisée pour répondre.

Coco s'assit sur le banc de la table de pique-nique à côté d'elle et lui fit part de son idée :

— Et si tu brûlais seulement celles dont tu sens que tu peux te séparer et si tu rapportais le reste chez toi en attendant le moment où tu seras capable de t'en débarrasser ?

— Je n'en serai jamais capable…

— Tu vois ce que je veux dire, l'interrompit Coco. C'est trop dur là. Tu trembles comme une feuille.

— OK, on en brûlera que la moitié aujourd'hui.

Elle pensait que ça constituait un bon début.

Mais Katie avait tort. À la fin de l'après-midi, elles n'avaient réussi à en détruire qu'une douzaine. À chaque fois, elle avait eu l'impression qu'on lui sectionnait un morceau du cœur.

Elles rapportèrent la boîte dans la voiture et rentrèrent à Seattle.

Katie était bien décidée à détruire le reste la semaine suivante.

CHAPITRE 30

MARK AVAIT QUITTÉ CEDAR COVE depuis presque un mois. Je m'étais plus ou moins adaptée à la vie sans lui, même si mes journées me paraissaient vides. Mark était en permanence au cœur de mes pensées et de mes prières. Je ne pouvais m'empêcher de me demander s'il était parvenu en Irak et, le cas échéant, s'il était sain et sauf. Mes prières étaient centrées sur lui, sur sa sécurité et sur la perspective de son retour. Prier m'apportait peu de réconfort. J'avais prié tous les jours pour Paul et malgré mes supplications, j'avais perdu mon mari. Mais cela constituait un exutoire à mon angoisse.

Je résistai à l'envie de joindre Bob pour lui demander des nouvelles de Mark. Il m'aurait contactée s'il en avait eu. J'avais commencé mes cours de vélo en salle, ce qui était bon pour moi. J'adorais me dépenser physiquement. Après une heure d'exercice, je me sentais si faible que j'arrivais à peine à marcher.

Malgré mes promenades quotidiennes avec Rover, j'avais hélas perdu la forme.

De plus, j'y avais gagné une nouvelle amie, Dana Parson. Elle avait à peu près mon âge, elle était mariée et mère d'un garçon et une fille. Son mari travaillait à leur domicile, ce qui lui permettait de venir aux cours de vélo en salle pendant la sieste de ses enfants, en début d'après-midi.

Les réservations continuaient à pleuvoir à la maison d'hôtes. Si je gardais ce rythme, je réussirais à dégager des bénéfices d'ici la fin de l'année. Le lundi, je pus profiter de ma matinée, pour une fois. Mes clients du dimanche étaient partis et les suivants n'arrivaient que plus tard dans la soirée. Il s'agissait d'un couple de Kansas City venant rendre visite à leur fils, en poste à la base navale de Bremerton.

Rover était impatient que je termine mes tâches du matin pour aller se promener. Je cédai à sa demande. Ce chien était pourri gâté et j'en étais la seule responsable.

Aussitôt m'emparai-je de sa laisse que Rover effectua une danse de la joie. Il se précipita vers la porte en regardant par-dessus son épaule, comme pour me signifier qu'il était temps. J'attachai mon chien et sortis. Je fus surprise par la soudaine fraîcheur du temps. Octobre était arrivé et le vent fouettait les feuilles d'arbre. Je venais juste de ratisser les feuilles multicolores qu'une nouvelle fournée recouvrait à nouveau mon jardin. C'était sans fin.

Je commençai à monter ce chemin en côte de trois kilomètres qui constituait notre promenade quotidienne. Le ciel était couvert et le vent faisait tourbillonner les feuilles, alors je refermai mieux mon imper. Même si nous n'étions qu'au début du mois, Halloween pointait son nez partout. Plusieurs voisins avaient décoré leur jardin avec des citrouilles-lanternes sur les marches de leur perron et étalé quelques toiles d'araignées sur de petits buissons. Un épouvantail qui reposait sur des bottes de foin et des tiges de maïs trônait devant le jardin d'une maison.

Rover et moi nous approchions de la rue où Mark avait vécu. Depuis son départ, j'avais évité de passer devant sa maison. La pancarte À VENDRE était un crève-cœur et j'estimais qu'il valait mieux ne pas m'infliger une telle vision. Je n'avais pas besoin d'un rappel de son absence. Je la ressentais tous les jours.

Pour une raison quelconque, Rover tint à tourner dans la rue de Mark ce matin-là, bien décidé à me traîner dans cette direction.

— Ce n'est pas notre route, m'opposai-je.

Rover ne voulut rien entendre.

— Bon, d'accord, si tu insistes, mais Mark n'est pas là. Tu le sais, hein ?

Ses petites pattes passèrent à la vitesse supérieure et je dus presser le pas pour le suivre. Plus nous approchions de la maison, plus j'avais du mal à le retenir. Arrivés dans l'allée qui menait à l'atelier de Mark, Rover poussa un aboiement perçant comme s'il s'attendait à ce que Mark sorte pour nous saluer.

— Il n'est plus là, répétai-je à Rover tandis qu'il tirait sur sa laisse.

Je remarquai alors un détail.

En travers de la pancarte de l'agence immobilière plantée devant la maison, il y avait une nouvelle bande adhésive : VENDU.

Je m'arrêtai pour observer le panneau, comme s'il pouvait m'apporter des réponses. Pour une raison insensée et inconnue, j'avais nourri l'espoir que la maison resterait sur le marché jusqu'au retour de Mark... Si jamais il rentrait.

La vision de cette pancarte eut un curieux effet sur moi. Je posai la main sur mon cœur comme pour le protéger d'un sentiment d'abandon. Un signe supplémentaire qu'il me fallait oublier Mark. Bob ne m'en avait pas parlé et cela me surprenait. Avait-il omis de me transmettre d'autres informations à propos de Mark et de la mission qu'il avait entreprise ?

En rentrant à la maison d'hôtes, j'étais contrariée. Rover aussi, car j'avais écourté notre promenade et nous n'avions pas effectué nos trois kilomètres habituels.

Une fois de retour, je mis d'abord de l'eau à bouillir pour faire du thé.

Je vivais l'un de ces moments où j'avais besoin de ma mère. J'étais bien obligée d'admettre à quel point je me sentais fragile. Pourtant j'aurais dû me douter que la maison de Mark finirait par être vendue. Elle était sur le marché depuis un peu plus d'un mois. Je ne m'attendais simplement pas à ce qu'elle soit vendue si vite.

Après avoir préparé du thé, je m'assis à la petite table de la cuisine, saisis mon portable et sélectionnai le numéro qui me permettrait de joindre ma famille.

Ma mère répondit au bout de la troisième sonnerie, le temps de décrocher son téléphone fixe dans la cuisine. Même si elle possédait un portable, elle ne l'avait pas souvent sur elle. D'ailleurs, le téléphone de mon père ne semblait jamais chargé non plus.

— Jo Marie ! dit-elle. Ça me fait plaisir de t'entendre.

— Salut, Maman.

Une courte hésitation s'ensuivit.

— Il s'est passé quelque chose, n'est-ce pas ? Je le devine à ta voix.

J'avais, en tout et pour tout, prononcé deux mots. Je n'avais pas réussi à cacher ma détresse.

— J'ai besoin d'une petite conversation qui remonte le moral.

Je me penchai en avant, posai les coudes sur le dessus de la table et plaçai la main sur mon front comme pour alléger mon esprit de son combat intérieur.

— Qu'y a-t-il ? insista-t-elle. Des nouvelles de Mark ?

— Aucune.

— Je suis sortie promener Rover ce matin et il a voulu qu'on tourne dans la rue de Mark.

Ma mère hésita un quart de seconde.

— Sa maison est vendue, c'est ça ?

Parfois, j'avais l'impression qu'elle pouvait lire dans mes pensées.

— Oui, je sais que j'en fais toute une histoire. C'est normal, les agences immobilières, ça vend des maisons. Et il a confié la sienne à une entreprise réputée pour la rapidité de ses ventes.

— Mais tu es blessée.

— Je sais. C'est ridicule. C'était inévitable… Ça devait bien arriver un jour ou l'autre.

— Les sentiments, ça ne se contrôle pas, commença ma mère d'une voix douce. Écoute ton cœur. On s'en fiche si c'est ridicule ou pas, Jo Marie. Tu vis un abandon, c'est logique d'être bouleversée. La vente de cette maison, ça représente une autre coupure de ton lien avec Mark, alors évidemment que ça te touche. Personne n'y serait indifférent à ta place, arrête de culpabiliser.

Ma mère avait raison. Je devais être plus indulgente avec moi-même. Je ravalai la boule coincée dans ma gorge.

— J'ai tellement peur de ne plus jamais le revoir.

Je venais enfin d'exprimer ma peur à voix haute. Un sentiment qui ne m'avait pas quittée à l'époque où Paul était parti pour l'Afghanistan.

— Jo Marie, tu pleures ?

— J'essaie de m'en empêcher. Ça va aller.

Mais ma gorge serrée et les larmes qui me piquaient les yeux rendaient la tâche ardue.

— Bien sûr que ça va aller, dit-elle d'un ton apaisant. Donc pas de nouvelles de lui ? Rien ? demanda-t-elle à nouveau en baissant la voix, comme pour éviter de me blesser.

— Rien du tout. Mais je vais bien. Je me suis même fait de nouveaux amis.

— Avec ou sans e ? demanda ma mère à l'issue d'une très courte pause.

— Maman !

— Pardon. Tu m'as parlé de Dana, mais je ne sais pas si c'est un homme ou une femme.

— Une femme. On fait du vélo en salle ensemble.

Dana et moi passions souvent chez Starbucks après les cours pour prendre un Skinny Latte.

Nous ressentions toutes deux le besoin de décompresser avant de rentrer à la maison. Je riais bien avec elle, j'avais besoin d'une amie qui me tirait vers le haut.

Mark pouvait être vraiment casse-pieds parfois mais je me souvenais surtout de toutes les heures passées à discuter et rigoler ensemble, le soir, souvent, quand on s'asseyait sous le porche. Ces moments me manquaient.

Mark me manquait. Bon sang ce qu'il me manquait.

Ma mère et moi conversâmes encore de tout et de rien pendant quelques minutes. Rien d'important, juste des histoires de filles. J'avais de la chance d'avoir une mère qui me comprenait si bien. Elle savait mieux que personne m'extirper des méandres où je m'apitoyais sur mon sort. Je pouvais être honnête avec elle et lui faire part de mes sentiments.

J'avais à peine raccroché le téléphone que la sonnette de l'entrée retentit. Je vérifiai ma montre : il était trop tôt pour qu'il s'agisse de mes clients. Quand j'arrivai devant la porte, Rover était déjà là, à remuer la queue. L'individu qui avait décidé de passer devait être un ami, sinon Rover aurait été sur ses gardes. Ce chien avait une sensibilité au-delà de ma compréhension.

Bob Beldon se trouvait sur le perron, arborant une mine sombre et sérieuse. J'ouvris la porte en grand pour l'inviter à entrer.

— Je sais pourquoi tu es venu, annonçai-je en le guidant dans le salon.

Bob me suivit et prit place sur le canapé. Il portait une veste et il avait encore des gouttelettes de pluie dans les cheveux. J'avais bien fait de sortir Rover plus tôt dans la journée.

Il soutint mon regard.

— Alors, tu es au courant. Je me demandais si tu étais déjà passée devant la maison ou pas.

— Quand a-t-elle été vendue ? demandai-je, omettant de préciser que je ne m'étais pas approchée de la maison de Mark depuis presque un mois.

— Je crois que l'offre est tombée pendant le week-end.

— Je pensais que ça serait plus long.

Le marché de l'immobilier était au ralenti ces dernières années. Au fond de moi, j'avais espéré qu'aucune offre ne tomberait avant des mois. Même si ça ne changeait pas grand-chose, car ce n'était qu'une question de temps... Quelqu'un d'autre allait vivre dans la maison de Mark.

— C'était une offre intéressante, expliqua Bob.

— Si l'offre n'a été faite que ce week-end, comment se fait-il que ce soit déjà marqué VENDU sur le panneau ?

En général, cela ne se faisait pas aussi rapidement : ça avait pris du temps quand j'avais acheté mon appartement à Seattle, comme pour la maison d'hôtes, plus tard.

— La vente a été réglée comptant. La transaction finale aura lieu cette semaine et je t'apporterai le chèque ensuite.

Même si Bob m'avait dit que Mark voulait que je fasse don de la valeur de sa maison à des associations, je ne savais pas encore quoi faire de cet argent. Pour ne pas avoir à y penser, je posai une autre question à Bob.

— Tu sais quelque chose sur… les nouveaux propriétaires ?

Bob secoua la tête. Il s'assit au bord du canapé et posa les coudes sur ses genoux.

— Je suis passé t'annoncer autre chose que la vente de la maison.

Un frisson m'envahit alors qu'il faisait bien bon dans la maison.

Bob baissa les yeux vers le tapis.

— Peggy voulait m'accompagner mais elle est coincée dans une réunion de bénévoles à la bibliothèque. Elle m'a conseillé de venir sans elle parce qu'on n'arriverait pas à trouver un créneau pour te voir ensemble avant une ou deux semaines, sinon.

Ce qu'il avait à me dire était forcément sérieux. Je me raidis, certaine qu'il allait m'apprendre une mauvaise nouvelle.

— Tu as des nouvelles de Mark ? questionnai-je sans même chercher à cacher mon angoisse.

Bob secoua la tête en signe de déni, mais il ne croisa pas mon regard.

— Tu as appris quelque chose par quelqu'un ? demandai-je, impatiente qu'il crache le morceau.

Bob acquiesça. À moins de redouter de me donner cette information, je ne comprenais pas pourquoi il faisait durer le suspense.

— C'est une mauvaise nouvelle, c'est ça ?

— Ni bonne ni mauvaise. Mark a réussi à se rendre en Irak.

— Il sait où se trouve son ami ?

— Ibrahim, je…

Je perdis patience et lançai en vrac toutes mes questions.

— Oui, oui, Ibrahim. Il l'a trouvé ? Il est vivant ? Ibrahim, je veux dire, pas Mark ? S'il est vivant, est-ce que Mark pourra bientôt l'aider à partir d'Irak, lui et sa famille ? C'est possible de les ramener aux États-Unis ?

— Jo Marie, intervint Bob en levant la main. Je n'ai aucune réponse à ces questions.

— Dis-moi tout ce que tu sais, et je t'en prie, ne me cache rien. Quoi que tu aies découvert, je peux l'encaisser.

— Tout ce que je sais, c'est que Mark est arrivé en Irak.

— Comment tu le sais ? répliquai-je. Tu as parlé à quelqu'un ?

— J'ai reçu ça au courrier.

Il plongea la main dans la poche de sa veste, en sortit une carte postale et me la tendit.

Sur le devant, on voyait des gratte-ciel de Dubaï. Je retournai la carte et je lus un message écrit en toutes petites lettres qui disait : « FRONTIÈRE PASSÉE EN SÉCURITÉ. » Rien de plus.

— Qui t'a envoyé ça ? demandai-je en examinant le dos de la carte à la recherche d'un indice sur l'expéditeur.

— Je ne sais pas.

Je le fixai pour savoir s'il me disait la vérité.

— Ce n'est pas l'écriture de Mark ? reprit-il.

Je confirmai que non.

— À mon avis, l'expéditeur de cette carte est resté avec Mark assez longtemps pour savoir qu'il a réussi à entrer en Irak sans encombre.

— Tu crois que Mark a donné ton adresse à cette personne ? rétorquai-je en essayant de contenir mon agacement.

— Je ne peux pas te l'assurer, non plus. Je suis désolé, Jo Marie. J'aurais aimé t'en dire plus, mais c'est tout ce que je sais.

CHAPITRE 31

COCO FERMA SON IMPER en Nylon multicolore en descendant de voiture. Elle piqua un sprint du parking jusqu'à son Starbucks préféré. D'habitude, elle passait au drive-in, mais la file d'attente était très longue et elle n'avait pas de temps à perdre.

Presque tous les serveurs la connaissaient, de nom ou de vue, car elle était une fidèle cliente. Comme les fêtes approchaient, elle décida de commander un latte à la menthe poivrée avant de foncer tout droit au bureau.

— Bonjour Coco, j'adore votre manteau, lui lança Jill, la barista.

— Merci.

— Il est nouveau ?

— Ouais.

Elle l'avait conçu elle-même, mais ne le précisa pas. Ces derniers mois, elle avait passé beaucoup de temps sur sa machine à coudre. Elle aimait bien fabriquer les cadeaux de Noël pour sa famille et ses amis. S'occuper l'esprit quand elle n'était pas au bureau l'aidait à moins penser à Hudson. Il ne l'avait pas contactée, et après tout ce temps, elle avait cessé d'espérer. Elle avait passé en revue tous les événements du soir du bal une bonne centaine de fois, voire davantage, à se demander ce qu'elle aurait pu faire différemment. Peu importait les changements de scénario, un seul détail restait le même : Hudson ne s'intéressait pas à elle, point final. Sinon, elle aurait eu de ses nouvelles depuis. Certes, elle était déçue, mais elle avait déjà connu ça et elle s'en remettrait. S'il cherchait à se venger de la manière dont elle l'avait rejeté à l'époque, il avait réussi. Cependant, elle avait du mal à croire Hudson capable de se montrer si mesquin et si méchant.

Pour oublier sa déconvenue, Coco se jeta dans le tourbillon de la vie mondaine. Elle faisait la fête presque tous les soirs et sortait avec deux ou trois types en même temps. De l'extérieur, on pouvait croire qu'elle s'amusait comme une folle. Coco aurait aimé que ce soit le cas. En réalité, elle s'ennuyait ferme. Elle avait mis six bonnes semaines à retrouver son équilibre.

Néanmoins, ce week-end de retrouvailles avait eu un aspect positif. L'amitié entre Coco et Katie s'était encore renforcée. Certes, elles étaient restées en contact toutes ces années. Une fois tous les deux ou trois mois, elles s'étaient vues pour déjeuner, pour dîner ou aller voir un film, parfois. Depuis leur visite à Cedar Cove, les choses avaient changé. Désormais, elles se parlaient de vive voix ou s'envoyaient des textos presque tous les jours. Si on avait demandé une explication à Coco, elle aurait répondu qu'elles avaient toutes les deux été déçues : ça les avait rapprochées.

Katie allait de l'avant et c'était tout à son honneur. Son amie ne lui avait pas demandé de l'aider à brûler d'autres lettres. Par ailleurs, elle avait l'air de s'extraire de sa coquille. Même si elle prétendait ne rien ressentir de romantique à l'égard de Christian, Katie était sortie avec lui à plusieurs reprises. Ils se voyaient davantage. En fait, ils avaient passé ensemble deux week-ends d'affilée. Katie lui avait raconté en détail leur séjour à Leavenworth lors du dernier week-end de l'Oktoberfest. Peu de temps avant, Katie et Christian étaient allés à un concert de rock sur le domaine vinicole de Columbia Crest. Christian aimait bien Katie et ça faisait plaisir à Coco de voir son amie sortir avec quelqu'un qui l'appréciait vraiment.

Récemment, Coco avait restreint les activités de sa vie sociale et se faisait plus discrète. Sa boulimie de rencontres masculines avait été pour elle un moyen de gérer l'absence de nouvelles de Hudson. Elle avait été surprise de constater à quel point son rejet l'avait touchée. Elle s'était sentie vraiment attirée par Hudson. Il lui plaisait bien plus que tous les hommes qu'elle avait rencontrés depuis longtemps.

— Votre latte est prêt, Coco, dit Jill, l'extirpant de ses pensées.

— Oh pardon, j'étais sur une autre planète.

Coco attrapa son café à la menthe poivrée et se retourna. Deux hommes approchèrent tandis qu'elle se dirigeait vers la sortie. L'un des deux lui tint la porte pour la laisser passer. Elle leva les yeux pour le remercier et se figea sur-le-champ.

C'était Hudson Hamilton.

Le voir à moins d'un mètre fut un tel choc que le latte lui glissa des mains pour s'écraser sur le sol. Le contenu se renversa tout de suite sur la chaussée en béton. Coco haleta et bondit en arrière pour éviter les éclaboussures.

Ces dernières semaines, elle s'était plus ou moins demandé si elle allait le croiser, comme ils vivaient tous les deux dans le quartier de l'université. Mais, étant donné qu'elle ne l'avait pas rencontré une fois en dix ans, cette probabilité était plutôt faible.

Hudson semblait aussi stupéfait qu'elle.

Ils restèrent là à se regarder sans rien dire et à partager la folie de ce moment.

— Pardon, je suis vraiment désolée, dit-elle quand elle comprit qu'elle était de nouveau capable de respirer.

Elle se pencha en avant, ramassa le gobelet vide et le jeta dans la poubelle. Un employé sortit avec un pichet d'eau qu'il renversa sur le sol pour diluer le reste de la boisson.

— Je t'ai taché avec mon latte ? demanda Coco de peur d'avoir éclaboussé sa blouse blanche de laboratoire ou son pantalon.

— Non. Et toi, tu en as reçu ?

— Ça va, lui assura-t-elle, impatiente de s'échapper.

— Laisse-moi t'offrir un autre café, proposa-t-il comme s'il se tenait pour responsable de l'incident.

— Non… non, c'est gentil, ne t'inquiète pas.

— Coco, dit-il d'une voix ferme. J'insiste.

Elle regarda son poignet sans réussir à lire l'heure sur sa montre.

— Une autre fois, peut-être. Excuse-moi, je ne peux pas arriver en retard au travail.

Elle avait à peine terminé sa phrase qu'elle se précipitait dans le parking sans se soucier de la circulation. Il lui était impératif de partir au plus vite.

Quand elle remonta dans sa voiture, ses mains tremblaient tellement qu'elle eut du mal à insérer sa clé de contact. Elle se sentait si stupide. Dès qu'elle fut sortie du parking, elle appela Katie.

Celle-ci répondit tout de suite.

— Salut, dit sa copine d'un ton joyeux et plein d'énergie positive. Tu t'es levée aux aurores !

— Je viens de tomber sur Hudson, lâcha Coco, la panique dans la voix. Son cœur battait toujours au rythme d'un train de marchandises.

— Quoi ? répéta Katie avant d'ajouter : OK, OK, raconte-moi tout. Tu es où ?

— Dans ma voiture. Ça vient de se produire.

— Tu étais à quel endroit ?

— Au Starbucks. Je suis passée prendre mon latte du matin et j'allais repartir. J'ai vu deux gars en blouse blanche, mais je n'ai pas tilté. Je ne faisais pas vraiment attention, tu vois ?

— Bien sûr, répondit Katie.

— Hudson m'a tenu la porte. Au moment de sortir, j'ai levé la tête et j'ai vu que c'était lui. Et Katie, oh Katie, tu ne me croiras jamais : j'étais tellement sous le choc que j'ai fait tomber mon latte et qu'il s'est renversé partout par terre.

— Oh Coco, la honte.

— Hudson a dû penser que c'était de sa faute parce qu'il m'a proposé tout de suite de m'en payer un autre. J'ai refusé et je me suis enfuie comme si Freddy Krueger me poursuivait. J'en tremble encore.

— C'est le Starbucks où tu vas tous les matins ?

— Oui.

— Tu ne l'avais jamais vu là-bas, avant ?

— Jamais.

Katie marqua une pause.

— Tu crois qu'il cherchait à te voir ?

— J'en doute. Il avait l'air aussi surpris que moi. Ça m'énerve tellement. Tu ne peux pas savoir à quel point je suis furieuse.

— Furieuse ? répéta Katie, perplexe. Contre Hudson ?

— Non, expliqua Coco. Je suis furieuse contre moi. Pourquoi, après toutes ces semaines, il a encore le pouvoir de me mettre en vrac comme ça ? Qu'est-ce qui me trouble autant chez lui ?

— Ça, je l'ignore, répondit Katie avec toute la gentillesse et la compréhension possible.

— Moi non plus, c'est bien le problème.

Elles discutèrent encore quelques minutes avant de raccrocher.

Coco survécut à sa journée. Ce soir-là, elle s'installa devant sa machine à coudre et s'affaira sur ses cadeaux de Noël pour se distraire jusque tard dans la nuit. Quand son réveil sonna le lendemain matin, la fatigue lui brûlait les yeux et elle se sentait patraque. La dernière chose dont elle avait besoin, c'était de retomber sur Hudson et elle faillit renoncer à passer au Starbucks.

— Tu exagères, se dit-elle en montant dans sa voiture. Y a peu de chances pour que tu le recroises. Il va sans doute éviter les lieux jusqu'à la fin de ses jours.

Elle commanda quand même au drive-in pour s'assurer de ne pas le voir.

C'est d'ailleurs ce qu'elle fit tous les matins de la semaine qui suivit. Elle n'aperçut pas Hudson, ce qui lui convenait.

Le mercredi qui précéda les fêtes de Thanksgiving, elle fit la queue au drive-in et découvrit que Jill, sa barista préférée, était d'astreinte pour la servir à la fenêtre.

— Bonjour, Coco.

— Joyeux Thanksgiving, répondit-elle, le sourire aux lèvres.

Elle était contente d'être bientôt en vacances. Non pas qu'elle ait prévu grand-chose à part s'empiffrer de dinde chez son frère et faire les courses de Noël avec Katie. Les magasins dans le centre-ville de Seattle étaient si bien décorés à cette période de l'année.

— Quand comptez-vous repasser commande à l'intérieur ? demanda Jill en baissant la voix.

— Je ne sais pas. Pourquoi ?

Jill se pencha un peu par la fenêtre.

— Vous savez ce type qui vous a bousculée la semaine dernière ?

Le cœur de Coco passa soudain en mode alerte maximale et tambourina contre sa poitrine.

— Ouais, et alors ?

— Il vient tous les matins depuis. Il m'a posé des questions sur vous à plusieurs reprises. Il dit qu'il vous a connue au lycée et il m'a demandé si vous veniez souvent ici.

— Qu'est-ce que vous lui avez répondu ?

— Juste que vous étiez une habituée. Mais j'aurais peut-être pas dû parce que maintenant, il débarque tous les jours à l'heure pile où je lui ai dit que vous passiez en général.

Coco tapota des doigts sur le volant sans savoir quoi faire de cette information.

— J'aurais mieux fait de me taire, s'excusa Jill.

— Non, non. Ce n'est pas grave.

Jill regarda par-dessus son épaule.

— Il est là en ce moment même.

— Là, maintenant ?

Jill acquiesça.

Impatient, le conducteur qui se trouvait derrière Coco appuya sur son klaxon. Coco répondit d'un coup de corne avant de s'engager dans la rue. Hudson était donc retourné au Starbucks pour la voir. Fascinée par son raisonnement, elle fit le tour du pâté de maisons et revint se garer sur le parking.

Le comportement de Hudson n'était pas logique. S'il voulait la contacter, tout ce qu'il avait à faire, c'était lui envoyer un texto ou l'appeler. Il avait son numéro et il n'avait pas fait l'effort de la joindre. Coco resta assise dans sa voiture quelques minutes jusqu'à ce qu'elle se sente capable de prendre une décision.

La curiosité l'emporta.

Elle attrapa son sac, descendit de voiture et se dirigea vers le Starbucks. Elle laissa le latte qu'elle venait d'acheter à l'intérieur du véhicule. Quand Jill la vit, elle effectua un mouvement de tête en direction de Hudson, assis à une table et absorbé par l'écran de son ordinateur portable. Coco aurait tout aussi bien pu être invisible car il ne lui accordait aucune attention.

Ne sachant pas quoi faire d'autre, elle prit place au bout de la queue, prête à passer commande. Plus les minutes passaient, plus elle se sentait idiote. Elle faisait exprès de lui tourner le dos et feignait ignorer sa présence dans les parages. Malgré les efforts surhumains qu'elle fournissait pour rester calme, son cœur continuait à battre la chamade. Que personne d'autre ne l'entende tenait du miracle.

Elle n'était plus très loin du comptoir quand elle sentit quelqu'un s'approcher.

— Coco ?

Hudson avait prononcé son nom. Même si elle l'avait deviné, elle le regarda et lui sourit comme si elle était surprise. Elle le salua.

— J'aimerais t'offrir ton latte.

— Pourquoi ? demanda-t-elle, d'un ton toujours aussi léger.

— S'il te plaît, laisse-moi te l'offrir, répondit-il. Je voulais te rembourser celui que tu avais fait tomber la semaine dernière, mais tu devais aller travailler et je n'en ai pas eu l'occasion.

— Vraiment, tu n'es pas obligé. Ce n'était pas de ta faute. C'est moi qui suis maladroite.

Elle avait débité ces trois phrases d'un seul trait, comme pour s'en débarrasser au plus vite. Elle respira un grand coup dans l'espoir de ralentir son rythme cardiaque avant de reprendre.

— Ce n'est pas la peine, conclut-elle en serrant son portefeuille.

— Je m'en voudrais si je ne remplaçais pas celui que tu as renversé.

En d'autres termes, il était venu tous les matins de la semaine dernière au Starbucks par obligation. Rien à voir avec un quelconque désir de la voir ou de lui parler. La déception était grande. D'instinct, elle aurait voulu lui expliquer son désaccord, mais ça aurait été ridicule. Alors, elle décida de céder. Il resta à ses côtés jusqu'à ce que ce soit son tour. Arrivés à la caisse, il lui fit signe de choisir ce qu'elle voulait, puis il se commanda un café noir. Hudson paya les deux boissons et attendit son café pendant que Coco avançait au bout du comptoir pour récupérer son latte.

— Vous n'en avez pas déjà commandé un au drive-in ? s'étonna Dan, un autre serveur.

Coco lui lança un regard furieux et ignora sa question. Dan posa le latte sur le comptoir. Hudson la rejoignit en silence.

Elle le remercia, puis lui répéta qu'il n'aurait pas dû se sentir obligé. Elle attendit et lui laissa amplement le temps de commencer une conversation. Il n'en fit rien.

Coco replaça la bandoulière de son sac à main sur son épaule.

— Je te souhaite de bonnes fêtes de Thanksgiving, lâcha-t-elle en se dirigeant vers la porte.

À sa grande surprise, Hudson se dépêcha de rassembler tant bien que mal ses affaires et la suivit à l'extérieur, son ordinateur portable sous le bras.

— À la prochaine, cria-t-il à son attention.

— C'est ça. À la prochaine, répéta-t-elle.

Il s'agissait sans doute de l'interaction humaine la plus étrange que Coco eût jamais connue et elle ne savait pas du tout quoi en faire. Elle ne voyait pas à qui d'autre en parler que Katie.

— Il se sentait coupable, lui annonça Coco.

Elle téléphonait grâce au Bluetooth de sa voiture, sur le chemin du bureau.

— Tu ne m'as pas dit que d'après la serveuse, Hudson était venu tous les jours de la semaine dernière ?

— Si, mais seulement parce qu'il se sentait coupable.

— Il devait y avoir une autre raison, Coco. Il voulait te voir.

— Il m'a vue et il n'a pas eu l'air d'avoir grand-chose à me dire, rétorqua-t-elle.

Elle ne savait pas trop pourquoi elle continuait à contredire Katie alors qu'elle trouvait sa version beaucoup plus arrangeante.

— Si tout ce qu'il voulait, c'était te rembourser ta boisson, il pouvait te laisser une carte-cadeau, insista Katie. Tous les jours, Coco. Il est venu au Starbucks tous les jours depuis qu'il t'a croisée. Réfléchis.

— Je réfléchis, mais ce n'est pas logique.

— Parce qu'il y a déjà eu quelque chose de logique dans votre histoire, peut-être ? demanda Katie.

Son amie marquait un point. Coco n'eut d'autre choix que d'admettre que Katie avait raison.

— Jamais. Il ne ressemble à aucun homme que j'aie connu.

Il était complétement imprévisible. Coco voulait croire que Hudson avait changé d'avis à son sujet, mais elle avait peur d'être encore déçue. Elle était incapable de lire entre les lignes avec lui.

— Teste-le.

Katie l'avait perdue.

— Comment tu veux que je le teste ?

— D'habitude, tu passes commande au drive-in, c'est ça ?

— Ouais.

Elle ne sortait de voiture qu'en cas de nécessité.

— Lundi, tu vas commander à l'intérieur et tu vois si Hudson se pointe.

— Il ne viendra pas, la contrecarra-t-elle sans savoir pourquoi.

Et pourtant, c'était ce qu'elle désirait le plus au monde.

— Tu n'en sais rien. D'ailleurs, il ne t'a pas dit qu'il te verrait une prochaine fois ?

— Si, mais c'est juste une expression.

— S'il existe quelqu'un qui emploie les mots dans leur sens littéral, c'est bien Hudson Hamilton. Quand il t'a dit « À la prochaine », ça voulait dire qu'il avait l'intention de te voir une prochaine fois.

Coco se redressa, gonflée de fierté.

— Dans ce cas-là, il sait où me trouver. Il connaît mon adresse. Elle est dans la brochure du week-end des retrouvailles. Mon numéro, aussi. Je ne vais pas lui courir après.

— D'accord, comme tu veux, dit Katie. Écoute, je dois y aller. J'ai une réunion.

— Bien sûr, pas de problème, à la prochaine, répondit Coco sans réfléchir, par automatisme.

— C'est ça, à la prochaine, confirma Katie. Et mon petit doigt me dit que le prochain à te revoir sera peut-être bien Hudson.

CHAPITRE 32

SUR LE POSTE DE RADIO DE KATIE, on avait commencé à passer des chants de Noël bien avant Thanksgiving. Entendre ses classiques préférés tombait à pic : elle était dans sa cuisine et rassemblait tous les éléments nécessaires à la préparation d'une tarte aux pommes et d'une tarte aux noix de pécan pour célébrer Thanksgiving dans la famille de Coco. Le repas se tenait chez son frère dans la partie nord de Seattle. Coco avait invité Katie, qui avait accepté avec bonheur. Ces dernières années, Katie avait passé Thanksgiving chez l'une ou l'autre de ses collègues avec leur famille.

Un tablier noué autour de la taille, elle avait posé le paquet de farine sur le plan de travail de sa cuisine ainsi qu'un pot de saindoux. Elle faisait des tartes une ou deux fois par an et prenait la tâche très au sérieux. Pas question d'acheter ces pâtes toutes faites dans un magasin. Elle insistait pour tout faire elle-même du début à la fin.

La radio allumée, Katie fredonnait sur la musique tout en épluchant les pommes. D'abord, elle n'entendit pas la sonnette de l'entrée. Elle pensait que ça venait de la chanson. On sonna une deuxième, puis une troisième fois et Katie comprit que quelqu'un se trouvait à la porte.

Elle posa son couteau, se sécha les mains sur son tablier et cria « J'arrive ». Elle regarda dans le judas avant d'enlever le verrou.

Emily, celle de James, se tenait là dans le couloir, devant son appartement. Sa première pensée fut qu'il était arrivé malheur à James, et qu'Emily était venue lui annoncer la nouvelle en personne.

— Emily, dit-elle en ouvrant grand la porte.

L'autre femme semblait navrée.

— Excuse-moi de débarquer à l'improviste comme ça. J'ai pensé que tu étais peut-être chez toi… J'aurais sans doute dû appeler avant.

— Ne t'excuse pas. Entre, je t'en prie.

Emily n'avait toujours pas l'air sûre d'elle en entrant dans l'appartement. Le cœur de Katie battait à toute vitesse. Il fallait qu'elle sache.

— Est-ce que James va bien ? Il a eu un accident ?

— Jusqu'à la semaine dernière, James était en parfaite santé, pour autant que je sache.

Emily sous-entendait qu'elle ne l'avait pas vu depuis. De toute évidence, il s'était passé quelque chose et Katie était certaine qu'Emily n'allait pas tarder à lui en faire part.

— Assieds-toi, je t'en prie. Tu veux quelque chose à boire ? Un thé ? Un café ? De l'eau ?

Katie avait l'impression de parler comme une serveuse dans un restaurant, mais elle était nerveuse et incapable de le cacher.

Emily déclina et prit place sur le canapé. Elle avait l'air pâle et lasse. Elle avait la tête de quelqu'un qui n'avait pas bien dormi depuis un bon moment.

Katie retira son tablier, le rangea dans la cuisine, puis la rejoignit.

— Je t'ai interrompue, dit Emily en regardant le bol de pommes à moitié épluchées et les plats à tarte posés sur le plan de travail de la cuisine.

— Je préparais des tartes pour Thanksgiving, expliqua-t-elle. Coco et sa famille m'ont invitée. Tu as rencontré Coco, non ?

— Je ne crois pas… Peut-être. J'ai rencontré plein de monde le soir du bal.

— C'était une soirée assez éprouvante, hein ? articula Katie d'une voix douce.

Un silence tomba sur la pièce et Katie attendit qu'Emily parle. Il ne s'agissait pas d'une simple visite de courtoisie. Il était évident qu'Emily avait quelque chose à lui dire. Cependant, Katie n'éprouva pas le besoin de la brusquer puisque James ne courait pas de réel danger.

— Tout a changé pour James et moi après cette fête, déclara Emily en ne relevant la tête qu'une seconde.

— J'imagine que ça n'a pas changé en bien ?

— Non, au contraire.

— Je suis désolée.

— J'aimerais dire que James en est le seul responsable, mais ce n'est pas vrai.

Emily se redressa et offrit à Katie un petit sourire.

— Moi aussi, j'ai changé après cette soirée.

Katie ne savait pas trop quoi dire, mais sa formation d'assistante sociale lui avait appris qu'il fallait laisser les gens parler et expliquer leurs problèmes à leur rythme, surtout quand les circonstances étaient difficiles. Ce qui semblait être le cas. Elle avait des questions, de nombreuses questions, mais elle s'arma de patience : elle savait qu'elle obtiendrait des réponses.

— Le moment qu'on a passé ensemble à la cafétéria m'a ouvert les yeux sur beaucoup de choses, reprit Emily.

Puis elle marqua une pause, comme si elle avait besoin d'un instant pour retrouver son calme avant de continuer.

— Je sais ce que c'est que d'aimer quelqu'un à tel point que la vie ne semble pas valoir la peine d'être vécue sans lui.

— Je vais mieux, maintenant, murmura Katie.

Elle voulait rassurer Emily, lui faire savoir qu'elle était passée à autre chose depuis ce soir-là.

— En fait, je sors avec un type super, ajouta-t-elle.

— Tu l'aimes ? demanda Emily sans la lâcher des yeux.

Katie savait qu'elle devait être honnête. Emily verrait clair dans son jeu si elle mentait.

— Non.

Elle sourit, heureuse que Katie lui ait dit la vérité.

— C'est quelqu'un de bien, s'empressa d'ajouter Katie. Il est gentil, attentionné et il me fait rire.

— Et tu es convaincue qu'avec le temps tu finiras par tenir vraiment à lui, n'est-ce pas ?

Katie hésita avant de répondre.

— Oui, avoua-t-elle. Je l'espère, en tout cas.

— J'espérais la même chose quand j'ai accepté d'épouser James. On s'est rencontrés juste quelques semaines avant que je ne reçoive cette carte de Jayson m'annonçant la grossesse de son épouse. J'ai mis longtemps à comprendre pourquoi il me l'avait envoyée. Comme toi, j'ai pensé qu'il voulait me blesser, mais je connais Jayson, et il ne m'aurait jamais rien fait de mal de manière intentionnelle. J'aurais dû m'en apercevoir plus tôt. C'était sa façon de me dire que je devais trouver quelqu'un d'autre à aimer.

— Et puis, il y avait James.

— Oui. On sortait ensemble depuis un moment et comme cet homme que tu as rencontré…

— Il s'appelle Christian, précisa Katie.

— Comme pour toi et ce Christian, on y est allés doucement. On s'est tous les deux engagés dans cette nouvelle relation le cœur brisé. J'ai compris très vite que James était un homme bon et solide. Tout comme Christian est gentil et attentionné.

— Il est sensible et bienveillant, ajouta Katie.

— Oui, James aussi, confirma Emily. On sortait ensemble depuis deux ans quand on a décidé de se marier.

— Depuis si longtemps ? demanda Katie.

— On est très bons amis.

Katie savait aussi combien James était un ami formidable.

— Il t'avait parlé de moi, tu m'as dit, mais il n'avait jamais mentionné mon nom ?

— Tout ce que je savais, c'est qu'il avait aimé avant quelqu'un de tout son cœur et que cette relation s'était terminée. Il ne m'a pas raconté les détails. Il n'avait pas de raison de le faire.

— Ah ?

— Ça ne servait à rien de déterrer le passé, ni le sien, ni le mien. Nos histoires d'amour étaient finies. Je n'ai pas donné à James les détails de ma relation avec Jayson non plus. On était tous les deux décidés à faire table rase du passé, à regarder vers l'avenir… et recommencer à zéro, pour ainsi dire.

Katie aussi s'était efforcée de suivre cette voie.

— Je vois ce que tu veux dire. J'ai brûlé les lettres de James. Il m'avait écrit, tu sais, presque chaque jour pendant des mois… Ses lettres étaient déchirantes. Même si elles me brisaient le cœur, elles étaient remplies d'amour, aussi… Mais je les ai détruites.

— Tu les avais gardées jusque-là.

Emily avait prononcé cette phrase comme si elle venait de comprendre quelque chose.

— Chacune d'elles, dans une boîte.

— Et après le week-end des retrouvailles, tu les as brûlées, murmura-t-elle, l'air attristée par cette nouvelle.

— Ça m'a pris plusieurs semaines… Je n'ai pas pu me séparer de certaines… Quinze, au total. Je ne pouvais pas me résoudre à les brûler. J'étais convaincue que m'en débarrasser symboliserait de manière claire la fin de notre histoire. Vous étiez fiancés, tous les deux. Et je vous souhaitais tout le bonheur du monde.

Emily afficha un sourire qui révélait sa douleur.

— Je… je sais. J'aimais… j'aime suffisamment Jayson moi aussi pour vouloir son bonheur. Il était proche de ses parents, surtout de sa mère, et m'épouser aurait causé des dégâts irréparables à leurs relations. Je ne pouvais pas leur faire ça, ni à lui, ni à sa mère. Elle n'a jamais su combien je l'admirais et à quel point je l'aimais.

Ses yeux se remplirent de larmes et elle s'empressa de les ravaler. Katie ne savait pas vraiment quoi dire.

— Comme je te le disais, les choses ont changé entre James et moi après cette soirée.

Katie déglutit en attendant qu'Emily reprenne la parole.

— J'ai compris que tu aimais James de la même manière dont j'aimais Jayson.

— Oui, mais…

— Et plus important encore, l'interrompit Emily, j'ai découvert que James était toujours amoureux de toi.

Katie ne put s'empêcher d'haleter. Elle secoua la tête à plusieurs reprises pour nier la véracité des propos d'Emily.

— Tu te trompes. Il me regardait à peine ; il m'a bien fait comprendre que tout était fini, mort et enterré.

Emily répondit par un autre sourire triste.

— C'est ce qu'il a voulu te faire croire. Ce n'est pas vrai, Katie. Il n'a jamais réussi à cesser de t'aimer.

Elle sentit sa poitrine se serrer et sa gorge en faire autant. Katie se couvrit le visage des deux mains. Ses épaules tremblaient. Elle se pencha en avant, posa le front contre ses genoux et attendit que la vague d'émotions passe. Elle ne pouvait pas en croire ses oreilles.

— Je suis venue te dire que j'ai rompu nos fiançailles, murmura Emily. James et moi ne nous marions plus.

— Oh non, cria Katie.

— C'était la meilleure chose à faire, insista Emily en serrant une seconde la main de Katie. James et moi, on aurait pu maintenir ce mariage, mais on méritait tous les deux mieux que ça.

Petit à petit, Katie retrouva son calme et se redressa.

— Et James ? Comment a-t-il réagi ? Qu'est-ce qu'il a...

— Il n'était pas surpris. En tout cas, il n'a rien laissé paraître. On aurait presque dit qu'il s'y attendait. Pour être honnête, il a bien essayé de me convaincre de garder la bague de fiançailles et de reporter le mariage, le temps qu'on y voie un peu plus clair.

— Ça paraît sensé.

— Non, la contredit Emily. Rien ne va changer. Au fond de lui, James sait que j'ai raison, c'est juste qu'il ne voulait pas l'admettre.

— C'était la semaine dernière ?

— Oui. Le week-end dernier, on a annoncé à nos familles respectives qu'on annulait le mariage.

Katie n'osait même pas imaginer la déception des parents de James.

— Je voulais qu'on leur annonce ensemble, mais James m'a dit que ça se passerait mieux s'il le faisait seul. Mes parents n'ont pas bien pris la nouvelle. Ils veulent que je sois heureuse, mais malheureusement selon eux cela passe par le mariage et la maternité. Ils ne comprennent pas que s'engager avec la mauvaise personne n'a rien d'un accomplissement en soi.

— Et maintenant ? demanda Katie, bien consciente de la douleur de cette femme et des mauvais moments qu'elle venait de vivre.

— Je… je ne sais pas ce que l'avenir me réserve. On verra bien. Quant à James, je pense que ça dépend de toi.

— De moi ? répéta Katie.

— Si tu l'aimes toujours, et je sais que c'est le cas, alors tu dois le lui dire.

— James sait déjà ce que je ressens pour lui. J'ai été on ne peut plus claire sur ce point.

— Tu ne vas pas essayer de lui parler ?

Emily la sonda du regard. Katie secoua la tête en signe de dénégation.

— Je ne peux pas. Lors du week-end des retrouvailles, je lui ai demandé d'écouter ce que j'avais à lui dire et il a accepté à la seule et unique condition que je ne reprenne plus jamais contact. Je crois que la balle est dans son camp.

— Tu es en train de me dire qu'après tout ce qui s'est passé, tu vas laisser ta fierté se mettre en travers du chemin ?

Katie émit un petit rire.

— Ce n'est pas de la fierté, Emily. Je suis venue à cette réunion des anciens élèves pour déballer tout ce que j'avais sur le cœur. Je ne voulais rien de plus que lui expliquer pourquoi j'avais été obligée de rompre quand il est parti à l'université.

— James pense que si tu l'avais vraiment aimé, l'opinion de ses parents ou de qui que ce soit d'autre n'aurait pas pesé dans la balance, répondit Emily.

Katie releva la tête.

— Alors il t'a parlé de moi après le week-end ?

— C'était sans doute la première conversation honnête qu'on ait jamais eue. On y a mis notre âme à nu. Il m'a tout raconté. Il a tellement souffert de votre histoire, mais tu le sais déjà. Je crois qu'il avait *si* mal qu'il ne pouvait pas entendre ton point de vue. Vous étiez des ados tous les deux et vous n'aviez pas le soutien de votre famille ! Tu savais à quoi ressemblerait la vie de James s'il perdait ses parents et tu ne voulais pas qu'il connaisse cette souffrance.

Emily avait bien mieux compris le problème que James.

— J'ai promis de ne pas le contacter, mais il y a autre chose, Emily. La colère de James n'a pas faibli. Le seul moyen de me convaincre qu'il a vraiment mis le passé derrière lui, ce serait qu'il revienne vers moi.

— Katie…

Elle leva la main pour lui couper la parole.

— Je ne pense pas qu'une relation peut repartir sur de bonnes bases si autant de ressentiment et de colère pèsent entre nous.

Emily mit quelques minutes à assimiler cette déclaration, puis elle hocha lentement la tête.

— Je comprends.

— Et pour toi ? demanda Katie.

— Je ne sais pas. Je suis institutrice en cours préparatoire et j'adore mon boulot. J'y trouvais de la satisfaction avant de rencontrer James, et je suis sûre que j'en trouverai encore.

Ensuite elle se leva comme si le but de sa visite avait été atteint.

— La dernière fois qu'on s'est vues, tu m'as demandé d'aimer James à ta place. Ça m'avait profondément touchée. Je voudrais te demander la même chose. Si vous arrivez à vous retrouver, tous les deux, j'espère que tu lui donneras tout l'amour que je n'ai jamais été capable de lui donner. Remplis sa vie de rires et de joie. Donne-lui des enfants. On avait parlé de fonder une famille : ce sera un père formidable, un jour.

La gorge de Katie se serra et elle acquiesça. Quand elle reprit la parole, elle était en larmes.

— Je ne sais pas si c'est possible, mais il n'y a rien que je souhaite davantage au monde.

CHAPITRE 33

Le matin de Thanksgiving, j'étais debout encore plus tôt que d'habitude. Dans quelques heures, j'allais prendre le ferry de Southworth à Seattle, rejoindre mes parents et partager un repas traditionnel. De Southworth, la traversée du détroit de Puget était moins longue que du port de Bremerton et il y avait moins de circulation dans l'ouest de Seattle.

Ma mère mettait toujours les petits plats dans les grands pour Thanksgiving. Je ne m'inquiétais pas de laisser mes clients seuls pour l'occasion : je ne partais que quelques heures, chaque invité possédait une clé de la maison et ils avaient tous des projets pour cette journée de fête.

J'eus beau proposer à ma mère d'apporter un accompagnement ou un dessert pour contribuer au dîner, elle refusa. Elle était aux fourneaux depuis des jours et il y avait bien assez à manger.

Ma mère était une excellente cuisinière. Thanksgiving était pour elle l'opportunité de montrer ses talents culinaires et ses prédispositions à la décoration. Elle adorait cette fête et s'y préparait des semaines à l'avance.

Après avoir servi le petit déjeuner, j'emmenai Rover en balade. Sur le chemin du retour, je m'arrêtai prendre le courrier. Je n'avais pas eu le temps de vérifier la boîte à lettres la veille. En faisant le tri parmi les factures et les publicités, je remarquai une carte dont l'adresse de l'expéditeur se trouvait à Yakima, dans l'État de Washington. Elle venait de Maggie Porter. Maggie et Roy avaient séjourné chez moi quelques mois auparavant et je me souvenais très bien de ce couple.

La maison d'hôtes avait usé de ses pouvoirs magiques sur eux. Maggie avait découvert qu'elle était enceinte et selon toute apparence cette grossesse n'était ni prévue, ni attendue, ni désirée. Mon sixième sens m'avait soufflé que Roy n'était pas sûr d'être le père de cet enfant. Contrairement à ce qu'il advint de mes deux clientes venues revoir leurs anciens camarades de classe, Roy et Maggie avaient eux retrouvé le chemin de l'amour pendant leur séjour. Ils étaient repartis en paix.

J'ouvris la carte, heureuse d'avoir des nouvelles de Maggie.

Thanksgiving 2015

Chère Jo Marie,

Cette année je prends le temps de témoigner ma reconnaissance aux gens, et je voulais que vous sachiez que je chérirai toujours le temps passé en votre compagnie à la maison d'hôtes de Cedar Cove. Roy et moi nous portons bien. Nos garçons poussent comme de la mauvaise herbe et ont hâte de rencontrer leur petite sœur.

Oui, l'échographie a montré que Roy et moi attendions une fille. Vous n'imaginez pas combien nous sommes ravis et enthousiastes.

Roy s'est occupé de peindre et de décorer dans un rose pâle sublime la chambre du bébé. La famille et les amis ont déjà offert à Grace toute la layette nécessaire. Je vois d'ici comme elle sera gâtée.

Nous avons décidé de l'appeler Grace Margaret Porter. Roy a insisté pour qu'elle porte aussi mon nom, et nous sommes tombés d'accord sur le prénom Grace car c'est un cadeau que Dieu nous a donné pour nous aider à consolider notre mariage et notre engagement l'un envers l'autre. C'est un bébé très actif et je sais déjà qu'elle va en faire voir de toutes les couleurs à ses deux grands frères.

Quand vous verrez Mark, n'oubliez pas de lui dire combien nous adorons le berceau et combien nous lui sommes reconnaissants de nous avoir fait don de ce trésor. Je lui ai écrit récemment mais la lettre m'a été retournée. Il aurait déménagé ? Roy et moi avons été très touchés de recevoir un si bel ouvrage en bois.

J'emploie souvent le mot « reconnaissant », non ? C'est ce que je ressens : beaucoup de reconnaissance. Je vous le répète, je suis en bonne santé et je vais bien. Ma grossesse a été facile à vivre, la plupart du temps. Je n'ai jamais été aussi heureuse, malgré les épreuves traversées.

Roy et moi, nous aimerions revenir à la Villa Rose, mais sans doute pas cette année ! Je vous enverrai une photo de Grace quand elle montrera le bout de son nez.

Merci encore, Jo Marie, pour tout.

Roy et Maggie Porter

Je rangeai la carte dans son enveloppe et me dirigeai vers la maison avec Rover qui tirait sur sa laisse. Les mots de Maggie m'étaient allés droit au cœur.

Je me souvins de la conversation entre Mark et Roy, peu après que Mark eut entrepris la construction du kiosque. Je travaillais dans mon jardin, à côté de la maison. Aucun des deux hommes n'était conscient de ma présence. Je ne voulais pas écouter leur conversation, mais il m'était impossible de l'ignorer.

Mark s'était montré calme et sensé devant Roy qui, en proie à la colère, ne voyait d'autre solution que de divorcer. Sa rage était telle qu'il tenait à peine en place.

Mon respect pour Mark s'accrut à pas de géant ce jour-là. Il m'avait suffi de l'entendre parler à Roy. Mark n'avait pas débattu avec lui ni tenté de le raisonner. Il avait préféré lui poser une série de questions comme lors d'une banale discussion. Ces questions avaient aidé Roy à imaginer à quoi ressembleraient sa vie et celle de ses enfants sans Maggie. Roy avait finalement décidé de sauver son mariage. Maggie et Roy devaient la survie de leur couple et de leur bonheur en grande partie à Mark.

Ce dernier hantait mes pensées tandis que Rover me ramenait à la maison d'hôtes. Mes clients sortaient tous passer ce jour de fête avec de la famille éloignée ou des amis. J'étais moi-même sur le point de partir quand une idée me vint soudain à l'esprit.

Le berceau.

Mark y avait travaillé pendant des mois, à graver des motifs complexes dans la tête de lit. J'avais été choquée qu'il l'offre aux Porter qui n'étaient guère plus que des étrangers. Il aurait pu vendre cette pièce pour des centaines de dollars. Peut-être plus. C'était une magnifique œuvre d'art.

Je n'avais jamais compris pourquoi il avait fabriqué un objet dont il n'avait pas l'utilité personnelle. En vérité, ça ne me regardait pas. Si Mark voulait passer un temps faramineux à construire quelque chose qu'on ne lui avait pas commandé, c'était son affaire.

Je repensai à ma conversation avec Bob Beldon. Je compris ce qui avait poussé Mark à fabriquer un si joli berceau : il l'avait construit dans l'espoir de devenir père. Dans l'espoir qu'un jour, dans un lointain futur, il se marierait et aurait des enfants.

Il l'avait construit pour nous.

Cette prise de conscience me frappa de plein fouet. J'entrai en trébuchant dans la cuisine et m'assis pour m'éclaircir les idées. Quand je sentis que mes jambes pouvaient à nouveau me porter, je mis de l'eau à bouillir.

Depuis un mois, je m'efforçais de ne pas penser à Mark, malgré l'impossibilité de la chose. Il était temps d'admettre la vérité. J'étais tombée amoureuse de lui, et je n'avais pas pris conscience de mes sentiments car je nageais en plein deuil de mon mari.

Avec le recul, Mark avait fait de son mieux pour cacher ce qu'il éprouvait à mon égard. Il savait que je n'étais pas en mesure d'aimer à nouveau, que je n'avais pas encore surmonté la mort de Paul. Je n'avais été réceptive à ses signaux que ces neuf derniers mois, quand notre relation s'était mise à évoluer en quelque chose de plus fort que de l'amitié. Mais même à ce moment-là, je ne voyais toujours pas ce qui se trouvait pourtant juste sous mes yeux.

Mark avait dû m'aider à comprendre que j'avais commencé à nourrir des sentiments à son encontre. À l'époque, cette idée m'avait sidérée et je m'apercevais aujourd'hui qu'il avait raison.

Mark aurait voulu ne pas m'aimer. Il avait refoulé ses sentiments car il se considérait indigne de moi à cause de ce qui s'était passé en Irak. Cet événement avait vraiment transformé la perception qu'il avait de lui-même. En fait, il lui était devenu insupportable de vivre en ayant abandonné Ibrahim. Il avait pris la décision déchirante de repartir. Il était prêt à mourir pour réparer une injustice.

Siroter mon thé m'aida à me calmer. Maggie Porter m'avait envoyé une adorable carte pour me dire combien elle avait été ravie de son séjour à la Villa Rose. Certes, j'étais veuve, j'avais déjà enterré un homme que j'aimais et l'autre se trouvait quelque part en danger. Malgré tout, je m'efforçais d'éprouver de la reconnaissance pour ce que j'avais car Thanksgiving était le jour où l'on devait rendre grâce.

Je m'apprêtai à partir chez mes parents quand le téléphone de mon bureau sonna.

— La Villa Rose, j'écoute, annonçai-je.

— Jo Marie, c'est Peggy, prononça-t-elle à une vitesse hallucinante. Ta télé est allumée ?

L'urgence dans sa voix m'alerta.

— Non. Pourquoi ?

Au rez-de-chaussée, le seul poste de télévision se trouvait dans mon espace privé.

— Qu'est-ce qui s'est passé ?

Peggy hésita. Quand elle reprit la parole, elle avait l'air indécise.

— Écoute, il vaut peut-être mieux que je vienne. Je ne veux pas que tu regardes les informations toute seule.

Je me précipitai dans l'autre pièce et allumai la télévision, le téléphone dans une main, la télécommande dans l'autre. Le défilé de Thanksgiving à New York apparut sur l'écran et j'appuyai sur tous les boutons pour trouver une chaîne d'information en continu.

— Dis-moi, explosai-je, tremblant de toutes parts. Qu'est-ce qui s'est passé ?

Croyait-elle sérieusement que j'allais rester assise à attendre son arrivée à la maison d'hôtes sans savoir de quoi il retournait ?

— Il y a eu un flash info… On ne sait pas : ils n'ont pas donné de détails. C'est tellement dur à dire. Un Américain s'est fait capturer en Irak…

— C'est Mark ? criai-je, désespérée.

Elle semblait très secouée. Avant de céder à la panique, je me forçai à garder mon sang froid.

— Il y a beaucoup d'Américains en Irak, relativisai-je.

— On ne sait pas, l'État islamique n'a pas donné de nom.

Peggy digressa sur le groupe terroriste le plus fanatique au monde dont le nom était sur les lèvres de tous les présentateurs de journal télévisé.

— … les agences de presse disent que ce n'est pas un de leurs journalistes, conclut Peggy.

— Ça pourrait être quelqu'un qui travaille pour une organisation humanitaire ? m'enquis-je.

J'avais la bouche si sèche qu'il m'était difficile de parler. Elle n'avait pas besoin de me rappeler ce que ce groupe terroriste avait fait à d'autres otages américains. Je déglutis tant bien que mal pour réfréner l'angoisse qui commençait à monter en moi.

— Tu penses qu'il s'agit de Mark, c'est ça ?

Je ne voyais pas d'autre explication à son appel. Pour une raison que Peggy et Bob avaient sans doute préféré me cacher, ils croyaient que l'homme aux mains de l'État islamique était Mark.

Peggy ne me répondit pas.

— Peggy, hurlai-je.

— Je… je ne sais pas. Je n'en sais rien.

J'avais posé la question, mais j'avais déjà la réponse. Mes peurs les plus terribles s'étaient concrétisées.

CHAPITRE 34

Le lundi matin, Coco s'arrêta au drive-in du Starbucks et fut heureuse de découvrir que son amie Jill était de service au guichet extérieur. Elle avait la frousse et des nœuds à l'estomac.

Par réflexe, elle passa sa commande habituelle, mais elle n'avait pas envie de son latte. Elle voulait savoir si Hudson était à l'intérieur. Katie était convaincue qu'il y serait. Coco aurait tellement voulu croire que son amie disait vrai, mais elle avait des doutes.

Dès qu'elle arriva au niveau du guichet pour récupérer sa commande, Coco demanda à Jill :

— Il est là ? Vous savez, le type dont vous m'avez parlé mercredi dernier ?

Jill lui lança un regard complice.

— Aux premières loges. Il a pris place à côté de la porte et observe avec attention chaque personne qui entre. Vous allez mettre un terme à son calvaire ?

Coco leva ses poings en l'air, toute joyeuse.

— Je crois bien que oui.

Sans hésiter, elle fit le tour de l'établissement et se gara sur le parking. Puis elle entra dans le Starbucks, son latte à la main. Hudson se trouvait bien à une table tout près de la porte. Elle n'attendit pas qu'il l'y invite et s'assit en face de lui. Elle posa son café sur la table à côté de son ordinateur portable.

Il la regarda comme si elle venait de tomber du ciel.

— Tu sais, c'est un peu bête de se voir ici, lança Coco en croisant les jambes, faussement détendue.

— Tu es là pour me voir ? chercha-t-elle à savoir, inquiète d'avoir mal interprété.

Il remonta ses lunettes sur son nez et acquiesça tout doucement.

— Tu es conscient qu'il existe d'autres moyens de me joindre ? J'ai un téléphone. J'habite dans un appart à côté.

Elle décroisa les jambes avec élégance, se leva et s'apprêta à partir. Puis elle décida de lui donner un peu de courage et se pencha par-dessus la table pour l'embrasser sur la joue.

Hudson cligna à nouveau des yeux. À deux reprises, cette fois-ci.

— À la prochaine, dit-elle en passant la porte.

Le reste de la journée, il lui fut impossible de se concentrer sur son travail. Son esprit vagabonda dans une douzaine de directions différentes et elle se demandait combien de temps il allait mettre pour se manifester. Si jamais il se décidait à le faire. Elle regardait sa montre toutes les dix minutes.

Elle aurait voulu que la journée passe plus vite et espérait de tout son être que Hudson l'appellerait ou passerait chez elle le soir venu. Elle avait été assez claire : c'était à son tour d'agir.

Aussitôt rentrée, Coco téléphona à Katie pour lui raconter ce qui s'était passé ce matin-là.

— Ne t'inquiète pas. Il va te contacter.

— Que Dieu t'entende, gémit Coco.

Si elle n'avait pas de nouvelles de lui cette fois-ci, elle était foutue.

Le sourire de Katie transparaissait dans sa voix quand elle reprit la parole.

— Je ne t'ai jamais vue comme ça avec un mec.

— C'est clair et je ne sais même pas vraiment pourquoi. Enfin, oui et non. Il est à la fois si intelligent et si crétin. Il m'aimait de loin, je me suis comportée comme une garce avec lui et voilà, je ne sais pas pourquoi : je pense tout le temps à lui. On ne va pas du tout ensemble, je sais, et quelle que soit la relation qu'on développera, ça va se terminer en carnage, mais je m'en fiche, je veux tenter ma chance avec lui.

— Je ne trouve pas, la contredit Katie. Vous feriez un super couple parce que vous vous complétez, justement.

— Tu crois ?

— Coco, je ne te reconnais plus. Elle est passée où, la fille pleine de cran et d'assurance ?

— Elle est restée au lycée à prier pour qu'un certain garçon s'intéresse assez à elle pour l'inviter au bal de promo, avoua Coco en faisant les cent pas dans son salon tel un lion en cage.

— Ne t'en fais pas. Hudson est futé comme gars, il va bouger.

— Je te jure, Katie, s'il ne me contacte pas très vite, je ne remettrai plus les pieds dans ce Starbucks. Je ne blague pas. Je ne sais pas jouer à ces jeux-là ; ce n'est pas mon truc.

— Coco, dit Katie d'un ton sérieux. Hudson n'est pas le genre de type à jouer avec les sentiments des gens.

Coco espérait de tout cœur que son amie ait raison.

— Moi, je pense qu'il regrette de ne pas t'avoir contactée après la réunion des anciens et qu'il essaie de te faire part de ses sentiments, mais ce n'est pas facile pour quelqu'un comme lui. C'est tellement fort, ce qu'il ressent pour toi, qu'il est prêt à tout pour que tu saches qu'il a envie de sortir avec toi. D'où son petit jeu de t'attendre au Starbucks. C'est le message le plus clair qu'un mec comme lui puisse te donner.

Coco réfléchit aux paroles de son amie.

— Depuis quand es-tu devenue aussi perspicace ?

Après sa discussion avec Katie, Coco ne savait pas trop quoi faire alors elle continua d'arpenter son salon dans tous les sens, convaincue qu'elle allait devenir folle si Hudson la faisait attendre des jours entiers. Elle aurait pu s'occuper d'une centaine de manières différentes. Elle avait des cadeaux de Noël à coudre, des cartes de vœux à écrire, des livres à lire, le dîner à préparer et la lessive à faire, et pourtant, elle se trouvait dans l'incapacité la plus totale d'accomplir l'une ou l'autre de ces tâches.

Son téléphone sonna et elle faillit l'écraser en se précipitant pour répondre. C'était son frère qui cherchait des idées de cadeau pour sa femme à Noël. La déception s'abattit sur elle tel un poids mort. À vingt-et-une heures trente, elle en conclut que c'était peine perdue pour ce soir.

Puis la sonnette de la porte retentit.

À travers le judas, elle découvrit Hudson. Enfin ! C'était lui. Elle était si soulagée qu'elle aurait pu en pleurer.

Il portait une chemise et une cravate sous sa veste. Il s'était bien coiffé et il tenait un pot de poinsettia. Coco ouvrit la porte, lui adressa un sourire serein avant de l'attraper par la cravate. Hudson entra dans l'appartement en trébuchant. Elle referma la porte d'un coup de pied.

— Je commençais à croire que tu ne viendrais jamais, lança-t-elle, tellement heureuse qu'il lui était impossible de le cacher.

— Je t'ai apporté…

— J'ai vu.

Elle lui prit la plante des mains, la mit de côté et le poussa contre la porte pour l'embrasser. Elle y allait sans doute un peu fort, mais elle voulait s'assurer qu'il sache bien combien elle était heureuse de le voir.

Quand elle releva la tête, les lunettes de Hudson étaient un peu de travers.

— Voilà, ça, c'est fait. Tu veux qu'on s'assoie pour discuter un peu ? demanda-t-elle.

Hudson préféra l'attraper à son tour pour la serrer dans ses bras. Il l'embrassa à nouveau et la ravit de plaisir avec sa bouche jusqu'à ce qu'elle faiblisse. Elle avait l'impression que ses genoux allaient lâcher. Il la libéra de son étreinte. À présent, si quelqu'un avait besoin de s'asseoir, c'était bien Coco. Elle s'effondra sur le canapé. Hudson la rejoignit un moment plus tard. On aurait dit qu'il avait quelque chose à lui dire, mais il ne réussit qu'à la regarder comme si elle était la plus belle femme du monde.

Elle affichait un sourire à s'en décrocher la mâchoire. Elle doutait que Hudson fût conscient du pouvoir dévastateur de ses baisers.

— J'ai besoin de comprendre où on en est… Et ça m'aiderait de savoir pourquoi tu ne m'as pas donné de nouvelles après la réunion des anciens.

— Je… je ne pensais pas que tu en avais vraiment envie.

Il pencha un tout petit peu la tête sur le côté. Il avait les lèvres serrées.

— Coco, tu es sublime, et moi, je ne suis qu'un pauvre mec vraiment pas doué pour comprendre les femmes. Le lendemain matin, après la réunion des anciens, j'étais convaincu qu'il était tout à fait impossible que tu t'intéresses à moi.

Coco baissa la tête et regarda ses mains serrées sur ses genoux.

— Mais c'était le cas… c'est le cas.

Hudson resta silencieux quelques instants.

— Je ne suis pas vraiment une gravure de mode.

— Et qui a dit ça ? répliqua-t-elle.

Il ne ferait certes pas la couverture d'un magazine, mais aux yeux de Coco, Hudson avait plus de qualités que la majorité des hommes qu'elle avait rencontrés au fil des ans.

— Allons, Coco. Je connais mes points forts et mes points faibles. Je ne suis pas très doué pour les relations, surtout avec les femmes. Tu culpabilisais par rapport à ton comportement au lycée. Je comprends. Et quand tu as découvert que j'avais crevé les pneus de Ryan, tu m'as vu un peu comme un héros. En réalité, c'était l'acte d'un lâche. J'en ai déduit que ce qui s'était passé entre nous sur les gradins était dû à un climat propice. Que toutes les conditions étaient réunies, mais que c'était momentané. J'ai pensé que tu serais plutôt contente que je ne t'envoie pas de texto.

Coco leva le menton et le regarda fixement. Elle n'arrivait pas à croire qu'il ait pu penser pareille chose.

— C'est de la folie. Il n'y a aucune logique dans ce que tu dis.

— Pour moi, si.

— Soit, mais qu'est-ce qui t'a fait changer d'avis ?

— Tomber sur toi, ce jour-là, répondit-il, l'air anxieux. Tu m'as vu et tu as fait tomber ton café.

Cet épisode ne constituait pas l'un de ses plus beaux moments de gloire. Elle aurait dû agir avec davantage de nonchalance mais elle avait été prise au dépourvu.

— J'étais sous le choc de te voir, c'est tout.

— J'ai été surpris de tomber sur toi, aussi. Je ne savais pas du tout que tu avais l'habitude de venir dans ce Starbucks. Je n'y étais allé que deux ou trois fois, avant.

Coco ne voulait pas s'attarder sur le fait que leur rencontre était une coïncidence.

— Mais je ne vois toujours pas pourquoi tu as changé d'avis.

Coco avait besoin de savoir pour pouvoir comprendre cet homme.

Hudson baissa les yeux.

— Je n'ai pas arrêté de penser à toi. Tous les soirs, je me couche et je rêve de toi. Je repense tout le temps à nos baisers et au bonheur de te sentir dans mes bras. Et puis je me réveille et je me sens vide et seul.

— Tu aurais pu m'appeler, lui rappela-t-elle avec douceur.

— Je n'ai pas compté le nombre de fois où j'ai voulu t'envoyer un message, mais je ne savais pas quoi dire. J'avais l'impression d'avoir raté ma chance. Les semaines sont passées et je me suis convaincu que tu n'aurais pas envie de me parler.

— Et pourtant, murmura-t-elle.

— Je suis désolé, Coco, articula-t-il avec tant de sincérité qu'elle ne put douter de lui. Ce jour-là, quand on s'est rencontrés par hasard, tout a changé. Quand tu m'as regardé, j'ai vu quelque chose dans tes yeux et j'ai failli te rattraper en courant.

Coco ne comprenait pas où il voulait en venir. Certes, elle avait été déconcertée de le voir, mais elle n'avait pas tardé à retrouver son aplomb, ou du moins le pensait-elle.

— Qu'est-ce que tu as vu ?

Il hésita avant d'avouer :

— J'ai vu du chagrin. En me comportant comme un imbécile, je t'avais blessée.

— Arrête de dire que tu es un imbécile, Hudson. Tu as le plus fort QI de tous ceux que je connais.

— Pas avec toi…

— Arrête, insista-t-elle en l'interrompant à nouveau.

— Je n'ai pas pu oublier ton regard. Il me hantait. Je devais me rattraper d'une manière ou d'une autre, mais je ne savais pas comment, alors j'ai commencé à venir au Starbucks tous les matins dans l'espoir de t'y revoir.

— Mais quand tu m'as revue, tu m'as juste payé un café.

Elle ne prit pas la peine de mentionner le fait qu'elle en avait déjà acheté un.

Il grogna comme s'il était affligé de ses propres défauts.

— Je n'ai pas réussi à articuler le moindre mot. Tu m'intimides tellement. J'étais persuadé m'être fait des idées et qu'il valait mieux laisser les choses comme elles étaient. Tu étais là, devant moi, si belle et si parfaite. Je n'imaginais pas pourquoi tu aurais voulu avoir quoi que ce soit à faire avec moi.

Coco prit le visage de Hudson entre ses mains.

— J'attendais que tu me parles, et comme tu ne l'as pas fait, je ne savais plus quoi penser.

— Je te comprends. Je ne savais pas quoi penser, moi non plus. Quand tu es partie, je me serais giflé. Je ne t'ai pas retenue alors que j'avais tant à te dire. Et puis, ce matin… Heureusement que tu n'as pas assisté à la scène, dit-il avec un petit rire.

— Quelle scène ?

— Comme tu m'avais embrassé sur la joue, j'ai bondi de ma chaise et j'ai dansé la gigue autour de la table. Une gigue irlandaise. Ma mère vient du comté de Cork en Irlande. Elle m'a appris à danser. Je te montrerai, un jour, si tu veux.

— Tu as fait ça ? dit-elle en riant.

— Oh oui, et puis tu m'avais dit « À la prochaine », et j'ai pris ça comme une invitation personnelle.

— C'était bien le message.

— C'est ce que j'espérais. Je suis arrivé ici vers sept heures, je me suis garé en bas de ton immeuble. Je crois que l'un de tes voisins a appelé la police parce qu'une patrouille est venue me demander ce que je faisais assis dans ma voiture depuis des heures.

— Qu'est-ce que tu faisais ?

— Je rassemblais mon courage pour entrer, avoua-t-il dans un haussement d'épaules.

— Oh Hudson, si seulement tu avais su dans quel état de nervosité je me suis trouvée toute la journée, à attendre que tu me contactes. J'étais comme une pile électrique. J'espérais tellement avoir de tes nouvelles.

Il sourit et se détendit enfin.

— Je peux encore t'embrasser ?

— Oui !

Hudson l'attira contre lui et l'embrassa comme s'il mourait de désir pour elle, comme s'il n'en finissait pas d'avoir besoin de ses baisers.

Quand il relâcha son étreinte, ils avaient le souffle court et bruyant, enlacés. Coco posa son front contre le sien.

— Tu ne vas pas encore changer d'avis, hein ?

— Non, mais…

Il lui semblait qu'il y avait toujours un « mais » dans ses conversations avec Hudson.

— Il faut que je te dise quelque chose sur moi. Je n'ai pas beaucoup d'expérience.

— En termes… de relations amoureuses ?

— Aussi, mais je parlais de sexe. Je sais que tu as dû connaître des hommes beaucoup plus expérimentés que moi et…

Coco plaça la main sur sa bouche pour le faire taire.

— Il est un peu tôt pour parler compatibilité sexuelle, Hudson.

— Tu vois, c'est ce que je disais ! Je vais tout faire foirer, c'est sûr.

— Arrête. Tu t'en sors très bien. Promets-moi juste que tu ne vas plus me quitter.

— OK.

— Et pour ce qui est de ma grande expérience sexuelle, tu seras surpris d'apprendre qu'il n'y a eu personne depuis… depuis cette horrible nuit avec Ryan.

Il secoua la tête comme s'il trouvait cette information impossible à croire.

— Je n'ai pas réussi à faire confiance à un autre homme ou à lui donner mon cœur.

— Tu peux me faire confiance, à moi.

— Je crois bien que oui, murmura Coco. En fait, tu es la personne qui m'inspire le plus confiance au monde, Hudson Hamilton.

CHAPITRE 35

Noël arrivait à grands pas et Katie savait que Coco et Hudson passeraient de joyeuses fêtes. Ces deux-là étaient si amoureux qu'il était presque douloureux de se retrouver dans la même pièce qu'eux. Ils étaient si mignons ensemble : ils rayonnaient de bonheur et réchauffaient leur entourage comme la lumière du jour. Katie n'avait jamais vu son amie aussi épanouie et ça lui donnait du baume au cœur de voir qu'il était possible de trouver l'amour.

Cependant, Katie n'avait toujours pas eu de nouvelles de James et elle doutait en recevoir un jour. Sa conversation avec Emily commençait à dater et Katie était convaincue que James était incapable d'oublier le passé. Depuis, Emily ne s'était pas manifestée non plus, mais Coco ne s'attendait pas à ce qu'elle le fasse.

À cette période de l'année dans le Nord-Ouest Pacifique, la nuit commençait à tomber vers quatre heures de l'après-midi et Katie prenait soin de laisser sa voiture sous un lampadaire en allant au travail. Elle sortait souvent tard du bureau et le parking était parfois désert.

Ce n'était pas le cas ce vendredi soir, une semaine avant Noël. Plusieurs voitures y étaient stationnées çà et là. Le ciel était chargé et comme la température avait chuté en dessous de zéro, il était question de quelques flocons de neige pendant la nuit. Katie imaginait que tous les enfants de Seattle devaient en rêver.

Emmitouflée dans son manteau boutonné jusqu'en haut et équipée d'une écharpe en tricot ainsi que d'un bonnet, elle sortit du bâtiment. Elle courbait les épaules et baissait la tête pour lutter contre le vent. Elle se dirigea vers le parking.

Elle remarqua qu'elle n'était pas seule au moment où elle aperçut un homme près de son véhicule. Elle se mit tout de suite en état d'alerte et releva la tête. Elle avait ses clés de voiture à la main et les positionna de façon à causer du tort à l'individu qui viendrait l'agresser. Katie ne serait pas une proie facile.

Comme elle se rapprochait, elle se rendit compte que ce n'était pas un étranger.

C'était James.

Frappée de stupeur, Katie se figea et se redressa. Seuls quelques mètres les séparaient. Elle attendit. Ils se contentèrent de se regarder un long moment.

— Tu travailles tard, dit-il en brisant le silence.

— C'est souvent le cas.

Il avait les mains enfouies dans les poches de son manteau et il portait un bonnet de marin. Il ne semblait pas fou de joie de la voir.

— Je peux t'offrir un café ?

— Bien sûr.

Ils convinrent d'un endroit où se retrouver. Il s'agissait d'un petit restaurant situé à moins de deux kilomètres. Ils arrivèrent en plein coup de feu du soir. Il y avait quarante minutes d'attente.

— C'est les fêtes, ça, dit Katie.

James jeta un œil de l'autre côté de la rue et vit une salle de bowling.

— On essaie là ? demanda-t-il.

— Pourquoi pas, répondit-elle en riant. *Un bowling* ?

Ils traversèrent la rue à toutes jambes. James la prit par le coude pour lui éviter de perdre l'équilibre. Il s'était toujours comporté en gentleman, avec politesse et prévenance. C'était l'une des nombreuses raisons pour lesquelles elle était tombée amoureuse de lui.

Le restaurant du bowling était bondé, mais ils réussirent à trouver une place tout de suite. Ils laissèrent leur manteau et leur bonnet sur le portemanteau à côté de l'entrée. Katie se frotta les mains pour les réchauffer, et ils trouvèrent un box libre où s'asseoir.

Au moment où elle se glissa sur la banquette, Katie remarqua une pancarte. Les clients étaient obligés de consommer s'ils s'asseyaient dans un box. James sembla prendre connaissance de cette information en même temps qu'elle.

— On va devoir commander autre chose qu'un café, déclara-t-elle en s'emparant d'un menu plastifié.

— On peut partir si tu préfères.

— Non, c'est bon.

Il attrapa un menu, lui aussi.

— Je peux payer mon repas, le rassura-t-elle.

Le regard que James lui lança la lacéra de part en part.

— C'était juste une suggestion.

Katie s'informa des plats du jour. Pour un bowling, le menu était impressionnant. Elle se demanda à quoi ressemblait leur cordon-bleu. La serveuse vint prendre leur commande. Elle posa du café sur la table et attrapa le crayon qu'elle avait coincé derrière son oreille, puis le calepin dans la poche de son tablier.

— Je vais prendre la soupe de haricots noirs, annonça Katie sans savoir si elle arriverait à en avaler une seule cuillerée.

— Ça fera deux, ajouta James avant de remettre le menu derrière le distributeur de serviettes.

Après le départ de la serveuse, un silence s'abattit entre eux. Katie fixait ses mains. Elle avala une gorgée d'eau.

James parla le premier.

— Emily a rompu nos fiançailles.

— Je sais. Elle me l'a dit.

— Je suppose qu'elle t'a dit aussi que j'étais amoureux de toi et que je me serais marié avec elle faute de mieux.

— Plus ou moins.

— Ce n'est pas vrai, tu sais.

Elle ne confirma ni n'infirma sa déclaration.

— Tu voulais me parler ?

— Oui.

Si tel était le cas, il semblait avoir du mal à exprimer ce qu'il voulait dire. Katie laissa passer quelques instants de malaise, puis elle manifesta son impatience.

— Je ne t'aime pas, répéta-t-il, davantage pour s'en convaincre que pour l'en informer.

— Plus, corrigea-t-elle.

Son regard s'assombrit comme s'il ne comprenait pas.

— Tu ne m'aimes *plus.* À une époque, tu m'as aimée, James ; tu ne peux pas le nier, tout comme il est indéniable que je t'aime, expliqua-t-elle.

— OK, tu as raison. Je tenais à toi à un moment donné, mais plus maintenant, et plus tôt tu le comprendras, mieux ce sera.

— J'ai surtout l'impression que tu essaies de t'en convaincre, James.

En effet, sinon pourquoi cherchait-il à la voir et à lui offrir un café, alors qu'il s'était déjà montré très clair sur le sujet à plus d'une occasion ?

On leur servit leur soupe et Katie attrapa sa cuillère. Elle la serra très fort dans sa main. S'il n'était pas venu dans le but d'arranger les choses entre eux, alors il devait y avoir une autre explication.

— Tu penses que c'est de ma faute si tes fiançailles sont rompues ?

Il lui lança un regard furieux de l'autre côté de la table.

— Je pense que tout est de ta faute.

Katie n'aurait sans doute pas dû sourire, mais elle ne put s'en empêcher.

— Tu trouves ça drôle ? lui demanda-t-il d'un ton plus dur encore.

— Non. À dire vrai, je trouve ça plutôt triste.

Elle le pensait vraiment, même si elle comprenait que ça le mette en colère. James se pencha sur le bord de la table et agrippa sa cuillère qu'il pointa vers le plafond.

— Je t'aimais, de tout mon cœur, de toute mon âme. J'aurais pu mourir pour toi.

— Je sais, et je t'aimais de la même manière, moi aussi.

— Mais c'est fini, insista-t-il.

— Tu n'arrêtes pas de le répéter, en tout cas.

Katie se força à manger un peu de sa soupe, qu'elle aurait appréciée en d'autres circonstances.

James la regarda faire puis l'imita. Il garda la tête basse.

— Emily m'a dit que tu voyais quelqu'un.

— Il s'appelle Christian.

Elle n'était pas sortie souvent avec Christian ces derniers temps. Ça faisait bien deux semaines qu'ils ne s'étaient ni vus ni parlé.

— Lui aussi, tu l'aimes ? demanda-t-il en grognant.

— Non. C'est toi que j'aime.

— C'est ça.

Ensuite, à sa grande surprise, il se leva de la banquette, claqua un billet de vingt dollars sur la table et sortit du bowling. Katie le regarda partir, le cœur lourd de sa défaite. Elle ne comprenait pas pourquoi James était venu la voir ni ce qu'il attendait d'elle. Il était en colère et il la tenait pour responsable de « tout », comme il disait. Quelle triste constatation. Et le cœur de Katie s'en trouvait brisé, lui aussi. Peut-être ne cherchait-il rien d'autre que de se prouver à lui-même qu'il ne l'aimait plus.

La serveuse s'arrêta à leur table.

— La soupe ne vous a pas plu ? demanda-t-elle.

— Si, si. Mais on n'avait pas très faim, en fait.

— Je vais vous chercher l'addition.

Katie prit le billet de vingt et le lui tendit.

— Gardez la monnaie.

— Mais vous en avez pour moins de douze dollars.

— Joyeux Noël, dit Katie en désertant le box.

Elle récupéra son manteau à l'entrée avant de sortir dans la nuit et fut surprise par des rafales de flocons de neige.

Sa voiture était garée de l'autre côté de la rue et elle attendit que les feux lui permettent de traverser. Elle s'approcha de son véhicule : la voiture de James, garée près de la sienne, était toujours là. Elle effectua encore quelques pas. Il ouvrit la portière et la referma en descendant du véhicule.

Ils se regardèrent et Katie attendit une fois encore que James fasse le premier pas. Lorsqu'il lui fut impossible de supporter ce silence, elle se lança :

— Je pensais que tu étais parti.

— J'aurais dû, grommela-t-il.

— Je ne t'en empêche pas.

— Si.

Les voitures passaient à toute vitesse. Le bruit fort et discordant d'un klaxon résonna au loin dans la nuit.

— Comment ça, je t'en empêche ? demanda-t-elle avant de comprendre qu'il ne parlait pas de manière concrète.

James allait et venait. Il s'était créé un chemin dans la neige fraîche.

— Je pensais que si je te revoyais… si on parlait, je réussirais à t'enlever de ma tête. Et de mon cœur, ajouta-t-il en se frappant le torse.

— Ça a marché ?

— Non.

Puis il ferma les yeux comme s'il luttait contre lui-même. Il pencha la tête en arrière et fixa le ciel.

— James, murmura-t-elle, sans savoir vraiment ce qui se passait.

— Personne ne m'a jamais fait autant souffrir… Je devrais te détester, mais bon sang, je ne peux pas… Je n'y arrive pas.

— Je sais. Je suis vraiment désolée.

Katie savait qu'il ne pouvait pas vraiment la détester.

— Je suis tellement amoureux de toi que je n'arrive plus à réfléchir. Je ne peux pas te faire confiance, ajouta-t-il en secouant la tête.

— Tu le peux, lui assura-t-elle avec douceur. J'ai fait une erreur quand on avait dix-huit ans, c'est vrai, mais j'ai fait ce que j'ai pu, et tout ce que j'ai fait, je l'ai fait par amour. Je n'ai jamais aimé personne d'autre que toi, James.

Katie décela l'indécision sur son visage. Il voulait la croire, lui offrir son cœur, mais il hésitait encore. James resta figé pendant ce qui parut à Katie être une éternité.

— Tu ne comprendras jamais à quel point ça m'a dévasté que tu rompes avec moi à l'époque, sans un seul mot d'explication. Comment as-tu pu faire ça ? Je ne comprends toujours pas pourquoi tu ne t'es pas simplement ouverte à moi en me racontant ce qui se passait.

— Je ne sais pas, James, répondit-elle. Je croyais faire pour le mieux. Un acte altruiste.

Le regard perdu sous les flocons de neige, elle reprit :

— Je n'étais qu'une gamine, James. Crois-moi, c'est peu dire que j'ai bien retenu la leçon. Je ne cacherai plus jamais rien à quelqu'un que j'aime.

— Tu as pris une décision qui nous concernait tous les deux, insista James.

— Oui. Mais j'ai vingt-huit ans aujourd'hui, plus dix-huit. Les gens peuvent évoluer, mûrir, répondit-elle, les yeux pleins de larmes.

— Je ne peux pas faire ça, dit-il, la voix écorchée. Je ne peux pas te laisser partir.

Puis il la tira vers lui pour l'étreindre en la soulevant à moitié. Il la serra à tel point qu'elle pensa rendre son dernier souffle.

Katie baissa la tête vers lui et prit le visage de James entre ses mains. Des larmes coulaient sur ses joues comme elle approchait lentement sa bouche de la sienne. Ils s'embrassèrent avec urgence comme si cette seule interaction rattrapait ces dix dernières années.

— Je t'ai toujours aimé, lâcha-t-elle d'une voix étranglée.

James ne voulait pas la laisser parler. Il préférait recommencer à l'embrasser encore et encore, la tenir contre lui et tourbillonner sous la neige comme des enfants dans une cour de récréation. Lorsqu'il releva la tête, Katie pencha la sienne en arrière et contempla le ciel. Elle riait et pleurait à la fois.

CHAPITRE 36

JE M'ÉTAIS UN PEU LAISSÉE ALLER sur les décorations de Noël. Je ne m'en aperçus qu'en janvier, au moment de les enlever. Ce débordement d'enthousiasme festif m'avait un peu remonté le moral. Désormais, sans les décorations, la maison me paraissait triste et austère.

Des clients effectuaient de courts séjours assez régulièrement. Quelques fidèles furent de retour. Mary Smith, qui était venue quelques mois après mon acquisition de la maison d'hôtes, m'avait de nouveau rendu visite avec son mari. Lors de notre première rencontre, elle se battait contre un cancer du sein et elle avait renoué pendant son séjour avec un notaire de Seattle dont elle avait été jadis amoureuse. Le cancer de Mary était en rémission et elle semblait filer le parfait bonheur avec son mari. La villa avait sans doute plus de pouvoirs magiques que ce que je pensais.

Si seulement elle avait pu faire quelque chose pour Coco et Katie pendant leur séjour en septembre. Je me sentais triste à l'idée que ma maison d'hôtes ne leur soit pas venue en aide.

Afin d'illuminer les sombres jours qui suivirent Noël, j'accrochai les décorations de Saint-Valentin, même s'il était encore un peu tôt. J'avais l'impression d'être hypocrite, en accrochant ces cœurs au plafond.

Je n'avais reçu aucune nouvelle depuis l'annonce du kidnapping revendiqué par l'État islamique. Je n'avais aucun moyen de savoir s'il s'agissait de Mark, comme Peggy le redoutait. Néanmoins, si Mark était en vie, j'étais certaine qu'il m'aurait contactée d'une manière ou d'une autre… et il ne l'avait pas fait. Le plus dur, c'était que mon histoire avec lui resterait peut-être toujours en suspens.

Quand j'avais appris que l'hélicoptère de Paul s'était fait abattre, je m'étais accrochée à l'espoir que mon mari avait survécu. Il avait fallu un an pour localiser et identifier les restes de son corps. J'avais refusé d'admettre sa mort. Quand je n'eus plus d'autre choix que d'accepter la réalité, je crus le perdre une deuxième fois. Je m'en étais trouvée minée par le chagrin et la peine. Je ne ferais pas la même erreur avec Mark. Il me coûtait trop de vivre ainsi dans les limbes. Je devais avancer comme s'il m'avait quittée à tout jamais. Pour rester saine d'esprit, j'acceptai que Mark était sorti de ma vie.

J'étais debout sur une chaise, un cœur rouge et brillant à la main, quand une voiture se gara dans l'allée. Je reconnus les deux femmes sortant du véhicule.

Coco et Katie, mes anciennes lycéennes du coin. Les deux clientes auxquelles je venais justement de penser.

Je sautai de ma chaise. Rover et moi nous précipitâmes vers la porte d'entrée et je l'ouvris avant même qu'elles finissent de monter le perron.

— Vous vous souvenez de nous ? demanda Coco, un large sourire aux lèvres.

— Bien sûr que oui, répondis-je en les invitant à entrer.

Je les étreignis toutes deux.

— On était en ville et on a décidé de passer vous donner des nouvelles.

— Entrez donc et racontez-moi. Il y a du café si ça vous dit.

Katie jeta un œil à son poignet.

— Désolée, mais on a rendez-vous chez une amie dans quinze minutes.

— Que se passe-t-il ? demandai-je, impatiente.

Elles étaient aussi belles l'une que l'autre. Elles avaient l'air heureuses. Nous prîmes place toutes les trois dans mon salon.

— Toi d'abord, dit Katie en désignant son amie.

Coco tendit tout à coup son bras et agita son annulaire qui portait une bague de fiançailles en diamant. Mon regard passa de la bague à Coco. Elle dut deviner ma question car elle se dépêcha d'ajouter :

— Elle me vient de Hudson. Vous allez l'adorer. Il sait ce qu'il veut et moi aussi. Il hésitait à me l'offrir le 18 janvier pour l'anniversaire de Stephen Hawking, le 22 janvier pour celui de Francis Bacon ou à une autre date qui concernait Carl Sagan, aussi. Alors il a choisi le 20 janvier.

— Dis-lui ce qu'il a fait, intervint Katie. C'est tellement romantique.

Le sourire de Coco prenait toute la place sur son visage.

— Il a insisté pour me montrer une expérience scientifique. Il l'avait déjà faite quand il était petit avec des produits ménagers. Il avait sorti du bicarbonate de soude, du vinaigre et un tas d'autres trucs de mes étagères. On était dans ma cuisine. Et puis son expérience s'est mise à faire des bulles et à se renverser partout. J'ai éclaté de rire en lui disant qu'il n'était plus question qu'il utilise ma cuisine pour m'enseigner la chimie. Quand il a terminé, je l'ai applaudi comme une bonne élève. Ensuite il a pris l'air soucieux et il m'a dit que quelque chose n'était pas normal parce qu'il y avait un objet au fond du verre. J'ai vérifié et évidemment, je suis tombée sur une bague en diamant.

— Hudson n'est peut-être pas le type le plus romantique qui soit, mais il s'est surpassé avec ce scénario, dit Katie en souriant à son amie.

— Ensuite, Hudson a fait sa demande. Il a mis un genou à terre et m'a demandé de l'épouser, se souvint Coco, le regard encore rêveur. Alors je me suis agenouillée à côté de lui et j'ai dit oui.

— Elle était en larmes, ajouta Katie.

— D'accord, j'avoue, je pleurais, mais Hudson était tellement mignon, sincère et épatant.

— C'est fantastique ! m'exclamai-je, vraiment heureuse pour elle. Félicitations.

— Il voulait mettre la bague dans mon latte parce qu'on se retrouve tous les matins au

Starbucks, mais il a changé d'avis et il a bien fait. Me connaissant, je l'aurais sans doute avalée et il se serait retrouvé à pratiquer la méthode de Heimlich.

Coco se tourna vers son amie.

— OK, madame Je-sais-tout, à ton tour.

Katie concentra son attention sur moi.

— Mon histoire avec James n'est pas aussi renversante ou émouvante que celle de Coco.

— Mais si, insista Coco. Elle est tout aussi romantique et merveilleuse.

— Merveilleuse, c'est sûr, confirma Katie.

Je levai la main.

— Je croyais qu'il était fiancé à une autre.

— Il l'était, au passé, intervint Coco. Oh pardon, Katie, je réponds à ta place.

— Je ne vais pas vous raconter l'épisode de la rupture de fiançailles même si c'est un moment clé de l'histoire. En fait, tout ce que j'ai à dire, c'est que James et moi, on s'est remis ensemble et que ça marche mieux que jamais entre nous.

— Vous devriez les voir tous les deux, ajouta Coco, l'air pensive. À mon avis, ils ont pris conscience qu'ils avaient failli ne jamais se retrouver. Si deux personnes ont besoin l'une de l'autre, c'est bien Katie et James. Ils vont si bien ensemble, deux moitiés qui forment un tout.

— Et vous et Hudson ?

— Nous, on est plutôt comme le yin et le yang, dit Coco en riant. On a des personnalités complètement opposées, mais on est d'accord sur l'essentiel. Enfin, à part le nom de nos enfants.

Il n'est pas question que j'accepte Francis ou Albert comme prénom pour mon fils. En plus, je trouve que Hudson Junior, c'est tout à fait acceptable.

J'hésitai avant de lui demander :

— Vous êtes enceinte ?

— Pas encore, mais j'en ai bien l'intention et vite, roucoula Coco.

Je ne pus m'empêcher de sourire. Mes deux anciennes lycéennes avaient trouvé le bonheur et leur joie se voyait sur leur visage.

— On est revenues à Cedar Cove pour vous dire combien on est heureuses et combien c'est important pour nous de vous avoir rencontrée, expliqua Katie. Alors que vous étiez vous-même dans un état émotionnel délicat, vous nous avez encouragées. Et puis, on est curieuses. Vous avez eu des nouvelles de votre employé ?

Je secouai la tête.

— Pas de manière directe. Il est… il est parti dans un autre pays.

— C'est dommage.

— Oui. Merci de votre intérêt, murmurai-je en faisant de mon mieux pour ne pas montrer à quel point les mots de Katie m'affectaient.

— On doit se dépêcher d'aller chez Lily Franklin, dit Coco en bondissant du canapé. Elle réunit tout un groupe d'amis pour organiser une fête en l'honneur de notre mariage, à Hudson et moi. C'était l'une des organisatrices des retrouvailles des anciens et elle est tout excitée à l'idée de s'attribuer le mérite de notre rencontre.

— Elle n'a pas tort, dit Katie.

— OK, ce n'est pas faux. Si je n'avais pas participé à ce week-end, il serait peu probable que je sois avec Hudson à l'heure qu'il est.

Je les serrai toutes deux dans mes bras avant de les laisser filer. Rover et moi les suivîmes sous le porche et les regardâmes reculer dans l'allée.

Ma maison d'hôtes avait tenu ses promesses. À mon retour dans la maison, j'entendis le téléphone du bureau sonner. Je me précipitai pour décrocher avant que le répondeur ne se déclenche.

— La Villa Rose, bonjour ?

— Bonjour, prononça une voix désincarnée à l'autre bout du fil. Je m'appelle Emily Gaffney et je vous appelle pour savoir si vous accepteriez de me loger pendant quelques semaines, le temps que je trouve un nouvel endroit où vivre.

Sa question m'imposa un moment de silence.

— Je… je ne sais pas. Je n'ai jamais eu de pensionnaires à long terme.

— Je viens d'accepter un poste d'enseignante à Cedar Cove. C'est drôle, parce que j'y suis passée cet été. Je ne devrais pas mettre trop longtemps à trouver, mais je ne veux pas prendre ma décision à la hâte.

Je devais y réfléchir. Jusqu'à présent, personne n'avait réservé pour un long séjour.

— Je suis discrète et je ne vous causerai aucun souci, m'assura Emily. J'ai regardé ce qu'il y avait de disponible en ville sur Internet et votre maison d'hôtes m'a tout de suite plu. Cet endroit a quelque chose de spécial, n'est-ce pas ?

Je devinais à sa voix qu'Emily avait besoin des pouvoirs magiques de la maison d'hôtes.

— Je vais prendre votre nom et on va trouver une solution. Mes tarifs sont raisonnables et je vais vous louer une chambre à la semaine. Qu'est-ce que vous en pensez ?

— Parfait. Merci. Merci beaucoup. Je vous rappellerai, dit-elle dans un soupir de soulagement.

— D'accord, j'attends de vos nouvelles, alors.

Emily me donna ses coordonnées et nous raccrochâmes. Après tout, il devait être agréable de vivre avec quelqu'un au quotidien.

Je rechignais peut-être à l'admettre, mais je me sentais seule. Je me débrouillais pour occuper mes journées, mais mes nuits étaient mornes. Je ne voulais pas me morfondre à propos de Mark. Mais il me manquait.

Le reste de ma journée se passa bien et j'étais épuisée au moment de me coucher. J'avais déposé des bouillottes dans tous les lits de la maison d'hôtes et en avais enfoui une sous mes draps. J'étais surprise par la chaleur et le bien-être qu'elle m'offrait. C'était un plaisir désuet, mais j'y étais devenue accro.

J'ignore depuis combien de temps je dormais quand mon téléphone me réveilla. La nuit, je le laissais à charger sur ma table de chevet. Je ne recevais pas souvent d'appels tardifs et les rares fois où ça s'était produit, il s'agissait presque toujours de faux numéros.

— Allô, dis-je en me redressant sur mon coude.

Rien. J'étais sur le point de raccrocher quand j'entendis un filet de voix qui me semblait venir d'une autre planète.

— Jo Marie ?

Une voix d'outre-tombe. Je faillis lâcher mon portable.

— Mark, criai-je, des larmes déjà plein les yeux. C'est toi ? Je t'en prie, dis-moi que je ne suis pas en train de rêver.

— C'est moi, dit-il. C'est bien moi.

— Oh Mark, sanglotai-je en résistant à l'envie de mettre la main sur ma bouche. Où es-tu ? Tu es en sécurité ? Tu rentres ?

— Je suis toujours en Irak, mais j'ai trouvé Ibrahim.

Je fus tellement soulagée d'apprendre que non seulement Mark était en vie, mais qu'il avait réussi à localiser celui qu'il considérait presque comme son frère.

— On est sur la route avec sa famille, reprit Mark. On essaie de passer la frontière. On ne reste jamais longtemps au même endroit.

Mon cœur s'apaisa.

— Je ne pouvais pas aller plus loin sans entendre le son de ta voix, murmura-t-il, et sans te dire que je suis amoureux de toi. Tu es mon amour, Jo Marie.

Un sanglot s'étrangla dans ma gorge et j'eus du mal à retenir mes larmes. Je ne distinguai plus de parasites sur la ligne et je crus que la communication avait été coupée.

— Mark. Mark !

Je criai son nom comme une folle.

— … et je suis désolé de t'avoir quittée comme ça, disait-il quand je l'entendis à nouveau.

J'avais peur d'avoir loupé la raison de son appel.

— Je comprends maintenant, articulai-je malgré la boule dans ma gorge.

Je craignais qu'il ne m'entende plus.

— Je ne pouvais pas faire autrement.

— Je sais. Bob m'a raconté. Il a reçu une carte postale, lui expliquai-je. Il me l'a apportée. On savait que tu étais bien arrivé en Irak.

Ma main s'agrippa au téléphone.

— Ensuite on a vu les photos d'un otage américain à la télé. On a cru que c'était toi.

— Non, mais je le connaissais. C'était un ami qui m'a aidé. Il est mort.

J'eus le souffle coupé et me mordis la lèvre inférieure. J'aurais voulu me téléporter à travers le téléphone pour ramener Mark sain et sauf, mais je savais que c'était impossible. Je lui murmurai les mots que j'avais été incapable de prononcer avant son départ.

— Je t'aime.

— Je sais. Je ne voulais pas que tu m'aimes… pas comme le lâche que j'étais. Mais je ne pouvais pas m'empêcher de t'aimer non plus.

— Reviens, l'implorai-je. Reviens… et tu pourras tout m'expliquer.

Ma supplication fit face au silence.

— Mark, Mark, criai-je de peur que la communication ait été coupée.

— Je suis là, murmura-t-il. Jo Marie, je ferai tout ce que je peux pour revenir à toi. Mais si je n'y arrive pas…

— Ne dis pas ça. Tu vas revenir, Mark. Ce n'est pas possible autrement.

— Si je n'y arrive pas…

— Mark, le suppliai-je en retenant tant bien que mal mes sanglots, ne dis pas ça. Je t'en prie, je ne supporte pas l'idée de te perdre.

— Jo Marie, hurla-t-il, s'il te plaît, écoute-moi. Si je ne reviens pas, il faut que tu fasses quelque chose pour moi.

Je serrai les dents et ravalai ma peur autant que possible.

— Bien sûr. Tout ce que tu veux.

— Tu devras aider Ibrahim et sa famille. Ils pourraient passer la frontière sans moi. S'ils réussissent, tu les aideras ?

— Mark…

— Promets-moi, m'interrompit-il.

— Je te le promets.

— Merci.

Je n'étouffais plus mes pleurs à présent et j'étais à peine capable de parler.

— Mais rentre à la maison.

— À la maison, répéta-t-il lentement. J'ai appris une chose importante dans tout ça.

— Quoi ?

— Mon cœur se trouve à l'endroit où tu es, quel qu'il soit. Je pense à toi comme je respire et pourtant, nombreux sont ceux qui souhaiteraient m'en empêcher.

— Ne leur en donne pas l'occasion.

— Je ferai de mon mieux, mon amour.

Et soudain, la communication fut coupée.

Je restai là un long moment, le téléphone à la main, à refuser l'idée de ne plus entendre Mark. Il ne me restait plus qu'à attendre et à prier pour qu'il me revienne.

Cet ouvrage est composé de matériaux issus de forêts gérées durablement certifiées PEFC™.

Le Programme de reconnaissance des certifications forestières (PEFC™) est le plus grand organisme mondial indépendant de contrôle pour une gestion durable des forêts. Pour en savoir plus, consultez le site *www.pefc-france.org*

PEFC™ PEFC/14-38-00277

Achevé d'imprimer en mars 2021
par Novoprint
Dépôt légal : avril 2021

Imprimé en Espagne